Bjorn aux enfers
IV. La reine bleue

Thomas Lavachery

Bjorn aux enfers

IV. La reine bleue

Médium
l'école des loisirs
11, rue de Sèvres, Paris 6e

Du même auteur à *l'école des loisirs*

Collection MÉDIUM

Bjorn le Morphir
Bjorn aux enfers, tome I: Le prince oublié
Bjorn aux enfers, tome II: La mort du loup
Bjorn aux enfers, tome III: Au cœur du Tanarbrok

ISBN 978-2-211-08902-9

© 2008, *l'école des loisirs, Paris*
Loi n° 49.956 du 16 juillet 1949 sur les publications
destinées à la jeunesse : janvier 2008
Dépôt légal : janvier 2008
Imprimé en France par Bussière
à Saint-Amand-Montrond
N° d'impr. : 073264/1

À Daniel Traube

Mamafidjar, reine des enfers. Miniature réalisée par Sigrid.

Au commencement, le règne du roi Harald Ier fut marqué par des guerres, les pays voisins se liguant pour conquérir le Fizzland. Grand guerrier, stratège avisé, Harald résista vaillamment. Mais le moment vint où il manqua d'or pour lever de nouvelles troupes. Il se tourna alors vers Mamafidjar, reine des enfers. Celle-ci, détentrice de richesses infinies, lui proposa un échange. «Donne-moi ton premier enfant, et je t'offrirai des fortunes», dit-elle. Horrifié, Harald accepta pourtant le marché. Sauver son royaume justifiait tous les sacrifices. Mamafidjar reçut le prince Sven tout bébé. Ce dernier vit aux enfers depuis trente et un ans maintenant, et le roi Harald a eu un autre fils: Dar.

Le prince Dar devrait succéder à son père. Certains se réjouissent à l'avance de son avènement, ignorant qu'il est un loup-garou, créature maudite, irrémédiablement sanguinaire. Harald, lui, connaît le secret de Dar et ne veut pas de lui pour héritier – en aucun cas. Il a chargé Bjorn le Morphir de descendre aux enfers pour arracher Sven aux griffes de Mamafidjar. Libre, son aîné reprendra la place qui lui revient.

Accompagné de Sigrid, sa fiancée, de Ketill le Rouge, le guerrier-poète, de Svartog, le demi-hirogwar et de son dragon Daphnir, Bjorn a voyagé de longs mois sous la terre, traversant les étages infernaux et les dangers sans nombre. Il a croisé sur son chemin les êtres et les peuples qui font la légende des enfers nordiques. Les petchégols, les infernautes ou encore Zulur, petite femme de la forêt sans tête, ont apporté leur aide à l'expédition.

Le prince Dar a eu vent de la mission de Bjorn. Lui aussi est descendu aux enfers. Il a juré de trouver Sven le premier et de l'éliminer. Son frère mort, personne ne pourra légitimement lui disputer le trône... Dar et sa bande avaient pris une forte avance. Dans *Bjorn aux enfers, tome III*, le morphir relatait comment, avec ses compagnons, il a su combler son retard et même passer devant le prince.

Parvenu au sixième et dernier étage infernal, dans un désert salé, Bjorn a décidé d'attendre le prince Dar et d'en finir avec lui. Un duel a eu lieu, qui a vu la victoire du morphir sur le loup-garou.

Débarrassé de son mortel ennemi, Bjorn doit encore accomplir le plus difficile. Comment va-t-il s'y prendre exactement pour libérer Sven, il ne le sait pas encore. Tromper la vigilance de Mamafidjar semble une tâche difficile, sinon utopique. Et si la solution se trouvait là, sous ses yeux, dans les bagages du prince Dar?

Le terme morphir désigne une certaine classe de héros nordiques, la plus rare. Le morphir se distingue par l'évolution soudaine de son caractère et de ses aptitudes physiques: d'abord peureux et malingre, il se «lève» un beau jour pour devenir un guerrier d'exception.

1
L'ARME SECRÈTE DU PRINCE

Habitants des steppes, chasseurs de rennes en été, mangeurs de vermine en hiver, les Vorages furent de tout temps les ennemis jurés des Vikings. Ils sont les auteurs d'innombrables incursions guerrières dans nos contrées, et d'une invasion véritable du Fizzland en l'an 1038. Seule l'extrême vaillance de notre roi Harald Ier et de quelques seigneurs, dont mon père, parvint à bouter les barbares hors des frontières, à les repousser vers leur pays obscur où le soleil est rare et où les étoiles, disent les poètes, «brillent par leur absence».

Je parle des Vorages parce que le seul survivant de la bande du prince Dar était un membre de ce peuple.

Pour rappel, nous nous trouvions dans un paysage de dunes salées, comme un océan pétrifié. Le plafond de ce sixième étage des enfers était caché par une vapeur étincelante. La lumière tombait à flots et, chose étonnante, elle brunissait la peau.

— On se croirait sous le soleil d'Asimie, ma parole! répétait Ketill le Rouge.

Étendu sur le sol blanc, le Vorage se trouvait attaché à un sac énorme, en mailles de fer. Il n'en menait pas large. Visage défait, lèvres blêmes, respiration haletante: il semblait approcher de sa fin.

— À boire, prononça-t-il.

Svartog s'avança en se tenant le ventre; il avait été blessé par Thordis, la compagne de Dar.

Thordis fille de Styrr, la seule femme loup-garou qui ait jamais vécu... Elle reposait maintenant dans une tombe de sel, à côté de son amant et maître, et c'est ma fiancée qui l'avait expédiée de la sorte.

Svartog-Longs-Bras humecta les lèvres du mourant; ensuite il le fit boire lentement.

Sigrid, Ketill et moi nous nous tenions assis en demi-cercle, à bonne distance de la scène, car la proximité du sac en fer provoquait un fort malaise, pour une raison inconnue.

Sa soif calmée, le Vorage avala à grand-peine un morceau de crabe; puis il ferma les yeux.

— Je me demande ce qu'il y a là-dedans, dit Svartog en revenant vite près de nous.

Il parlait du sac.

— Une chose hautement maléfique! dit Sigrid, exprimant le sentiment général. Et c'est en train de tuer ce malheureux.

— Malheureux, mes fesses! gronda Ketill.

— Pas de phrases grossières! me fâchai-je.

— Les Vorages sont la lie de l'humanité. Ce cafard mérite son sort, j'ai dit!

Je me levai et, d'un pas décidé, marchai vers le sac. Son métal bleuté, parcouru de reflets brillants, laissait filtrer une odeur de soufre. Je tirai mon épée Tyrfing.

Une chaîne reliait le sac au poignet meurtri du Vorage. Je brandis mon arme.

— Bjorn, que fais-tu donc? demanda Ketill.

– Ce que toute personne charitable ferait à sa place, dit Svartog.

Je frappai à plusieurs reprises. La chaîne tressauta sans se rompre. Tyrfing la Légendaire, vexée, poussa son cri de guerre :

– Hawk !

Sa lame noire, en pierre, prit une température féroce.

Galvanisé par la réaction de mon épée, j'y allai de toutes mes forces. La chaîne fut tranchée d'un coup.

– Merci, morphir, murmura le Vorage. Je n'oublierai jamais… ton geste.

Ayant dit, il rampa pour s'éloigner du sac. Le pauvre bougre ahanait tant que c'était pitié.

Il parvint à redresser le buste et à s'appuyer contre le mur. À deux pas de lui pendait un rideau, un tissu élimé, séculaire, qui cachait la porte par où nous étions sortis vingt jours auparavant. Je repensai à la longue attente, à l'arrivée du prince changé en homme-loup, au combat…

– Je n'aurais jamais cru la chose possible, articula le Vorage, comme s'il lisait dans mes pensées. Que quelqu'un puisse se mesurer au prince, lui tenir tête et enfin… le battre. Tuer le monstre qu'il était devenu… avec une simple épée !

– Tyrfing n'est pas une simple épée, dis-je. C'est l'épée de Snorri le Morphir. J'en ai hérité.

– L'épée de Snorri, oui. Je… je t'entends encore le dire au prince pendant… le… duel.

Le Vorage perdit connaissance un court instant.

15

— Quel est ton nom? demandai-je quand il revint à lui.

Ma question sembla le surprendre en lui faisant plaisir.

— Dzoug... Dzoug fils de Badalbarzoug. On m'appelle aussi Long-Nez, pour une raison évidente.

— Tu maîtrises bien notre langue.

— Je descends d'une lignée de chefs et j'ai reçu une bonne éducation. Je parle une demi-douzaine de langues et j'en écris trois.

— Vous autres Vorages n'êtes pas si frustes et incultes que vous en avez l'air, n'est-ce pas?

Dzoug passa la main dans ses cheveux hirsutes, qui prirent aussitôt un autre aspect. Il me tint alors ce discours:

— Notre crasse, notre grossièreté, les charognes que nous accrochons à nos chevaux... tout cela est un costume de guerre visant à impressionner l'ennemi. Nous sommes des comédiens... Et tant pis si je révèle un grand secret de mon peuple. Qu'il aille au diable, mon peuple! Ha! ha! ha!

— Est-il vrai que vous mangez les cadavres de vos proches? demanda Sigrid.

Dzoug se rembrunit.

— Pas à ma connaissance, dit-il.

Je lui donnai une gorgée d'eau. Il me remercia du regard.

— Que faisais-tu avec le prince? interrogea Ketill.

Dzoug laissa échapper un long soupir.

— Mon père a été assassiné sur les ordres de notre chef suprême. J'ai dû fuir le pays des rennes et des herbes, ma patrie, et je suis devenu mercenaire. Pendant un temps, je me suis battu pour Hakon II du Ghizmark. Ensuite j'ai rencontré le prince Dar, qui m'a proposé un tas d'or pour l'accompagner «quelque part». Il n'a pas dit où. Lorsque nous avons compris, mes hommes et moi — nous étions cinq — nous avons rendu l'or et rompu le contrat.

Il s'arrêta pour reprendre haleine.

— Mais le prince ne vous a pas laissés partir, devina Ketill.

— En effet. Il nous a roués de coups et ensuite il nous a obligés à porter les bagages... Il nous a humiliés tout au long du voyage. Il fallait lui témoigner un respect sans faille, le flatter encore et toujours, rire de ses plaisanteries, sinon... Mes amis et moi, nous avions grandi ensemble. Je les aimais comme des frères. Quel ignoble destin fut le leur!

— Qu'est-il arrivé? interrogea Sigrid.

— Et les autres hommes de Dar, que sont-ils devenus? demanda Svartog.

Dzoug allait répondre lorsque nous entendîmes des jappements et un bruit de course débridée. Daphnir et Invincible, le dragon du prince Dar, revenaient d'une escapade, joyeux comme des chiots. La veille, ces deux-là s'étaient déchirés, et maintenant ils semblaient les meilleurs amis du monde. Au cours de la matinée, j'avais observé qu'Invincible suivait Daphnir d'un regard admiratif. Il imitait tout ce que faisait mon dragon, sauf voler, car il en était incapable, ses ailes n'ayant pas encore atteint une taille suffisante.

Daphnir vint à moi la queue retroussée ; je reçus maints coups de lèche dans la figure. Quand il partit embrasser mes compagnons, Invincible me salua à son tour, bien qu'avec timidité.

Nous ayant rendu leurs devoirs, les deux compères filèrent vers une stèle décorée d'un vilain portrait de Mamafidjar, reine des enfers. Il y avait, au pied de ce monument, une quantité de crabes blancs à chair noire dont nous faisions une consommation forcée, vu qu'il n'existait pas d'autre nourriture dans les parages. Pour Daphnir et Invincible, en revanche, les crabes constituaient une simple friandise. Les kilos de sel qu'ils avalaient assuraient amplement leur subsistance.

Dzoug gardait les yeux fermés. Nous pensions qu'il dormait.

— Cette lumière, dit-il soudain. Insupportable !

— Que sont devenus les autres ? répéta Svartog.

— Deux furent tués par des hérons de fer, des oiseaux escrimeurs, figurez-vous. Un troisième, Ottar le Noir, mourut dans une explosion de gaz...

— Nous savons tout cela, dit Ketill. Nous avons trouvé les dépouilles.

— Bjorn a tenu à offrir une sépulture à ces hommes, ajouta Sigrid.

— Fort louable de ta part, morphir, dit Dzoug. Me voilà rassuré pour moi-même.

Il eut un étrange hoquet : comme s'il avalait sa glotte. Cet incident sembla lui coûter une dose importante de fluide vital. Il lui fallut de longues minutes pour s'en remettre. Il parla ensuite d'une voix atténuée, lointaine :

– Quatre hommes du prince périrent dans la Vallée de cendres, au troisième étage.

– Les ours! dit Ketill.

– Oui...

– Continue, allez.

– Laisse-le respirer, Ketill! s'indigna Sigrid. Il est à bout.

Dzoug poursuivit les yeux clos. Je remarquai que ses paupières portaient de fins tatouages.

– Comme vous le savez, le quatrième étage...

– Nous n'y sommes pas allés, dit Ketill fièrement. Nous avons pris un raccourci.

– Tant mieux pour vous... car... car l'endroit est un four abominable. Pire qu'ici. Il n'y pousse qu'une sorte d'arbre et une petite plante en boule hérissée de piquants. Seuls les griffons et les scorpions-taupes habitent les lieux. Nous... nous crevions vraiment de soif, lorsque Thordis fit une découverte: les plantes piquantes possèdent un cœur... un cœur rempli d'eau.

– Vous aviez donc à boire, dit Ketill. C'est la pitance qui posait problème, n'est-ce pas? Vos réserves ont fondu rapidement, je gage.

– Griffons.

– Hein? Plaît-il?

– On se nourrissait de griffons.

– Non!

– Si. Dar les attirait. Ces monstres voyaient en lui un frère démon. Ils arrivaient des quatre coins de l'horizon pour lui lécher les doigts.

– Et il en profitait pour les abattre... Je me

demande quel goût ça a, la viande de griffon? Daphnir le sait, lui. HEIN, BANDIT, QUE TU EN AS BÂFRÉ, DU GRIFFON!

— Hého! fit mon dragon en guise de réponse.

Assis nonchalamment contre la stèle de Mamafidjar, il se lavait l'intérieur des pattes.

— Mais les griffons ne sont pas si idiots, reprit Dzoug. Ils cessèrent bientôt leurs visites d'amitié. Nous vécûmes de scorpions frits... une nourriture très... insuffisante. Alors...

— Alors? demandai-je, saisi d'un pressentiment.

— Eh bien... D'abord, mes amis ont été sacrifiés. Et puis le prince Dar et Thordis se sont tournés vers leurs propres compagnons.

— Tu veux dire qu'ils ont...

— Mangé de l'homme, oui.

— Mon Dieu! s'écria Sigrid.

— Et figurez-vous que, moi aussi, j'en ai mangé. Pour la première fois de ma vie, précisa-t-il. Le prince m'a forcé.

Il y eut un silence.

— Dar avait besoin de lui pour tirer le sac, dit Ketill à voix basse. Pourquoi lui plutôt qu'un autre, au fait? Et que cache-t-elle, cette sacoche en fer, sacrebleu!... Dzoug. Hé, Dzoug!

La tête du Vorage avait roulé sur son épaule.

— On n'en tirera plus rien.

Ketill se trompait. Tard dans la soirée, entre deux pâmoisons, Dzoug fut encore capable de parler. Il parut hésiter un moment avant de nous révéler le contenu du sac.

— Il s'agit d'une déesse en fer, murmura-t-il. Dar l'appelait Walkyr.

— Ah bon, fit Sigrid.

— Elle était d'abord toute petite, pas plus grande qu'une poupée. Et puis, à mesure que nous descendions dans les enfers, elle s'est mise à grandir et grossir du ventre... comme une femme enceinte ! Dar l'a retirée de la besace où il la gardait pour la mettre dans le sac en fer.

— Cette déesse, à quoi doit-elle servir ? demandai-je.

— Le prince voulait la jeter... la jeter dans la mer des Narvals, face au royaume de Mamafidjar.

— Mais pourquoi ? interrogea Svartog.

— Sais pas. Il récitait des incantations dans votre langue ancienne. Le mot Mamafidjar revenait tout le temps. Walkyr l'entendait dans le sac. Elle grinçait, grinçait...

— Pourquoi ces incantations ? Parle, Vorage ! rugit Ketill.

— D'où vient-elle, cette déesse Walkyr ? interrogea Svartog.

— Je ne sais pas.

Soudain, Dzoug ouvrit des yeux ronds comme des billes. Il sourit.

— Bougaï baloull, vodgod médvod... Le renne blanc, sur son dos moelleux, m'emporte ! Nous suivons le fleuve brûlant. Yap, yap ! Modaï mamir. Vodgod !

— Tudieu, il délire ! fit Ketill.

— J'ai l'impression que c'est la fin, dis-je.

— Walkyr était l'arme... l'arme secrète du prince.

Vous en avez hérité. Servez-vous-en... Plouf! Ha! ha!
PLOUF!

Telles furent les dernières paroles prononcées par
Dzoug fils de Badalbarzoug. Il vécut encore un peu,
décédant à l'aube, à l'heure où même Svartog, sujet
aux insomnies, dormait.

2
Un plafond d'étoiles

Nos vêtements et nos bagages avaient été rongés par les mites. Nos cordes également, mais il en restait plusieurs bouts intacts, sauvés par une immersion dans l'eau salée. Svartog les assembla et obtint une longe de trois mètres. Il l'attacha à la chaîne coupée du sac en fer. Nous pourrions ainsi tirer ce dernier jusqu'à la mer, tout en restant à distance de son aura nocive.

Ketill transportait avec lui un bagage en cuir pourvu d'une quantité de poches, de compartiments, sans compter les doubles fonds et autres recoins secrets. Ce sac, qui faisait la fierté de notre ami, avait été presque entièrement réduit en poudre. Son contenu reposait à présent sur le sel, en un tas agressif, hérissé de pointes et de lames diverses. La plupart des objets étaient, à première vue, d'une criante inutilité dans un voyage tel que le nôtre ; d'autres paraissaient bien choisis. Mais il faut reconnaître que le manque d'intérêt d'un ustensile est chose discutable. Ce sont les circonstances qui décident, en fait.

Ainsi, le galurvol, chapeau à cornes porté lors de la Saint-Magnus, servit de protection à Ketill contre les poux géants de la galerie velue, comme le lecteur s'en souvient. Ainsi, une pince à bois en bec d'ibis se révéla utile, et même précieuse, lors de l'accouchement d'une biche naine à rayures, mère du faon Ozurr. Je pourrais multiplier les exemples.

— Tu es triste d'abandonner tes trésors? demanda Sigrid à Ketill. Tu les retrouveras au retour.

— Je ne crois pas que je repasserai par ici. Une intuition.

Ketill le Rouge s'accroupit. Il prit une petite vierge en ivoire, l'embrassa avant de la remettre en place. Il éprouva le tranchant d'un couteau, flatta le galbe d'un vase en argent...

— Un seul. J'emporterai un seul et unique souvenir, oui. Et ce sera celui-là! dit-il en extirpant sa flûte double-bec.

— Puis-je prendre cette grosse flûte arlandaise? demanda Svartog.

— Tu veux que nous formions un duo, le soir?

— Depuis quand joues-tu de la flûte, Svartog? s'étonna Sigrid.

— Il ne s'agit pas de musique, dit le demi-hirogwar. Je veux ouvrir cet instrument et y introduire mes flacons petchégols. Ce sera parfait pour les transporter.

— Un carquois à bouteilles, comprit Ketill. Voilà qui est bien pensé.

Les flacons contenaient différentes potions et pommades, dont un baume guérissant les brûlures. Nous en couvrions la plante de nos pieds nus (nos chaussures avaient nourri les mites) afin d'éviter la morsure du sel.

— Je ne serai pas fâché de quitter ces lieux, annonça Ketill.

Ses genoux craquèrent quand il se mit debout. La main en visière, il se tourna vers le sud pour considérer la succession monotone des dunes blanches.

— Nous approchons du dénouement, mes enfants. Je donnerais cher pour connaître la fin de l'aventure. Souvenez-vous des paroles d'Ama: «Deux des quatre périront». Si c'est vrai, deux d'entre nous sont tout près de se faire trucider d'une manière ou d'une autre. Je n'ai pas peur, non. Pourtant... je sens une petite gêne au creux de mon ventre. Comme un début de nausée.

— Tu digères mal le crabe, lui rappela Sigrid.

— C'est le sac en fer, dis-je.

— Nenni, c'est l'inquiétude qui pointe le nez. Mais je saurai l'étouffer dans l'œuf! Et toi, Svartog, as-tu la frousse? La mort plane sur nos têtes comme jamais, tu sais.

— Je n'éprouve aucune peur. Au contraire, j'ai envie d'en découdre. Je voudrais affronter une armée!

Le demi-hirogwar avait parlé avec une ferveur sauvage, plutôt inhabituelle.

— Svartog a soif de sang, on dirait! plaisanta Sigrid. Ses yeux lancent des flammes.

— Je... commença le demi-hirogwar. C'est vrai que j'ai envie de... J'ai comme un bruit de bataille dans la tête, voilà! Et ce bruit m'appelle!

— Sacré Svartog! fit Ketill le Rouge. Tu nous donnes là une belle leçon de courage!

Il ramassa la corde du sac en fer.

— Je tiens à traîner ce fichu colis en premier, dit-il. J'invoque mon droit d'aînesse.

– Harald, ô Harald! lançai-je alors.

– HARALD, Ô HARALD! hurlèrent mes compagnons en entamant la marche.

Il nous fallut seulement trois jours pour atteindre la mer. L'air devint plus frais à mesure que nous progressions, et la nappe étincelante se dissipa au plafond de l'étage, laissant voir des feux innombrables, dont la répartition équilibrée nous frappa. Ils se trouvaient à une telle hauteur, ces feux, que leur mouvement était imperceptible.

– On dirait un plafond peint, admira Ketill.

Nous aperçûmes de loin une bande de renards blancs à queue mince et, peu de temps après, des rats. Ces territoires désolés recelaient également des arbres marcheurs. Leurs racines à cinq branches se mouvaient à la surface du sol. Par l'allure générale, par la taille aussi, ces arbustes évoquaient des mains. Ketill les baptisa «mains de Borr», en référence au guerrier des temps anciens. L'histoire est connue. Borr le Paon eut la main tranchée par un ennemi. C'était un lâche et il repoussait toujours l'heure de la vengeance. La main coupée perdit alors patience. Elle sortit de la boîte où on l'avait rangée pour accomplir seule un long voyage. Ayant retrouvé l'ennemi, elle l'étrangla durant la nuit.

Les mains de Borr s'abreuvaient dans les mares d'eau salée, puis elles digéraient l'eau en couinant, affaissées sur elles-mêmes. Leur écorce et leur pauvre feuillage imitaient parfaitement la couleur et la texture du sel. Nous ne les aurions peut-être jamais remarquées si elles s'étaient figées à notre approche. Mais ces crétines filaient au moindre bruit de pas, de manière éperdue, en criant de surcroît. Daphnir et Invincible leur faisaient la chasse ; ils leur tombaient dessus avec des grondements terribles, disproportionnés. Et, bien entendu, ils les mangeaient.

Dar possédait le plan de Snorri le Morphir, notre prédécesseur aux enfers. Nous avions trouvé l'inestimable document dans le sel, là où le prince l'avait posé. En déliant les ficelles rongées par les mites, Svartog libéra non pas un parchemin, mais plusieurs. Sur chacun d'eux Snorri avait dessiné son itinéraire dans une partie des enfers. Le vingt-sixième parchemin (ils étaient numérotés) nous apprit que le fleuve de feu coulait à l'est de notre position. Nous rejoignîmes donc «la route des morts», sachant qu'elle nous conduirait tout droit au royaume de Mamafidjar.

Les flots de lave retinrent à peine nos regards : nous connaissions trop bien le spectacle. Seuls nos dragons s'abandonnèrent un moment dans la contemplation du majestueux serpent rouge.

— Deux kilomètres d'une rive à l'autre, estima Ketill distraitement.

— Plus ! dit Sigrid.

Le 12 septembre 1067, des mouches marines, reconnaissables à leurs pattes spatulées, firent leur apparition, bientôt suivies par des pétrels nains, leurs prédateurs attitrés.

— La mer est proche, mes enfants, se réjouit Ketill le Rouge. Je la sens par toutes les fibres de mon corps. J'avais oublié à quel point je l'aime !

Aucun de nous n'était sorti indemne du combat contre Dar et Thordis. Svartog était touché au ventre, je l'ai dit. Ketill avait reçu du prince un coup sur le crâne et un autre en pleine face. Son visage conservait depuis lors une couleur foncée, un bleu nuit passablement effrayant. Sigrid s'en tirait sans plaie ni bosse – un exploit! –, mais elle se déclarait exténuée.

– Je me traîne, je le sais, s'excusait-elle.

Quant à moi, j'avais un trou profond dans la cuisse, une blessure inflammée qui me faisait souffrir.

Notre état interdisait les marches forcées. J'avouerais même que nous avancions avec lenteur, tels des petits vieux, au grand dam de nos dragons. Cependant, l'air marin changea tout; il nous insuffla une énergie providentielle.

Les ankoks sont des enceintes de pierres abritant des âmes animales. Nous en vîmes plusieurs, ce jour-là, d'un genre particulier à cet étage. Bâtis sur un plan carré et recouverts d'un toit plat, leurs pierres étaient décorées de plaques d'or marin, sur lesquelles poussait un lichen sec et craquant, gorgé de sel. Les ankoks, brillant de mille feux, s'égrainaient sur notre droite, distants les uns des autres de cinq kilomètres. Notre curiosité à leur égard s'était émoussée avec le temps. D'ailleurs, nous savions ce qu'ils contenaient: Snorri les avaient dessinés sans en omettre un seul, en précisant leur population.

Sigrid marchait avec le plan 26 ouvert dans ses mains. Lorsque nous passâmes près d'un ankok aux murs bas, elle se mit à déclamer:

– *Petites âmes domestiques. Faucons, chats, chiens, furets, oies, poules et cetera.*

Nous rencontrâmes un ankok géant à l'heure de midi. Divers beuglements s'en échappaient.

— Que dit la légende? demanda Ketill.

Il regardait le monument sans s'arrêter de marcher.

— *Âmes domestiques moyennes et colossales*, déchiffra ma fiancée. *Moutons, chèvres, porcs, vaches, chevaux, dragons doux, et cetera.*

Bientôt, les enceintes de pierre laissèrent la place à une chaîne de petites montagnes que Snorri appelait Monts Salés. Nous atteignîmes la mer à la tombée du jour. L'expression «tombée du jour» peut paraître étrange, s'agissant des enfers, mais elle est appropriée. En effet, la lumière s'était mise à décliner progressivement vers six heures. Les feux du plafond baissaient avec une douceur qui ne pouvait être qu'étudiée.

De sa voix profonde, Ketill récita un extrait de la *Vie fameuse et héroïque de Snorri le Morphir*:

> *Chez Mamafidjar*
> *Le matin existe*
> *Et il y a des soirs.*
> *Les dieux en artistes*
> *Règlent les lumières*
> *Pour que soit moins triste*
> *Le séjour des morts.*

Le fleuve de feu ne se jetait pas dans la mer; il tournait à l'est pour longer la côte. J'appris plus tard qu'il contournait le royaume de Mamafidjar avant de reprendre sa route vers le sud. Où allait-il? Dans quelle mer de lave, dans quel gouffre sans fond se jetait-il? Personne ne fut capable de me le dire.

Depuis un moment, nous cheminions dans une large allée balisée par des pierres. Elle nous amena au bord de l'eau, sur une plage. Les flots mordaient le sel puis se retiraient, revenant ensuite avec une détermination renouvelée, voire légèrement accrue.

— Il y a même des marées, observa Ketill.

Nous nous trouvions au milieu d'un cercle délimité par de petits monticules: des superpositions de pierres plates.

La mer des Narvals était calme, oui. Sauf qu'une agitation importante se devinait au loin.

Il faisait déjà fort sombre. Sigrid mit les pieds dans l'eau et, les yeux plissés, elle scruta l'horizon.

— Je veux bien être pendue! s'exclama-t-elle.

— Quoi? fit Ketill.

— Il y a un véritable mur de vagues, là-bas. J'ai l'impression que sa hauteur doit être… vertigineuse!

Svartog, assis par terre, alluma sa pipe.

— Comment allons-nous faire pour traverser cette mer, je me le demande. Ah, si nous avions encore nos ailes…

Disant cela, le demi-hirogwar déposa un regard douloureux sur l'armature de sa cape cerf-volant. Elle gisait à ses pieds, emballée dans les feuilles du seul grand arbre que nous avions trouvé à cet étage.

— Sacrées nom de Dieu de fichues mites! grogna Ketill.

— Je ne te le fais pas dire, soupira Svartog.

Ketill haussa les épaules et Svartog me considéra d'un œil morne. Sigrid, pour sa part, ne m'avait pas entendu, trop occupée qu'elle était à étaler par terre le plan 27.

— Nous sommes passés sur le parchemin suivant. Vous l'ai-je dit?

— Ouais, répondit Ketill en mâchant du crabe.

— Voilà le cercle où nous nous trouvons, la mer... Le mur de vagues!

Elle se pencha tout en caressant le front râpeux de Daphnir.

— C'est exactement ce que Snorri a écrit: *Mur de Vagues*. Il a employé les mêmes mots que moi!

— Les grands esprits se rencontrent, dit Ketill entre deux bouchées.

Imperméable aux sarcasmes, Sigrid poursuivit son examen. Je vins me placer dans son dos.

— Des bateaux blancs, regarde! dit ma fiancée.

Ces bateaux ressemblaient à des symboles; ils devaient indiquer la route du drakkar sans voile, le transporteur des morts. On les voyait quitter le fleuve de feu pour traverser la mer des Narvals.

— Une île, dit Sigrid. Et voilà l'enceinte de la ville, les quartiers... Et regarde un peu ces deux tours immenses: *tour Fidjar* et *Eudrasil*.

— Derrière la tour Fidjar, il y a le Trésor, nous informa Svartog. Une montagne d'or et de rubis bordée d'arbres.

— Ici! dit Sigrid. Et Snorri a dessiné un dragon sur la montagne.

— Rooknir, le gardien des richesses royales! énonça

Ketill en arrachant le plan à ma fiancée. C'est un dragon unique. Plus grand qu'une baleine-colosse,
méchant, vicieux et parfaitement fou. Mamafidjar l'a
eu tout petit. On raconte qu'elle lui a donné le sein.
Il n'aime qu'elle et personne d'autre... Un volcan sur
patte, ce dragon! On le surnomme le Grand Nuisible
ou encore le Waumak.

— Ce qui veut dire?

— Je n'en sais rien, mon Bjorn... Quel joli tas d'or,
hein, mes chéris! Snorri a soigné son œuvre. Est-ce
que je rêve ou... Oui, il a peint avec de l'authentique
poudre d'or! Le bougre, il me met l'eau à la bouche.

Ketill prit un air rêveur.

— Quitter les enfers avec un p'tit baluchon rempli
de métal précieux et de rubis, ça me plairait bien, à
moi.

— Étant donné ce que nous sommes venus faire en
ces lieux, je doute que ton souhait...

— Soit jamais exaucé.

Sigrid avait terminé la phrase de Svartog, qui
bâillait à s'en décrocher la mâchoire.

La lumière du plafond était presque morte et l'obscurité nous enveloppait. C'est alors que les feux reprirent une certaine intensité tout en perdant leur
couleur. Devenus quasiment blancs, ils se mirent à
scintiller, donnant l'illusion d'un ciel étoilé.

Svartog connaissait l'heure par instinct, comme tous
les hirogwars et demi-hirogwars. Grâce à lui, nous
avions pu conserver un rythme quasi normal durant
notre expédition souterraine. Ce fut une grande
chance car, j'en suis persuadé, perdre la notion du jour

et de la nuit représente un danger pour la santé. Le corps souffre et l'esprit se dérègle.

Tout à coup, la nuit n'était plus une idée abstraite : elle était là, réelle, palpable – en tout cas merveilleusement imitée.

Nous sentîmes le sommeil s'abattre sur nous. Je me souviens de Daphnir vacillant sur ses pattes. Ketill s'affala sur le ventre ; Sigrid, déjà couchée, m'attira près d'elle. Et quelle surprise de voir Svartog s'endormir avant tout le monde, une pipe fumante au coin du bec !

— Bonne nuit, balbutiai-je.

Personne ne répondit.

Hélas, nos dragons nous réveillèrent dans les minutes qui suivirent. Ils poussaient des sortes de brames pour nous prévenir d'une menace.

3
LES YUS

De très nombreuses lumières, des torches, à n'en pas douter, descendaient des Monts Salés. D'autres arrivaient aussi de l'est, serrées entre le fleuve de feu et la mer.

— Voilà le comité d'accueil, gronda Ketill. Ils sont des centaines.

Sigrid aperçut d'autres flammes sur la mer; elles arrivaient à vive allure, longeant la côte.

— Des bateaux, dit ma fiancée.

— La déesse Walkyr! s'écria Svartog. Que faisons-nous de la déesse?

— À l'eau! ordonnai-je.

— Tu en es sûr? demanda Sigrid d'un ton grave.

— On en a déjà discuté.

— Nous ne l'avons pas traînée jusqu'ici pour n'en rien faire ou pour l'offrir à ces gens, fit valoir Svartog.

Il se trouvait dans un état de grande excitation. Ni une ni deux, il tira le sac en fer dans la mer. Il pataugea sur une dizaine de mètres sans parvenir à ses fins: le sac restait à moitié hors de l'eau.

— Aucune profondeur! cria-t-il.

Ketill courut rejoindre le demi-hirogwar; il l'aida à ramener le fardeau sur la plage.

— Essayons par là! souffla-t-il en indiquant l'ouest.

— D'accord, acquiesça Svartog.

Ils traînèrent le sac ensemble le long de l'eau. À trente pas de notre position, le terrain s'élevait en pente raide. Un puissant son de trompe déchira la nuit, venant des bateaux que nous pouvions voir distinctement fendre les flots avec une admirable sûreté. Bientôt, des cris nous parvinrent, accompagnés d'un roulement de tambour.

Au pied des Monts Salés, des silhouettes noires grandissaient à vue d'œil.

— Quelle multitude! s'effraya Sigrid.

— Les Yus, prononçai-je. Les serviteurs de Mamafidjar.

— Ketill prétend qu'ils descendent de l'espadon. Il m'a cité une strophe de la *Vie de Snorri*... Me souviens plus.

Nos compagnons étaient parvenus en haut d'une petite falaise. Ils s'immobilisèrent. Voilà qu'ils tournaient leurs visages dans notre direction.

— Allez-y! hurlai-je. Bon sang, allez-y!

Une forme sombre tomba de la falaise, provoquant une explosion claire et, pour nous, silencieuse.

— Ils reviennent, dit ma fiancée. Tu crois que les Yus ont pu voir quelque chose?

— Je ne pense pas.

Ketill le Rouge courait comme un lapin. Svartog le suivait de près. Lorsque ce dernier parvint en bas de la falaise, il longea les montagnes au lieu de rallier notre position. Il fonçait droit sur l'ennemi.

Ketill arriva tout essoufflé.

— Mission accomplie, morphir, fit-il. Le sac a coulé! Au moment de le pousser dans le vide, j'ai eu comme… une hésitation. Je…

— On a vu, dis-je. Pas la peine d'en parler. Regarde plutôt ce que fait Svartog!

Ketill se retourna vivement.

— Tudieu! Il a perdu la raison!

D'un même mouvement, nous partîmes prêter main-forte au demi-hirogwar. Daphnir et Invincible nous dépassèrent en trombe.

Ketill avait dégainé son épée; je l'entendais répéter les mêmes mots à côté de moi:

— Il est fou! Il est fou!

Pendant longtemps, l'arc avait été l'arme attitrée de ma fiancée. Elle préférait maintenant se battre avec des griffes prélevées sur le cadavre d'un héron combattant, créature de fer rencontrée précédemment. Je n'aimais pas ces griffes, et Ketill non plus. Nous les jugions sinistres et, comment dire… indignes d'une guerrière civilisée. Il faut pourtant avouer que Sigrid avait su prouver, et de façon spectaculaire, l'efficacité de son nouvel armement.

Ma fiancée court vite; elle nous avait dépassés et talonnait nos dragons. Je lui criai de nous attendre au moment précis où Svartog se heurtait aux Yus. Il fut avalé par la foule de ses adversaires. Nous l'entendions hurler comme un furieux.

— Fou à lier! rugit Ketill.

La tête du demi-hirogwar dépassait au milieu de la mêlée. Nous entendions clairement le choc des épées. Par instants, je pouvais voir l'éclat rougeoyant de la lame de Svartog. Les armes yus, quant à elles, ne renvoyaient aucune lumière.

Tout à coup, Ketill s'arrêta de courir.

— C'est bon, dit-il.

— Mais… protestai-je.

— Sigrid, stop! Daphnir, ici!

— C'est toi qui es fou, Ketill!

— On peut faire beaucoup de choses à quatre. Se battre contre une armée, non.

— Svartog a besoin de nous, dit Sigrid par-dessus son épaule. Ils vont le tuer!

Elle courait toujours.

— L'ordre est de nous capturer vivants, tu peux en être sûre! lui cria Ketill. Sans cela, Longs-Bras serait déjà mort!

Sigrid s'arrêta enfin, touchée par la justesse de l'argument.

Daphnir et Invincible s'étaient assis à quelques pas de la ligne ennemie, éveillant la curiosité des Yus. Ils levèrent tous deux le menton d'une manière caractéristique. Pas de doute, ils allaient cracher leur feu.

— Rappelle les dragons! dit Ketill. Ça pourrait mal tourner.

Le conseil était sage, je le suivis. Pendant ce temps, Svartog se déchaînait toujours.

— Taïaut! beuglait-il.

Les Yus firent entendre des rires et aussi des sifflements, apparemment admiratifs. Oui, j'eus la nette impression que l'attitude téméraire du demi-hirogwar les épatait.

— Arrête ça, Svartog! cria Ketill.

— Il ne t'entend pas, dis-je.

Sigrid avait grimpé sur une dune.

— Il y en a trois qui amènent un filet, nous informat-elle... Hop! Svartog est emballé. Ils ont fait ça proprement, en douceur...

— TAÏAUT!

— Ma parole, il en veut encore! dit Ketill, stupéfait Quelle rage!

Je jetai un œil en arrière. Les bateaux mouillaient à deux encablures du rivage. Leurs occupants se laissaient glisser dans l'eau; ils nageaient quelques brasses avant de rapidement prendre pied.

Les Yus portaient leur flambeau au sommet d'un casque sombre, gardant ainsi leurs mains libres. Tandis qu'ils accouraient de toutes parts, je les observais, fasciné.

Ils étaient vêtus de tuniques amples et raides, au col échancré, recouvertes de ces coquillages appelés «cônes». Une culotte large et courte, en cuir gaufré, venait au-dessus d'un pantalon collant. Quelques rares individus arboraient des chaussures teintes à lacets, les autres allaient en bottes. Tous avaient des gants.

Les harpons et les simples dents de narval étaient le plus souvent préférés aux lames de fer. Les boucliers imitaient la forme d'une tortue de mer. Leur métal, comme celui des épées, ne montrait aucune brillance.

Les Yus arboraient un visage noir comme du charbon. À certaines parties plus claires, autour des yeux, dans les oreilles et dans le cou, je compris qu'il s'agissait d'une peinture. La chevelure des Yus, blonde, brune, noire ou rousse, se divisait en une vingtaine de tresses lestées chacune par une plaque d'or marin. Malgré la gravité de l'heure, cette coiffure, fière et sonore, fit mon admiration.

— Je vous souhaite la bienvenue au nom de la reine.

Celui qui avait parlé, un homme d'âge mur, sans arme, s'inclina en faisant tinter ses plaques d'or.

— Sar Maïor, pour vous servir.

— Bjorn fils d'Erik, dis-je, lui rendant son salut. Voici Ketill le Rouge, membre de la horde royale, et Sigrid fille de Gils, ma fiancée.

Ketill s'inclina avec la grâce des grands seigneurs.

— Pour nous servir, dis-tu, maître Sar? C'est plutôt Mamafidjar que tu sers, non?

Une rumeur monta de la foule des Yus. La remarque de Ketill avait déplu.

— Le peuple yus travaille pour la reine, déclara Sar Maïor. Pour les services que nous lui rendons, elle nous paie en monnaies d'or et d'argent. Elle nous respecte et nous honore de son amitié.

— Hum, fit Ketill le Rouge.

Deux Yus amenèrent Svartog dans son filet. Un autre tenait l'épée rutilante de notre ami, un glaive sans prix réalisé dans les ateliers de l'armurier Benok.

— Un demi-hirogwar, observa Sar Maïor. Je les savais courageux, mais pas à ce point. Si vous obtenez de votre ami qu'il se tienne tranquille, j'ordonnerai qu'on le libère.

— Tu as entendu, Svartog? demanda Ketill. Hé, monsieur la furie! Tu veux sortir de ton filet à morue ou bien quoi?

— Parle, Svartog! insista Sigrid.

Notre ami avait l'air égaré d'un homme réveillé au milieu d'un rêve.

— Je… Quelle heure est-il?

— C'est toi qui demandes ça? Voilà bien la meilleure de l'année!

Ketill se mit à rire.

— Libérez-le, décida Sar Maïor.

Les Yus s'exécutèrent. Bientôt, Svartog put déplier son double mètre. Il fit un mouvement vers Sar Maïor, mais ses pieds restèrent empêtrés dans les mailles du filet: le demi-hirogwar s'étala sur le sel. Des rires éclatèrent, auxquels Sar Maïor mit fin aussitôt.

— Respect pour ce guerrier! gronda le chef des Yus.

Sigrid et moi allâmes relever Svartog tandis que Ketill et Sar Maïor marchaient vers la plage.

— Qu'est-ce qui t'a pris? questionna Sigrid en essuyant le sel sur le visage de Svartog.

— Une voix me parlait dans l'oreille. Elle me poussait à me battre, oui, et tout mon sang était d'accord. Une belle expérience, mes chers amis. J'ai trouvé ma voie! Je sais désormais que, pour moi, le bonheur réside dans la bataille!

Sigrid et moi échangeâmes un regard. L'exaltation de notre ami était vraiment suspecte.

Déjà, les Yus nous conduisaient au rivage. Nous rattrapâmes Ketill et Sar Maïor.

— Ne te fatigue pas, Ketill le Rouge, favori du roi Harald, poète émérite, disait le chef des Yus. Nous savons très bien pourquoi vous êtes là. Le but de votre mission a été révélé à la reine par une personne proche du morphir, une âme voyageuse...

— Sigur! devina Ketill.

— Eh oui.

— Le traître!

— Ne juge pas trop vite.

Un vieil homme nous attendait près de l'eau avec une cuve emplie d'une matière noire.

— Ceci est du beurre de phoque, déclara Sar Maïor. Il faut vous en enduire le corps, vous qui êtes presque nus.

— Nos vêtements ont été mangés par des mites.

Ayant dit, Ketill se pencha au-dessus de la cuve.

— C'est quoi? grogna-t-il.

— Beurre de phoque, te dis-je. Un mélange de notre invention: graisses marines, ambre gris, algues noires...

— À quoi ça sert?

— À protéger la peau. L'eau de mer est suprêmement urticante.

— Le sel?

— Le parchen. Les baleines-tritons changent de peau en grandissant. C'est cette peau qui, en se décomposant, devient du parchen.

— Oh oui, oh oui, dit le vieux Yus. Vous verrez. Grandes traînées blanches sur la mer! Si tu mets ta main sans gant dans le parchen, tchoup! ta main prend la couleur de la lave. Tu cries: «Aïe! aïe!» Ta main, elle est fichue. Oh oui!

— Oh oui, fit Ketill en s'enduisant de beurre.

— Tu dois plus en mettre! Noir comme un chat noir, il te faut être.

— Faut-il enduire les dragons? demanda Sigrid.

— Ça ne devrait pas être nécessaire, opina Svartog.

— Trop tard, de toute façon, dis-je.

Les deux compères venaient d'entrer dans l'eau. Ils pataugèrent bruyamment, éclaboussant les Yus qui poussaient des «Oh!» sidérés.

— Bravo! lança une voix.

— Extraordinaire! dit une autre.

Conscient de son succès, Daphnir exécuta plusieurs sauts de carpe, puis des culbutes, imité chaque fois par Invincible. Ils envoyaient de l'eau à quinze mètres à la ronde.

— J'étais sûr que leur peau résisterait.

Svartog terminait de se couvrir le torse; il lui restait à beurrer ses longues jambes de sauterelle.

— Regardez vos dragons! dit Sar Maïor. Ils en boivent!

Il n'en revenait pas.

— J'ai vu des gens aussi noirs que nous en ce moment, affirma Ketill en entrant dans l'eau un peu plus tard. Ils étaient nés comme ça.

— Pas possible! décida le vieux Yus.

— Où donc as-tu rencontré ces créatures? s'enquit Sar Maïor.

— En Asimie, un royaume au sud du Sud. C'étaient des hommes comme toi et moi.

L'eau se révélait glacée, même si, de temps à autre, nous croisions un courant tiède.

Sous nos pieds, le sel fit place à un parterre d'algues. Des rochers nous barrèrent la route à une encablure du rivage; il fallut grimper dessus en veillant à ne pas s'écorcher les pieds. Au-delà, nous trouvâmes des hauts-fonds.

— Du sable! se réjouit Ketill.

L'eau montait jusqu'à nos chevilles, guère plus. Les flambeaux des Yus éclairaient une mer d'encre, parsemée de taches claires, suspectes. Sar Maïor pointa le doigt vers une bande de phoques à capuche qui s'enfuyaient à notre approche. Ne doutant de rien, nos dragons coururent après.

Une chose lumineuse et ondulante passa entre mes jambes.

— Signe de chance! dit le vieux Yus.

Il avançait à côté de moi, plus véloce qu'un jeune homme.

— Comment t'appelles-tu, l'ami? demandai-je.

— Oh!

— Je serais honoré de connaître ton nom.

— Sar Maïor! Sar Maïor! Le garçon, il veut que je lui dise...

— J'ai entendu. Réponds à sa question.

— Pourquoi? La raison, je veux connaître!

— Cesse de faire l'idiot!

— Il veut être mon ami, pour sûr. Ami-ami j'aime pas ça. Oh non! Les amis ont qu'une chose en tête: voler vos secrets.

— Dis ton nom, c'est un ordre!

— Gar le Beurrier, je m'appelle, prononça le vieux à contre cœur. Mais j'te préviens, garçon, la recette de mon beurre, tu l'auras jamais. Personne l'aura. Je mourrai avec!

— Taré, dit Ketill entre ses dents.

Nous fîmes en nageant les derniers mètres qui nous séparaient des bateaux.

Les Yus se démenaient pour avancer. La lourdeur de leur équipement y était pour quelque chose, admettons-le. Cela étant, les amis de Mamafidjar nageaient comme des débutants. Je n'observais autour de moi que des mouvements saccadés, maladroits, grotesques.

Sar Maïor et quelques autres lancèrent des regards étonnés à Ketill, qui semblait voler sur l'eau. Je précise que notre ami était, à l'époque, l'un des meilleurs nageurs du monde civilisé.

On nous tira à bord d'un bateau. Daphnir et Invincible furent hissés dans un filet, traitement qu'ils n'apprécièrent pas du tout.

— Ketill le Rouge! s'exclama Sar Maïor en se secouant. Quel marsouin tu fais! Extraordinaire! Consentirais-tu à enseigner l'art de la nage à notre jeunesse? Dans le cas où Mamafidjar te laisserait la vie...

— Je vais y réfléchir, dit Ketill distraitement.

Il était absorbé par la contemplation du bateau.

— Par ma barbe, voilà un vaisseau peu ordinaire!

— C'est une barcaronde, dit Sar Maïor.

4
LA TÊTE EN BAS

Le pont du bateau était circulaire ; il aurait pu contenir une centaine d'hommes. Un mât épais, court, s'élevait au centre, portant des lanternes fixes. Une rangée de sièges courait tout le long du bastingage.

— Va falloir se caler sur ces chaises d'enfants, si je comprends bien, dit Ketill.

Notre ami possédait un fessier plantureux, d'où son inquiétude.

De petites ouvertures étaient percées à hauteur d'un siège sur deux. On les avait bouchées avec des peaux luisantes de goudron. Les rames passaient à travers ces peaux, par des trous serrés, et je ne doutais pas de l'étanchéité du dispositif.

— Levez l'ancre ! ordonna Sar Maïor.

Son ordre fut vite exécuté.

Les Yus avaient pris place sur les sièges. Sigrid, Ketill, Svartog et moi reçûmes chacun une place entre deux rameurs. On nous montra comment nous attacher, à l'aide de ceintures prévues à cet effet.

Je voyais le profil léonin de Ketill à six pas devant moi. Notre ami s'entretenait avec un rameur.

— Un bateau comme un bol ! me lança-t-il en tournant vivement la tête. Qui l'aurait cru, hein, morphir ?

— À vos rames! ordonna Sar Maïor. Yipiho! ALLEZ!

Les ceintures nous forçaient à rester assis; or le bastingage était trop haut pour nous permettre de voir la mer dans cette position.

Un vent froid nous frappait le haut du crâne tandis que la barcaronde semblait glisser sur les vagues.

— Vise un peu le mât! me cria Ketill. Droit comme un «i»!

— Est-ce qu'on avance vraiment? interrogea

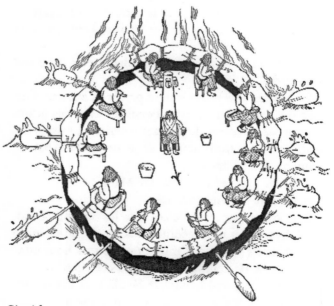

Sigrid.

— Pour sûr qu'on avance! s'offusqua un Yus.

Ma fiancée se pencha en avant.

— Bjorn!

— Oui.

— Quel va être notre sort, à ton avis?

— La reine est folle de colère, dit le rameur assis entre nous, un chiqueur de tabac. Je voudrais vous dire des paroles rassurantes, mais...

Le bateau se mit soudain à tanguer. Des gouttes d'eau me frappèrent le visage.

— Aux bâches! tonna Sar Maïor.

Les Yus qui ne ramaient pas se ruèrent vers le bastingage, dont la rampe se trouvait recouverte d'un gros coussin de toile. Ils défirent une série de lanières avant d'étendre un toit au-dessus de nos têtes. Ce que nous avions pris pour le mât était en réalité le pilier central d'une tente.

Le vent hurlait, à présent.

— Ce ...teau est plein de surprises ...crebleu! cria Ketill à travers le vacarme.

— On va entrer dans les vagues hautes! annonça l'homme à la chique. Faites vos prières!

— OUOUOUOUOUOU! pleura Daphnir.

— OUOUOUOUOUOU! l'imita Invincible.

Au risque de se rompre les os, quelques Yus circulaient avec des seaux d'algues. Ils s'employaient à colmater tous les espaces entre la toile et la rampe. Grâce à eux, le vacarme diminua de moitié. Le rugissement des vagues et les cris du vent me parurent presque lointains.

Sar Maïor se tenait debout au centre du bateau, la taille et le buste liés au pilier. Son harnais lui permettait de tourner autour de cet axe, ce qu'il faisait constamment. D'une main, il tenait un objet de petite taille (invisible de l'endroit où je me trouvais); de l'autre, il pointait un bâton blanc droit devant lui.

— Le Sud! nous révéla l'homme à la chique.

— Il montre le sud? Avec le bâton?

— Oui, demoiselle Sigrid.

Selon leur position par rapport au point désigné par Sar Maïor, les rameurs savaient s'ils devaient ramer en avant, ramer en arrière ou encore ne rien faire.

Ketill dessina plus tard une barcaronde simple, sans passagers. J'ai conservé ce croquis, parmi d'autres souvenirs de mon voyage aux enfers.

Nous étions secoués de façon incroyable; notre épaule frappait le bastingage et, l'instant d'après, nous partions en avant ou en arrière...

— Gare les rameurs! cria Sar Maïor en pivotant. PAR LÀ, LE SUD!

Le jeune homme derrière moi — il pouvait avoir vingt ans — cessa aussitôt de ramer. J'en profitai pour l'interroger:

— Sar Maïor, que tient-il dans sa main?

— Un bâton.

— Non. L'autre main!

Le jeune homme n'eut pas le loisir de répondre. Nous sentîmes le bateau s'aplatir sous une vague géante, puis tourner sur lui-même comme une toupie.

— Je déteste ça, quand ça tourne! dit Sigrid.

La barcaronde, dessin de Ketill le Rouge

La barcaronde finit par arrêter son mouvement ; elle demeura immobile une poignée de seconde.

— PAR LÀ, LE SUD !

Dans la minute suivante, je sentis mes entrailles se soulever. Nous venions d'être projetés en l'air. La sensation de voler... Des regards de terreurs qui se croisent, dans l'attente de la chute...

Le bruit furieux, oui, un fracas de tous les diables. Le plancher craque... La mer va-t-elle nous avaler ? Je nous imagine sous l'eau : tous ces corps ceinturés, entraîné par le poids du bateau...

— Vais vomir ! prévint Sigrid.

— Tiens bon, demoiselle, dit l'homme à la chique. Le calme est pour bientôt.

Pour la vingtième fois, peut-être, Sar Maïor pivota sur son axe.

— PAR LÀ, LE SUD !

— Quelle folie, hein ! me lança Ketill, l'air un peu ahuri.

Svartog, quatrième siège devant Ketill, montrait un visage étonnant. L'œil brillant, il riait tout seul.

« Il aime ça, ma parole ! » pensai-je.

En fait de calme, nous eûmes encore une série de secousses épouvantables.

Invincible, arrimé au pont, vida ses tripes sur le plancher. Les Yus se moquèrent de lui. Mais leurs sarcasmes cessèrent quand ils le virent nettoyer le pont avec conscience.

Invincible ravala tout son repas, jusqu'à la dernière miette baveuse.

— Il fait comme les chats, admira le chiqueur.

À ce moment, la mer s'était apaisée. Des Yus marchaient au hasard afin de se dégourdir les jambes. Quelques consciencieux vérifiaient les attaches de la toile ou renforçaient le calfatage. Ketill était en grande conversation avec Sar Maïor.

Je défis ma ceinture et allai m'enquérir de l'état de ma fiancée.

— Tous des terriens, dans ma famille, gémit-elle. Je n'ai pas le pied marin... ni l'estomac!

— Tu veux boire?

— Je ne peux rien avaler, merci... Ketill t'appelle.

— Tu es sûre que ça va?

— Mais oui. Vas-y, il a l'air très excité.

Ketill me faisait de grands signes. Je fus près de lui en trois enjambées.

— J'ai l'impression de marcher sur la terre ferme, m'étonnai-je.

— Entre les deux murs, la mer est plus calme qu'un bassin à homards, dit Sar Maïor.

— Les deux murs?

— Nous avons franchi un mur de vagues. Il y en a un autre plus loin.

— Sapristi, grogna Ketill. Le plan de Snorri était faux sur ce point!

— Ce qui va venir s'ra pire encore! annonça Gar le Beurrier. On va danser pour de vrai. Oh oui!

— Oh oui, fit Ketill.

Il tourna le dos au vieil homme.

— Regarde, Bjorn, cet instrument merveilleux... Montre-lui, Sar Maïor!

Le chef des Yus tendit vers moi sa main ouverte.

Une boîte ronde, à couvercle de verre, y était posée ; elle était remplie d'un liquide jaune.

— Explique-lui, maître Sar !

— Eh bien, c'est une boussole. Ce point noir que tu vois...

— Une crevette.

— Une puce de rivière, me détrompa Sar Maïor. Elle est plongée dans un mélange d'eau et d'huile qui la nourrit. Son ventre est plein d'œufs, regarde. Dans son milieu, cet animal n'aurait qu'une obsession : remonter le courant pour aller pondre dans un lac chaud.

— Le pays des lacs se situe au sud de l'étage, précisa Ketill. Ces braves mamans puces partent du nord pour aller vers le sud depuis la nuit des temps. Et maintenant, tu vas voir !

Il emprunta la boussole à Sar Maïor, me la colla sous le nez.

— Je fais tourner la boîte, je la secoue...

— Doucement, s'effraya Sar Maïor.

— La petite mère est étourdie, tu vois. Elle est un peu soûlée, la malheureuse... Mais la voilà qui reprend déjà ses esprits. Elle nage vite, vite pour se caler contre la paroi. Et sa position indique...

— Le sud, pour sûr ! dit Gar le Beurrier en arrachant la boussole à Ketill.

— Holà !

Sar Maïor fit un geste pour reprendre la boussole, mais le vieux se recula vivement.

— Je fais rien de mal ! On me traite comme un paria, ma parole. Un pestiféré ! À c't'heure, je suis la dernière rame du navire !

— Tu divagues, Gar. Calme-toi, de grâce, et rends-moi la boussole.

Le vieux secoua la tête ; il s'enfuit un peu plus loin avant de décréter qu'il fallait absolument changer l'eau de la puce :

— Trop de petites crottes nagent là-dedans. Ça va lui monter à la tête et, tchoup ! elle va plus savoir son sud.

Deux Yus arrivèrent sur la pointe des bottes et le ceinturèrent ; un autre se saisit de la boussole. Gar beugla, se débattit. D'un grand coup de pied, il envoya valser le précieux instrument à l'autre bout du pont.

— Mwof ! mwof ! aboya Daphnir.

— Ce dragon crie comme un chien, dit l'homme à la chique.

Il ramassa la boussole et vint l'apporter à Sar Maïor.

— Elle est en panique, annonça ce dernier.

— Ce qui signifie ?

— Observe donc, seigneur Ketill. La puce fait la morte. Elle se laisse dériver...

— En effet.

— Cela va durer longtemps ? demandai-je.

— Des jours. Mais j'ai une autre boussole, rassurez-vous.

Sar Maïor souleva sa lourde tunique et fouilla les poches de sa culotte. Il sortit un sachet brodé.

— Elle appartenait à mon père, confia-t-il en exhibant la boussole. Fabriquée en l'an 1030, c'est une boussole-bracelet : on l'attache au poignet.

— Ingénieux, concéda Ketill.

— J'ai remplacé la puce il y a trois jours.

Les Yus étaient en train de reprendre leurs places.

Pendant qu'on attachait Gar le Beurrier à son siège, Sar Maïor remit son harnais. Je me chargeai, avec l'aide de Ketill, d'arrimer nos dragons.

— Par là, le sud! cria Sar Maïor.

Sigrid me tendit sa main beurrée; j'y déposai un baiser et regagnai ma place en titubant.

— Tangue, tangue, la barcaronde, récita l'homme à la chique. C'est pas la fin, la fin du monde.

— Ma recette, personne l'aura! glapit le vieux Gar, provoquant l'hilarité générale.

À présent, les Yus ramaient au son d'un tambour. La musique investit mon cœur et le força à battre au même rythme qu'elle. C'est étrange, mais c'est la pure vérité. Je me révoltai tout d'abord, et bientôt j'y renonçai. Je fis bien, car je me sentis alors en harmonie avec les rameurs, avec le bateau, avec la mer...

— Pourquoi maintenant et pas avant, le tambour?

— La tradition, me dit l'homme à la chique.

— Gare les rameurs! tonna Sar Maïor. PAR LÀ, LE SUD!

La barcaronde tangua, roula comme jamais. Des trombes d'eau s'abattirent sur le toit, qui résista pourtant. Nous fûmes projetés en l'air, une fois, deux fois... À la troisième fois, la barcaronde retomba à l'envers. Nous nous retrouvâmes la tête en bas, maintenus par nos ceintures.

— Mauvais... très mauvais! cria le chiqueur.

— Que... peut-on faire?

— Rien. Attendre!

L'eau commença à pénétrer la toile. Les dragons hurlaient, et quelques Yus aussi.

Des minutes se passèrent ainsi, dans une attente affreuse. J'ignore où le tambour trouva la force de se remettre à jouer, mais le fait est là, il y parvint. Les battements réguliers nous apportèrent quelque réconfort.

Je faisais des efforts pour tourner la tête.

— Sigrid!

— Bjorn, mon Bjorn!

Soudain, la vague qui nous portait se mit à nous jeter en l'air en nous faisant tourner comme une pièce de monnaie. Et, chaque fois, nous retombions à l'envers: pile toujours et jamais face.

— La mer s'amuse avec nous, pensai-je.

L'eau rentrait à flots.

— Adieu, mes enfants!

C'était la voix de Ketill. Ma réponse se perdit dans le vacarme. Les lanternes s'éteignirent: nous fûmes plongés dans le noir.

Il me sembla percevoir, parmi les sons déchaînés, un doux sifflement.

Ma tête heurta durement le bois; je perdis connaissance. Quand j'ouvris les yeux, une lumière pâle régnait autour de moi. Des ombres s'activaient en tous sens, dans un concert de clapotements.

— Sigrid?... SIGRID?

— Pas de panique. Je vais bien, mon amour.

J'entendis une plainte toute proche. En me penchant, je distinguai le chiqueur affaissé sur son siège; il saignait à la tempe.

— J'ai avalé ma chique, proféra-t-il.

— Nous sommes sauvés, dis-je en lui touchant l'épaule.

— Remercions les baleines.

Une forte lumière éclaira le visage du blessé. Sar Maïor était là, une lanterne à la main.

— Comment tu vas, Bayus ?

— Rien de grave, assura le chiqueur.

— À la bonne heure !

— Bayus a parlé des baleines…

Sar Maïor me considéra avec surprise.

— Tu n'as pas compris, morphir ? Les chants mélodieux, tu ne les as pas entendus ?

— J'ai été assommé.

— Eh bien, elles nous ont remis à l'endroit et poussés hors des vagues.

— Les baleines ?

— Mais oui, dit Sar Maïor en nous quittant pour continuer sa ronde.

Ketill arriva avec un seau dans les mains.

— J'écope ! annonça-t-il. Tout le monde écope, à c't'heure. Daphnir et Invincible nous aident à leur façon : en lapant comme des fous. Leur ventre gonfle à vue d'œil, regardez ! Ho ! ho ! ho !

Sigrid se leva de son siège, toute trempée et frissonnante.

— Je n'ai pas été malade, cette fois-ci, déclara- t-elle. Je suis fière.

— Quelle démence, hein, mes chéris ! On l'a échappé belle, ha ! ha !

— Ne t'emballe pas, seigneur Ketill, dit Bayus. Les baleines, elles nous ont ramenés en arrière. Nous sommes revenus entre les deux murs.

5
SVARTOG LE SAUVEUR

Le pont était sec, la toile recousue et retendue. Onze des seize rames, brisées dans la tempête, avaient été remplacées. On avait rallumé toutes les lanternes.

Le maître d'équipage, appuyé au pilier, indiquait le sud avec son bâton blanc. Les rameurs — nombre d'entre eux portaient des bandages — se démenaient au son du tambour. Je sentais la barcaronde aller bon train sur une mer grosse, mais pas encore furieuse.

Une bonne heure s'écoula ainsi, sans changement notable. À un moment donné, le bateau s'immobilisa, coincé dans un creux de vague.

— Bizarre, dit Bayus.

— Quoi donc? demandai-je.

— Rien.

Une averse tomba sur le toit; il y eut un coup de vent et nous pûmes repartir. Sar Maïor fit un pas sur le côté, puis:

— Gare, les rameurs. Par là, le sud!

— Il y a erreur!

Tous les regards se tournèrent vers Svartog.

— Il y a erreur! répéta le demi-hirogwar. Je suis désolé, maître Sar, mais ton instrument dit des mensonges.

— Tu délires! gronda le chef des Yus.

— J'ai l'instinct des directions.

— Tu es un hirogwar. La voix dans ta tête te souffle l'heure et le jour, un point c'est tout.

— Le sang de mon grand-père, l'illustre Paderbok, coule dans mes veines. J'ai hérité de certains de ses pouvoirs. Je n'ai qu'à fermer les yeux et je vois les quatre points cardinaux: ils brillent dans ma conscience comme des fanaux dans la nuit.

— Assez de poésie! s'énerva Sar Maïor.

Il défit le bracelet de sa boussole et scruta l'instrument. Il le retourna avec précaution, le fit bouger de diverses façons.

Bayus leva le bras pour attirer l'attention de tous.

— Nous aurions dû atteindre le mur depuis longtemps, dit-il.

Des murmures approbateurs se firent entendre.

— Oui, admit Sar Maïor d'un ton radouci. Et je pense que le demi-hirogwar a raison concernant cette boussole. La puce ne réagit pas normalement.

— As-tu une troisième boussole? s'enquit Ketill.

— Non. Ou plutôt si, j'en ai une. Une boussole qui marche sur deux jambes!

Il se tourna alors vers Svartog.

— Viens ici, l'ami, dit-il. Tu vas prendre ma place.

Le demi-hirogwar avait déjà défait sa ceinture, comme s'il s'attendait à cette proposition. Il arriva d'un pas tranquille, le sourire aux lèvres. Le milieu était le seul endroit du bateau où il pouvait se tenir droit.

Il fut nécessaire de hausser le harnais. Sar Maïor s'en chargea, après quoi il aida Svartog à s'attacher.

— Pas trop serré? demanda le chef.

— C'est parfait.

Afin de détendre l'atmosphère, Svartog exécuta quelques moulinets avec le bâton blanc.

— En garde, la mer! fit-il.

Sar Maïor eut la bonté de rire avant d'aller prendre place sur le siège laissé libre.

— Par là, le sud! annonça Svartog, son bâton tendu dans la bonne direction.

Et voilà comment Svartog petit-fils de Paderbok tira l'équipage yus et nous-mêmes d'un très mauvais pas. La traversée du second mur connut quelques instants dramatiques — très ordinaires, en fait, dans une entreprise aussi risquée. Lorsque, enfin, nous sortîmes des vagues furieuses, nous recensâmes une fracture du crâne, trois épaules démises, sept rames cassées et vingt déchirures dans le toit.

La barcaronde était balancée par une houle débonnaire. Sar Maïor alla se placer à côté de Svartog et dit:

— Il a le courage des héros et aussi la science infuse. Sans lui, personne ne peut dire ce qu'il serait advenu de nous... Vive Svartog-Longs-Bras!

— VIVE SVARTOG-LONGS-BRAS! fit l'équipage en écho.

— Grande vaillance et science infuse! lança Bayus.

— VIVE SVARTOG-LONGS-BRAS!

— Science infuse, témérité! cria Ketill.

— VIVE SVARTOG-LONGS-BRAS!

Le toit fut ôté un peu après avec une remarquable rapidité. Imitant Sigrid et quelques non-rameurs, je grimpai sur mon siège pour regarder la mer. Je la devinai plus que je ne la vis, car un épais brouillard nous entourait. D'un gris profond, il vira au beige avant de se décider pour un rouge lie-de-vin.

— C'est beau, dit Svartog à côté de moi.

Il n'avait pas besoin de se hausser sur un siège pour profiter du spectacle.

La brume se dissipait lentement. Nous entendîmes souffler des orques; un poisson sauteur, grand comme le bras, atterrit sur le pont. À la sixième heure du jour, des voix humaines nous parvinrent.

— Yop! yop! yop! cria un jeune Yus.

La réponse arriva aussitôt, cristalline:

— Yop! yop! Qui est ton maître?

— Sar Maïor. Qui est le tien?

— Ablar Maïor. Des blessés chez vous?

— Un crâne ouvert, des épaules froissées. Chez vous?

Devant moi, le brouillard se déchira verticalement, évoquant un rideau qui s'ouvre. Les vagues apparurent. Je cherchai à apercevoir l'autre barcaronde, sans succès.

— Combien de blessés? répéta le jeune Yus.

— Un homme mort. On compte encore les fractures. Yop!

— Yop, adi yop!

À sept heures, Sar Maïor distribua lui-même du pain salé et des noix. Des gourdes de petit-lait circulaient de main en main. Sigrid en saisit une et vint s'asseoir sur mes genoux, un comportement qui attira l'attention.

— Je gage que les demoiselles yus ne se mettent pas en public sur des genoux mâles, me souffla-t-elle à l'oreille. Si tu veux mon avis, je suis en train de me montrer fantastiquement grossière.

— Lève-toi donc, alors!

— Non.

— Tu indisposes ces gens.

— Peu m'importe... Un quignon beurré, mon amour? Une noisette au sel?

— Ouste, je te dis!

L'horizon était complètement dégagé à neuf heures. Et quel spectacle, alors! Une lumière d'or baignait un paysage si vaste que, l'espace d'un instant, la tête me tourna. Le sentiment d'oppression que l'on ressent à évoluer sous la terre ne m'avait jamais vraiment quitté, jusqu'ici. Même dans l'étage glacé, chez les petchégols, même dans l'étage aux oiseaux...

— Mon Dieu! souffla Sigrid.

— Peux-tu croire que nous sommes aux enfers, que nous respirons l'air des profondeurs de la terre? demandai-je.

— Cela donne envie de chanter, de rire...

— De prier.

— Oui... Oui!

Derrière nous, au nord, la bande émeraude, rectiligne, du Mur de Vagues barrait l'horizon; ailleurs, le regard ne trouvait rien pour l'arrêter. Les lointains se perdaient dans une clarté glorieuse. Et je repensai à ce qu'avait dit Ketill dans le Tanarbrok: «On dirait que c'est l'air lui-même qui s'allume». Ici également, l'air semblait lumière.

Des dizaines de barcarondes dansaient sur les flots. Les Yus s'interpellaient d'un bord à l'autre, couvrant la mer de retentissants «Yop! yop!». Des drapeaux colorés servaient de signaux pour les conversations à distance.

Les nappes de parchen s'étalaient comme une gale sur l'immense corps musculeux de la mer des Narvals. L'eau charriait des algues orangées, bulbeuses. Je vis mes premiers poissons volants; ils jaillissaient, tels des flèches d'argents, puis, après un vol saccadé, retournaient à la mer. La brusquerie de leur apparition valait celle de leur disparition.

Il n'y avait pour ainsi dire pas d'ombre dans cet univers. Les choses acquéraient une présence étrange, irréelle. On avait l'impression de se trouver plongés dans une éclatante broderie.

— Regarde! s'exclama Sigrid.

Une flotte de navires venait à notre rencontre. Serrés l'un contre l'autre, ils avançaient de biais, laissant derrière eux un sillage d'or. Ils arboraient plusieurs voiles superposées.

— Par ma barbe! fit Ketill, debout sur son siège et la chevelure au vent. Sar Maïor! Hé, maître Sar! Quels sont donc ces curieux drakkars?

— Nous les appelons «deux-mâts», répondit le chef des Yus.

— Combien ont-ils de voiles, sapristi?

— Deux au premier mât, trois au second, appelé «mât maïor».

— Ça alors! Inouï. impensable… Est-ce que je rêve ou… Oui, ces navires sont diablement hauts sur la mer! Et ils ont un ventre gonflé, ma parole!

— Il y a des chambres dans les entrailles de nos deux-mâts, seigneur Ketill. On y dort à l'abri du vent et des coups de mer. On y entretient le feu de cuisine. On y entrepose le poisson, le pain, l'eau-de-vie, les marchandises...

— Sapristi.

La flotte zigzagua un moment, pour une raison que j'ignore, avant d'opter pour une trajectoire plus directe.

— J'en ai des frissons, tellement c'est beau! dit Sigrid. Dommage que Daphnir manque ce spectacle. Si tu le portais sur tes épaules?

— Il est occupé.

Mon dragon dormait, en réalité, ainsi qu'Invincible. Serré l'un contre l'autre, ils digéraient leur eau salée.

Un son de trompe franchit l'espace qui nous séparait de la flotte; les Yus de toutes les barcarondes y répondirent par une salve de «Yourra!».

Moins de deux heures plus tard, nous dînions sur le pont du plus imposant des deux-mâts, un lieu encombré de cordages et de caisses fixes, que les Yus arpentaient à toute allure.

— À tirer le youlingar! criait l'un. Fisse! Fisse!

— Carguez dur la divine! tonnait Sar Maïor, monté sur un genre d'escabeau.

Un langage dont nous ne comprenions pas un traître mot.

— On che chent de trop, hein, les enfants! dit Ketill en mâchant son pain. Toujours comme cha pour cheux qui ne font pas partie de l'équipage. Sommes des intrus, à c't'heure. Faut chi faire!

Un Yus corpulent, aux cheveux courts, au visage enduit de blanc, vint nous chercher pour nous emmener «en bas». Nous descendîmes un escalier de bois pour nous retrouver dans un monde de couloirs et de pièces aux plafonds bas, qui empestait le poisson et l'huile de lampe. L'ombre était partout, profonde.

On nous mena un étage plus bas, dans une salle spacieuse pleine de vapeur. Nous nous baignâmes dans des cuves en bronze. L'eau douce, tiède, enleva le beurre de phoque et la crasse de nos corps fatigués.

— Le bonheur! soupira Ketill.

Il fut le dernier à sortir de la cuve. Svartog, assis tout nu sur une banquette, bourra sa pipe, le seul objet qu'il avait pu garder. Le reste de nos affaires, à commencer par nos armes, nous avait été confisqué.

Svartog s'apprêtait à allumer sa pipe. Malheureusement pour lui, le gros Yus, personnage timide, d'une grande civilité, lui signifia de n'en rien faire.

— Fumer est interdit à bord.

Ayant dit, le Yus nous inspecta à la lumière d'une lanterne. Il repéra de nombreuses rougeurs sur nos visages, sur nos mains et ailleurs: aux endroits mal protégés par le beurre de phoque. Il nous donna une pommade à appliquer sur ces brûlures, tout en veillant à nous rassurer:

— Ce sont là des blessures bénignes, déclara-t-il. Le parchen était bien dilué dans l'eau qui vous a touché.

— Sur le pont, j'ai vu beaucoup d'hommes borgnes, dit Svartog.

— C'est le parchen, hélas! Certains d'entre nous pensent qu'il faudrait tuer toutes les baleines-tritons, mais...

— Ce serait une riche idée, opina Ketill.

– Je ne le pense pas. La baleine est sacrée. Notre peuple vénère cet animal depuis que le monde est monde. S'attaquer à lui relève du sacrilège!

Le Yus avait parlé d'une voix sourde et véhémente. Il nous adressa un sourire gêné, puis nous tourna le dos pour ouvrir une armoire.

– Vos vêtements, dit-il.

Il posa devant nous une série de tenues. Ce faisant, il évitait de nous regarder.

– Il y a toutes les tailles. Et voici des chaussures.

– Mais… dit Ketill. Ces habits sont rouges. Écarlates! Pourquoi devrions-nous être affublés de la sorte.

– Vous êtes des prisonniers.

– Je ne mettrai jamais ces frusques ridicules! gronda Ketill.

– Ordre de la reine.

– Jamais, tu m'entends! Va le dire à Sar Maïor.

– Si vous refusez, nous devrons vous forcer. Ce sera désagréable pour tout le monde.

– Sar Maïor! Va le chercher tout de suite!

– Je ne me suis pas présenté et je m'en excuse. Mon nom est Boutroul Maïor. Je suis un chef, moi aussi. La reine m'apprécie et écoute mes avis.

– M'en fiche! Je veux parler à maître Sar!

– Sar Maïor est sous mes ordres. Sachez-le dès à présent: je commande toute la flotte.

Cette révélation nous laissa stupéfaits.

– Pour la dernière fois, habillez-vous, dit Boutroul Maïor.

Sigrid fut la première à obéir, suivie par Svartog et moi-même. Ketill s'exécuta après que nous eussions insisté tous les trois. Il revêtit l'habit rouge en maudissant les Yus, Mamafidjar, les enfers, l'univers entier, la vie.

Boutroul Maïor nous donna un beurre blanc, moins épais que le noir, à appliquer sur nos visages et nos mains.

— Quelle touche tu as, ami Ketill! s'ébaudit Svartog au moment de regagner le pont. Il ne te manque que ton galurvol.

— Tu n'as jamais si bien porté ton nom, Ketill le Rouge! plaisanta Sigrid.

— Ha! ha! fit Daphnir avec un surprenant à-propos.

— Je ne comprends pas que vous puissiez rire en ces instants tragiques, s'offusqua Ketill. C'est notre honneur qu'on bafoue, sapristi!

En nous voyant arriver, les Yus firent comme si de rien n'était. J'en repérai certains qui évitaient de nous regarder, mais la plupart montrèrent un naturel parfait. Ces gens avaient du tact.

Boutroul Maïor nous entraîna à l'arrière du navire, vers une partie surélevée qu'il nomma «haut pont». Ketill était fasciné par ce qu'il voyait; il en oublia sa mauvaise humeur. Il posa cent questions à Boutroul Maïor sur le fonctionnement du deux-mâts. Le chef de toute la flotte répondit de son mieux, mais il n'était pas un grand marin, aussi étrange que cela paraisse. Il le reconnut d'ailleurs.

— Je suis un homme de cour, dit-il. Et ma science à moi, c'est la loi.

— Es-tu un juge? demanda Sigrid.

— Non. Je suis ce que nous appelons...

Ketill, penché hors du navire, coupa la parole à Boutroul Maïor :

— Quel est donc ce gros bâton sortant de la coque ?

— Euh… Eh bien, il s'agit du… d'un bras d'ancre ! Oui, oui. Il sert à descendre et à remonter l'une des deux ancres de l'avant…

— Où est-elle, l'ancre ?

— L'ancre de bâbord, nous l'avons perdue…

— C'est celle de tribord.

— Euh… Certes. En effet. Nous l'avons perdue l'autre jour.

Avant de monter à l'échelle qui menait au haut pont, Boutroul Maïor se retourna pour nous faire face. Le navire tanguait légèrement et il avait du mal à garder l'équilibre.

— Je serais curieux de le voir par gros temps, dit Ketill à mi-voix.

Boutroul Maïor ne perdit rien de cette remarque. Il aurait pu se vexer, mais non.

— Dans la tempête, je deviens aussi vert qu'une algue, avoua-t-il en souriant. Seulement personne ne s'en aperçoit. Merci au beurre de phoque ! Hi ! hi !

Il prit soudain un air grave.

— Vous allez voir un grand personnage, annonça-t-il. Je vais vous présenter à lui. C'est un immortel et c'est le cousin de la reine. De l'honneur qui vous est fait, montrez-vous dignes !

Il réfléchit un instant, puis ajouta dans un murmure :

— Les dragons restent en bas.

6
ENCORE LES BALEINES

Une balustrade en bois peint entourait le haut pont, dont le plancher se trouvait décoré d'une multitude de clous en cuivre. Le cousin de Mamafidjar, assis par terre au milieu d'un cercle bleu, nous tournait le dos. Il était seul dans cette partie du navire, en dehors du barreur, un petit homme silencieux, les mains serrées sur le gouvernail.

Le corps du cousin, long et mince, divisé en segments horizontaux, était surmonté d'une petite tête ronde, sans cheveux. Des ailes transparentes, un peu chiffonnées, prenaient naissance au sommet de ses épaules ; elles traînaient par terre.

Boutroul Maïor alla se placer devant le personnage. Je notai qu'il évitait, ce faisant, de marcher à l'intérieur du cercle de peinture bleue.

— Les prisonniers sont là pour vous saluer, ô Seigneur.

Il nous fit signe de le rejoindre. Ketill voulut prendre le plus court chemin, mais je l'en empêchai.

— Il ne faut pas marcher dans le cercle.

— Quel cercle ?

— Le grand rond, là. Je pense qu'il délimite un espace sacré.

— Hum.

Les yeux du cousin royal, globuleux, aux paupières mi-closes, étaient chargés d'une profonde mélancolie. Telle fut mon impression, en tout cas.

— Les prisonniers sont là, répéta Boutroul Maïor, sans susciter de réaction.

L'attente nous donna tout le loisir d'observer le personnage.

Sous un nez délicat et de petites lèvres de fille, un menton pointu faisait comme une barbe de chair. Les oreilles se contentaient d'être des trous. La peau, d'un bleu pâle, montrait de nombreuses taches sombres. Les bras avaient trois coudes et les jambes trois genoux. Quant aux pieds nus, ils étaient plats et démesurés ; leur forme évoquait une épée de tisserand.

« Il me fait vraiment pitié », pensai-je.

— Il a l'air triste, souffla Sigrid au même instant.

— Il te ressemble, Svartog, dit Ketill à voix basse.

Une réflexion que je jugeai peu aimable.

— Chut ! fit Boutroul Maïor, indigné.

Le cousin royal portait une tunique simple, en toile de jute. Il ne nous accordait toujours aucune attention. Il jouait à jeter en l'air une boule de bois percée d'un trou, laquelle retombait sur la pointe d'un bâtonnet, où elle s'enfilait systématiquement. L'exercice demandait sans doute une grande habileté et beaucoup d'entraînement.

Pendant que Boutroul Maïor se raclait la gorge pour attirer l'attention, le vent se leva. Les ailes du cousin royal frissonnèrent. Je jetai un œil en arrière. Dans l'une des barcarondes que nous tirions à la remorque, un Yus chantait.

Svartog bâilla, Ketill aussi. C'est alors que la petite tête bleue de l'immortel daigna se tourner vers nous. Boutroul Maïor s'inclina jusqu'au sol, un exercice difficile pour un homme de sa corpulence. Nous saluâmes après lui.

— Votre Grâce, voici les prisonniers.

Ayant dit, Boutroul Maïor se courba de nouveau. Le cousin royal nous considéra l'un après l'autre avec attention.

— Gingeling, gingueling, proféra-t-il.

— J'avais oublié, s'excusa Boutroul Maïor. Je suis impardonnable!

Confus, il nous ramena en bas aussi vite qu'il le pût, non sans se cogner l'épaule au mât maïor et manquer plusieurs fois s'étaler sur le pont.

Il y avait une forge dans le ventre du navire. Des hommes en armes semblaient nous y attendre, ainsi qu'un artisan forgeron. Ce dernier se leva à notre entrée et, sans attendre, il décrocha du mur des bracelets à clochettes.

Ketill poussa un juron en voyant ces objets. Je crus qu'il allait se jeter sur Boutroul Maïor et le rouer de coups, mais il se maîtrisa.

— Aux poignets ou aux chevilles? demanda-t-il.

— Les deux, répondit le forgeron.

Ketill mit le pied sur un tabouret.

— J'ai honte pour vous, dit-il pendant qu'on lui mettait le bracelet. Cette façon de traiter les prisonniers est indigne d'un grand peuple.

Plusieurs Yus baissèrent les yeux.

— Je suis désolé, balbutia Boutroul Maïor.

Quand nous remontâmes, le soir tombait sur la mer des Narvals. Les feux, au plafond de l'étage, étaient pâles et tremblants. Il faisait frisquet.

Des lanternes jalonnaient le pont, que nous enfilâmes en faisant tinter nos infamantes clochettes: «Gingeling, gingueling». Entre les deux mâts du navire s'étendait un pont appelé «beau pont». On y avait dressé des tables fixes. Sar Maïor, Bayus le chiqueur et quelques autres nous accueillirent avec des cris de bienvenue.

— Ya du vin chaud! annonça Gar le Beurrier.

Assis au bout de la dernière table, il leva vers nous sa coupe fumante. Son visage ridé me parut paisible; il avait visiblement retrouvé ses esprits.

— J'espère que vous aimez le thon aux pois, dit Sar Maïor.

— Infiniment, déclara Svartog.

On lui avait réservé la place d'honneur, en face de Boutroul Maïor, un détail qui lui échappa complètement. Depuis le matin et son combat héroïque, il vivait sur un nuage.

La soirée se passa, pour les Yus, à essayer de nous faire oublier notre costume rouge et nos clochettes. Ils y parvinrent assez bien. On chanta, on dansa autour des tables et dessus. Ketill, en grande forme, inventa un poème de trente strophes devant les Yus ébahis. Il était quatre heures du matin quand nous gagnâmes nos couchettes.

— Vous ne savez pas quoi? dit Ketill d'une voix avinée.

— Non, bâilla Sigrid. Quoi?

— Gingeling, gingueling!

Ketill le Rouge s'endormit en riant.

Deux jours plus tard, au matin, les navires de la flotte se placèrent en ligne. Des filets géants furent tendus entre eux, avec l'aide des barcarondes.

— Ça doit faire pas loin d'un kilomètre de filets, jugea Ketill. Une muraille de câbles sous la mer...

Les Yus soufflèrent dans des trompes, sans interruption pendant deux heures au moins.

— J'ai mal à la tête, se plaignit Ketill.

— Au moins, on n'entend plus les clochettes, observa Svartog.

Nous nous trouvions tout à l'avant du navire, l'endroit le plus arrosé. Mais comme la mer était calme et le deux-mâts pratiquement immobile, nous ne risquions pas grand-chose. Le parchen se faisait d'ailleurs plus rare dans ces eaux peu fréquentées par les baleines-tritons.

— Elles vivent surtout de l'autre côté des murs de vagues, nous avait dit Boutroul Maïor. Restez tout de même prudents. Même en petite quantité, le parchen demeure dangereux. Une goutte d'eau dans l'œil pourrait encore vous éborgner.

— Un bandeau sur l'œil t'irait somptueusement, Ketill, avait plaisanté Svartog.

La matinée était bien avancée, à présent. Des Yus en vêtements légers se tenaient en haut des mâts pour scruter l'horizon.

— Ça vient!

Je n'aurais pu dire quel homme avait crié. C'était un des nôtres, de cela je suis certain. Le cri fut repris dans toute la flotte. Les observateurs descendirent des mâts avec une agilité de singes; les équipages se pressèrent aux bastingages.

— Que se passe-t-il? demanda Sigrid pour la vingtième fois.

Sar Maïor nous rejoignait à ce moment, le visage fendu d'un large sourire.

— Patience, demoiselle, dit-il. Tu comprendras bientôt.

Il emboucha alors sa trompe, un objet de petite taille, en bronze, et souffla dedans comme un sourd: «GONONONONGH!»

— Pauvre de moi, dit Ketill en se tenant le front.

Il me sembla que la mer bouillonnait à cinq ou six encablures en avant de notre position. Peut-être qu'un début d'éruption sous-marine aurait offert un spectacle identique?

— Le poisson s'amène, dit Ketill. Par bancs entiers, on dirait.

— Mais pourquoi se jettent-ils ainsi dans la gueule du loup?

Sigrid se tourna vers Sar Maïor, qui se garda bien de répondre.

— Pour moi, le son des trompes les attire, supposa Ketill.

La mer ressemblait à de la neige. Au-delà de l'immense nappe blanche, nous commençâmes à distinguer une ligne sombre. Je plissai les yeux pour mieux voir.

Ici et là, des épées noires se dressaient hors de l'eau.

— Là! fit Sigrid.

Elle désignait un jet de baleine. Celui-ci monta très haut, forma une boule laiteuse au-dessus des vagues avant de se dissiper.

— Eh oui, dit Sar Maïor. Elles poussent le poisson dans nos filets.

— Les baleines, encore elles... prononça Ketill.

— Il existe un pacte entre ces créatures et nous, conclu voici des siècles, nous apprit Boutroul Maïor.

Le chef de toute la flotte nous apportait un plateau chargé de bols, d'une bouteille en terre et de pains au sucre. Il faillit le renverser sur Sigrid, qui le lui prit des mains.

Nous déjeunâmes sans rien perdre de la pêche, dont la première phase avait déjà pris fin. Les filets, remontés, formèrent comme des bassins grouillants entre les navires. Les Yus sautèrent dans les barca-rondes, armés de longues gaffes. Avec des mouve-ments sûrs, rapides, ces hommes accrochaient les poissons et les faisaient sauter hors de l'eau. Les thons, les morues rousses, les flétans, les requins de Thor s'empilaient à leurs pieds. L'opération dura trois bonnes heures. Des nuées d'oiseaux partici-paient à la fête en plongeant sur les proies de moindre taille.

On ramena les filets vides, après quoi les poissons entrèrent à l'intérieur des deux-mâts par des fenêtres à rabats situées au bas des coques. Sar Maïor nous emmena voir ce qu'il advenait d'eux.

En bas, les Yus plongeaient les poissons dans des cuves qui contenaient un liquide à base de vinaigre.

— Il faut deux semaines avant qu'ils ne perdent le

parchen accumulé dans leur corps, expliqua Sar
Maïor. Le poisson frais est mortel pour l'homme.

— Mais pas pour les baleines, je suppose.

— Bien sûr que non, seigneur Ketill. Elles vivent
dans le parchen !

— N'allez-vous pas partager la pêche avec vos
braves amies ? Elles vous ont bien aidés, il me semble.

— C'est juste ! approuva Sigrid.

— Les baleines se moquent de nos poissons, dit Sar
Maïor. Elles en trouvent tant qu'elles veulent, du poisson ! Nous leur offrons autre chose pour les remercier.
Venez, vous allez assister à la distribution. Que dis-je :
vous allez y participer !

Les navires avaient rompu leur alignement et
s'étaient éloignés les uns des autres.

— Tout est prêt, dit un homme à Sar Maïor.

Des sacs de toile, disposés un peu partout sur le
pont, dégageaient une odeur agréable. Sar Maïor en
ouvrit un, dont il sortit un pain chaud, en forme de
roue.

— Nous les appelons « anneaux de seigle », nous
informa Sar Maïor. Les baleines en raffolent.

— Tu plaisantes ! s'exclama Ketill.

— Ces pains sont délicieux, dit Boutroul Maïor.
Faits de la meilleure farine, truffés de noix, de baies
rouges et noires, ils fondent dans la bouche ! J'avoue
que j'en raffole. Mais je n'en mangerai pas, ni personne d'entre nous : les anneaux de seigle sont destinés aux baleines.

Il prit le pain des mains de Sar Maïor et le passa à
Svartog.

— Honneur au héros, déclara Boutroul Maïor.

L'équipage suivait la scène dans un silence religieux. Je tenais Daphnir pour l'empêcher de se ruer sur les sacs de pains ; Sigrid se chargeait de maintenir Invincible.

— Il a le courage des héros et la science infuse ! dit le chef de toute la flotte. Vive Svartog-Longs-Bras !

Et cent voix viriles de reprendre en chœur :

— VIVE SVARTOG-LONGS-BRAS !

— Que dois-je faire de ce pain ? s'enquit le demi-hirogwar.

— Le jeter par-dessus bord !

Boutroul Maïor poussa Svartog vers la rambarde ; nous suivîmes le mouvement.

— Par ma barbe ! prononça Ketill.

— Je veux bien être pendue ! dit ma fiancée.

Les baleines entouraient le navire, si nombreuses que leurs nageoires et leurs queues se touchaient. Il y avait des orques, avec leurs ailerons hauts comme des lames, des marsouins, des dauphins, des baleines rayées, des cachalots... Les narvals mâles, reconnaissables à leur longue défense, étaient de loin les plus nombreux, avec les bélougas (animal préféré de mon cher ami le demi-troll Dizir).

Les Yus soufflèrent dans leurs trompes, ce qui provoqua un redoublement d'agitation chez les baleines.

Svartog lança l'anneau de seigle au loin ; le pain tourna, tourna dans les airs, avant de retomber au milieu d'un groupe de narvals qui se le disputèrent. L'équipage se rua sur les sacs et la distribution commença, dans un vacarme indescriptible où se mêlaient

les sons de trompe, les roulements de tambour et les
«Yourra!», sans parler des sifflements et autres cris de
baleines.

Je décidai de garder Invincible en plus de Daphnir.

— Va t'amuser! criai-je à ma fiancée.

— Laissons-les aller, dit-elle, parlant des dragons.

— Non. Ils vont se goinfrer de pain.

— Quoi?

— LE PAIN!

— Et alors? Ils peuvent bien en avoir un peu!

Je me penchai sur son oreille:

— Tu n'as donc pas entendu? C'est seulement pour
les baleines!

Sigrid haussa les épaules, trouvant la règle stupide.
Je saisis Invincible et elle partit s'adonner au plaisir de
lancer les anneaux de seigle.

Ketill s'amusait comme un fou. Il envoyait des pains
dans toutes les directions, avec une force sauvage. Ses
façons contrastaient avec celles, gracieuses, des hommes
d'équipage. J'appris plus tard que les Yus pratiquent le
lancé du pain dès l'enfance; ils le considèrent comme
un art.

Les baleines bondissaient hors de l'eau, se dressaient sur leur queue pour attraper les pains au vol. Il
n'y avait ni disputes ni collisions: que de la bonne
humeur et une agilité confondante, même chez les
plus grosses baleines. J'en avais la chair de poule, tellement c'était beau.

Boutroul Maïor se tenait à portée de ma voix.

— Pourquoi les oiseaux se tiennent-ils à distance?
lui demandai-je. Ils ne détestent pas le pain, j'imagine.

— Les anneaux de seigle ne leur sont pas destinés. Ils le savent.

Boutroul vint gentiment me proposer de tenir les dragons. Je lui fis comprendre qu'il valait mieux ne pas essayer.

— C'est vrai qu'ils ne me connaissent pas, dit-il au moment où cessaient les sons de trompe. Puis-je les caresser?

— Le mieux est de t'accroupir et de les laisser te renifler d'abord.

— D'accord. Le blanc... Vous le nommez Invincible, je crois?

— Oui.

— Il est, si je ne m'abuse, de race mirobolante?

— En effet.

— Et l'autre, le gris?

— Daphnir est un mystère. Sa robe est celle d'un dragon morne, mais il a du feu, des griffes longues...

— Ce qui veut dire...

— Qu'il ne saurait être un morne.

— Un griffes, alors! conjectura Boutroul Maïor.

Il tapota le crâne de mon dragon.

— Les griffes sont bruns, toujours. Ketill pense que Daphnir est un dragon unique.

— Comme Rooknir, dit Boutroul Maïor en retirant sa main. Je... Tu m'excuseras, je vais encore lancer deux, trois pains.

Daphnir remuait comme un beau diable, ne songeant qu'à me fausser compagnie. Je le grondai sévèrement:

— Sage! Toi aussi, Invincible! Couchés tous les deux!

La lumière de l'étage baissait par degrés. La distribution touchait à sa fin. Déjà, les plus grandes baleines s'en allaient en laissant derrière elles un sillage doré. Leurs souffles de vapeur s'élevaient les uns après les autres; celui des cachalots, penchant vers la gauche, était reconnaissable entre tous.

J'ignore pourquoi je me détournai de cette vision grandiose pour regarder du côté de la poupe. Sur le haut pont, le cousin royal jouait à enfiler sa bille de bois. Les baleines ne l'intéressaient en aucune façon.

Les sacs étaient vides et je pus enfin lâcher les dragons. Me voyant libéré, Boutroul Maïor m'appela auprès de lui.

— En voilà une! dit-il, appuyé au bastingage.

— Une baleine rayée. Je sais qu'elles sont très rares.

— Non. Plus à gauche, juste devant les orques: une baleine-triton! Tu la vois? Dis, est-ce que tu la vois?

— Je l'ai, oui... Ça alors!

— Quelle grâce, n'est-ce pas? Je t'en prie, admire donc cette nage curieuse, ondulante, serpentine et tellement efficace! La voir évoluer me met en joie! Pas toi?

— Si.

— Elle se faufile à merveille, la coquine. Et hop! As-tu vu? Dis, Bjorn, as-tu vu cela? Elle vient de voler un bout de pain sous le nez d'une orque. Il faut le faire, quand même! Il faut oser!

Boutroul Maïor riait en se tenant la panse. La baleine-triton plongea sous le navire et nous traversâmes le pont dans l'espoir de la retrouver de l'autre côté. Nous ne fûmes pas déçus. L'animal s'ébattait au

milieu des autres baleines, qu'elle s'amusait à bousculer, passant sous leur corps et souvent par-dessus,
comme un serpent qui rampe sur une branche.

Elle ressemblait fort à un marsouin, la baleine-
triton. Les différences qui lui valaient son nom étaient
au nombre de trois, à première vue: une queue effi-
lée, une peau grumeleuse et une longue crête noire
sur le dos.

— Observe bien les nageoires, dit Boutroul Maïor.
Compte-les, Bjorn, s'il te plaît.

— J'ai l'impression que... Oui, j'en vois quatre!

— Très juste. Et il y a des doigts au bout. Hi! hi!

— Ah bon.

— Si l'animal perd l'une de ses nageoires... Une
orque l'arrache, mettons... Si cela arrive, la nageoire
repousse. Une jeune baleine-triton refait son membre
en trois mois. Pour les vieilles, c'est plus long.

— Tu en sais des choses sur ces animaux.

— Je les étudie depuis longtemps. Je les adore. Une
passion qui remonte à l'enfance et que je serais bien
en peine d'expliquer. Si elles n'existaient pas, mes
tritonnes (je les appelle ainsi, hi! hi!), je ne mettrais
jamais les pieds sur un deux-mâts.

Les Yus s'activaient autour de nous; leurs pas pres-
sés résonnaient sur le pont: «Poum, poum, poum!...
Poudoum! poum!... »

Sigrid discutait avec Svartog; elle m'envoya de loin
un baiser.

— Du nerf! tonna Sar Maïor. Fisse!

— Mwof! mwof! dit Daphnir.

— Virez vent devant!

— Mwof! aboya Invincible.

Boutroul Maïor agitait une écharpe colorée pour dire adieu à sa chère tritonne.

— Mon grand-père Sigur... Est-ce qu'il va bien?

Ma question fit tressaillir le chef de toute la flotte.

— Parle! insistai-je. Je veux la vérité.

— T'ai-je dit que... que les baleines-tritons sortent de l'eau pour accoucher? Elles font ça sur la côte nord, dans un nid de sel...

7
L'ATTAQUE DES HOMMES MORTS

Le plafond du sixième étage s'abaissa sans crier gare, au point de barrer notre route. La flotte mit le cap à l'est afin de longer ce que les Yus appelaient la Muraille Retournée. Nous étions le 18 septembre, en fin de matinée, lorsque nous parvînmes à l'endroit désiré.

Il s'agissait d'un étroit passage dans la Muraille. Les hommes travaillèrent alors à ôter les voiles hautes.

— À démonter mâts de hune et flèches! crièrent ensuite les chefs d'équipages.

Nous apprîmes à cette occasion que les mâts se divisaient en trois parties. Les deux plus hautes faisaient seize mètres ensemble, la plus basse — le bas mât — vingt mètres à lui tout seul.

— Quels as, ces Yus! répétait Ketill. De sacrés fichus marins, bon Dieu de bois!

Et c'est vrai qu'ils étaient impressionnants à voir opérer. Chaque homme savait exactement ce qu'il avait à faire et le faisait prestement, sans jamais réfléchir ni hésiter une seule seconde.

Absence de voiles, mâts tronqués: les navires ressemblaient maintenant à des canots monstrueux, d'autant que les Yus sortirent les rames, de courtes rames à pales larges.

Les barcarondes partirent les premières, chargées seulement de rameurs. Nous les vîmes s'engager une à une dans le passage, en veillant à garder leurs distances.

Des voix amplifiées par l'écho parvenaient jusqu'à nous :

Quelle que soit l'humeur de la mer
Les Yus sauront toujours y faire.
Tangue, tangue la barcaronde
C'est pas la fin, la fin du monde !

Bayus le chiqueur de tabac passa près de nous, traînant un câble.

— Ya beaucoup de houle ! dit-il. Pour ça que les barcarondes passent d'abord.

— La mer n'est pas si grosse.

— Faut être prudent, seigneur Ketill. Suffit qu'une vague décide de nous soulever dans le chenal et nous autres on s'écrase. Cratch ! Comme un gros scarabée sur le plafond ! Triste naufrage, tu ne trouves pas ? Mort idiote.

— Je ne dirai pas le contraire, l'ami.

Les barcarondes étaient passées depuis belle lurette ; la flotte attendait toujours devant la Muraille Retournée. Ce n'est que le lendemain après-midi que la mer se calma de manière satisfaisante.

Notre deux-mâts entra en premier dans le passage. Sar Maïor se tenait à la proue, attentif. Ses ordres n'avaient pas besoin d'être répétés : l'écho s'en chargeait.

— Souquez dur les bâbordais ! Doux les bras, tribordais !

Et le navire de se déporter gentiment vers tribord.

— Tout le monde ensemble! Souque! souque! souque!

Et le navire de sursauter avant de filer droit.

— Souquez dur les tribordais! Rames dehors, les bâbordais.

Et le deux-mâts de virer sec à bâbord.

— Ils n'ont pas peur, admira Ketill. Aller à cette vitesse, chapeau bas!

— M'est avis qu'ils connaissent chaque tournant de ce passage, opina Svartog. Je gage que Sar Maïor pourrait donner ses ordres les yeux fermés.

— Peut-être. C'est beau, néanmoins.

Il y eut un seul moment inquiétant: lorsque, portés par une vague soudaine, nous montâmes de plusieurs mètres. L'un de nos mâts racla le plafond dans un bruit sinistre; il se fendit verticalement sur le tiers de sa hauteur.

— Le charpentier aura de la besogne, dit Ketill quand le danger fut passé. Brave demi-mât, va! Regardez comme il est resté droit.

— Ouf! fit Sigrid.

Une pluie de pierres noires s'était abattue sur le pont. Les Yus les ramassèrent et les mirent dans des sacs.

Gar le Beurrier surveillait la collecte avec la plus grande attention.

— Faut tout prendre, hein! Même les miettes de roche! Hé, Bayus! Tu vois pas l'morceau qu'est à tes pieds? T'es aveugle, pour sûr! Ces pierres noires c'est mieux que d'l'or, oh oui!

— Est-il vrai, maître beurrier, que tu réduis cette roche en poudre? demanda un jeune Yus au visage angélique. Ensuite, tu mélanges la poudre à quoi? De la graisse camphrée?

— TAIS-TOI! glapit le vieux Gar. Je n'dirai rien, jamais! Ma recette est à moi, de père en fils!

— ... Tu mets de l'argile, je crois. Du terreau aussi et vingt onces de...

— Sar Maïor! Sar Maïor! Ya un traître parmi nos gars!

Notre progression se poursuivit sans heurts. Nos lanternes suppléaient à la pauvre lumière régnant dans le passage. Certes, le plafond comptait des feux, mais ils étaient rares. Sigrid resta longtemps le nez en l'air, à observer. Sans demander la permission, elle grimpa sur la plateforme carrée qui entourait la base du mât maïor. Elle se trouvait ainsi à cinq mètres de hauteur. Elle redescendit après un moment, agile, en faisant tinter ses clochettes.

— Il y a tout un tas de feux éteints, annonça-t-elle. Et d'autres qui semblent se rallumer doucement.

— J'ai mal au crâne, dit Ketill tout à coup.

Il s'assit sur un coffre de mer et appela Daphnir. Mon dragon arriva au trot; l'instant d'après, il fondait sous les caresses.

— Ça va déjà mieux.

Ketill prétendait que le simple fait de toucher Daphnir éliminait ses migraines. Svartog pensait la chose possible tandis que, moi, je n'y croyais qu'à moitié. Dans certains cas, il suffit que le patient soit persuadé de l'efficacité d'un remède pour en tirer bénéfice.

— Ils ne sortent pas de fissures, dit Sigrid.

Elle parlait toujours des feux.

— De quoi, alors? interrogea Ketill.

— Les flammes proviennent de trous parfaitement ronds dans la roche. Et ils ont un bord brillant, ces trous: un anneau de métal.

— Tiens, tiens, fit Svartog. Les feux ne sont donc pas là par hasard.

Boutroul Maïor tituba jusqu'à nous, les bras chargés de vivres.

— Le hasard! proféra-t-il. Voila bien une étrange notion! Je n'y ai jamais cru, pour ma part.

— Ni moi, déclara Ketill.

— Peux-tu nous dire qui a... installé les feux du plafond? s'enquit Sigrid.

— Les ouvriers divins, je suppose, répondit Boutroul. À l'aube de notre monde.

Le lendemain, la flotte mouilla au large d'une terre entourée de récifs à fleur d'eau.

— L'île Walhal! dit Boutroul Maïor avec emphase.

Les Yus chargèrent leurs plus beaux poissons, dont un thon pilote de onze mètres, dans des barcarondes. Une odeur de vinaigre agressa nos narines.

Une petite montagne herbeuse occupait le centre de l'île; elle était entourée d'une forêt de pins. Quelques maisons s'apercevaient en lisière des arbres, mais la plupart étaient près du rivage. Des chemins pavés reliaient entre elles ces demeures en pierre beige, percées de larges fenêtres.

— Je voudrais habiter là, dit Ketill. Oh oui!

Quelques plantations soignées achevaient de donner à l'île son aspect enchanteur. Sur une plage de galets blancs, des gens nous faisaient des signes. Ils portaient des habits vikings. Je reconnus des compatriotes fizzlandais, des Skudlandais, des Arlandais, des Ghizois.

Sigrid me montra un pêcheur à la ligne. Silhouette trapue, grosse tête sans cheveux: un troll, à n'en pas douter.

À l'autre bout de l'île, deux guerriers choquaient leurs armes pour s'exercer. L'un des combattants était une femme, me sembla-t-il.

Il me fut difficile, en regardant ces gens, de me faire à l'idée qu'ils étaient morts. Contrairement aux âmes ordinaires, immatérielles, celles-ci avaient un corps véritable. Les dieux leur avaient accordé de conserver ces trésors que sont le toucher, le goût, l'odorat...

Les habitants de l'île Walhal ont la mort belle, ô combien! Nous connaissons tous la raison de leur privilège. Il est la récompense d'une vie très courageuse ou particulièrement sage.

Dans l'île bienheureuse, les dieux rassemblent les héros et les saints. Les vivants sur la terre rêvent tous d'y aborder un jour mais, à ce que j'ai pu voir, les élus ne sont pas si nombreux.

Les barcarondes avaient fait la moitié du trajet. C'était à qui arriverait en premier. Les rameurs yus se démenaient comme des diables, encouragés par les Walhaliens. Leurs efforts étaient rendus difficiles à cause des rubans d'algues qui couvraient la mer. Les rames se prenaient dedans et l'on entendait jurer les rameurs.

Une barcaronde toucha terre, saluée par les bravos des Walhaliens. Les autres bateaux suivaient de près; tous furent tirées sur le rivage. Le débarquement des poissons pouvait commencer.

L'équipage de notre deux-mâts observait l'opération. Je décelai une nuance d'inquiétude sur leurs visages. Sar Maïor faisait les cent pas sur le beau pont; il s'arrêtait de temps à autre pour renifler l'air, tel un chien de chasse.

Quelqu'un fredonna, puis se tut. Deux hommes jouaient aux échecs yus, une version où les pions peuvent reculer. Le chat du bord suivait la partie dans un demi-sommeil.

J'avais rarement vu une mer aussi étale. Le temps était comme suspendu.

— Je pique un somme, annonça Ketill.

Il s'étendit sur une banquette. Svartog vint s'asseoir près de lui, sur un tonneau à beurre.

— Sar Maïor m'autorise à allumer une pipe, se réjouit-il. Permission exceptionnelle.

Un bruit sourd et continu attira mon attention. J'eus beau essayer, je ne parvins pas à trouver son origine.

— Daphnir gronde, réalisai-je enfin. Il est bizarre.

— Regardez, dit Sigrid. Invincible a ouvert sa collerette.

La collerette, attribut des mirobolants, sert à impressionner l'adversaire.

— Qu'est-ce qui lui prend de hisser sa voile, à celui-là? bougonna Ketill.

— Nos dragons — «puf! puf!» — ne sont pas dans leur assiette.

— Quelle heure, Svartog? voulut savoir ma fiancée.

— Je ne désire pas y penser. Quand je fume, le temps ne compte plus.

— Merci, dit Sigrid vexée.

Les Yus soufflèrent dans leurs trompes, au grand agacement de Ketill le Rouge, qui se boucha les oreilles. Les barcarondes revenaient déjà.

À partir de là, tout se passa très vite. Des hommes dégoulinants, couverts d'algues, prirent pied sur le pont; ils avaient escaladé la coque sans que personne ne les remarque.

— Alerte! cria une voix.

Les intrus coururent droit vers nous, armés jusqu'aux dents. Les Yus, Sar Maïor en tête, saisirent leurs harpons et se précipitèrent au combat.

— Que se passe-t-il, bon Dieu? gronda Ketill.

— Nous sommes attaqués, dit Sigrid.

Les Yus étaient avantagés par leur nombre et par leur connaissance du navire; ils enjambaient les obstacles sans réfléchir, sautaient d'un coffre à l'autre, s'accommodaient parfaitement des espaces confinés. J'en vis un se balancer au bout d'un cordage et atterrir au milieu de la mêlée à la surprise générale. Son exploit ne l'empêcha pas de recevoir un méchant coup sur le crâne.

Les intrus étaient des Vikings walhaliens. Sous les algues, je reconnus des habits démodés, de ces tuniques à manches bouffantes qu'appréciaient les Vikings d'autrefois. Leurs armes aussi étaient d'une autre époque.

Ils se battaient avec une fougue extraordinaire et une technique sûre. C'étaient des gens de guerre, pas de doute. Les Yus finirent par reculer.

— Bjorn le Morphir? cria celui des Walhaliens qui semblait être le chef.

Le timbre métallique de sa voix me glaça les sangs.

— C'est moi, répondis-je. Je suis là!

— Saute par-dessus bord, vas-y! Tous les prisonniers, SAUTEZ!

Nous aurions pu obéir, mais il aurait fallu le faire à la seconde. Au lieu de quoi nous hésitâmes, laissant le temps aux Yus de nous entourer. Bayus le chiqueur nous poussa vers le mât maïor, loin du bastingage.

Pendant ce temps, les Walhaliens redoublaient leurs assauts. Ils n'étaient que huit, et pourtant ils malmenaient l'équipage. L'un d'eux, un géant de deux mètres, large comme une tour, faisait de terribles ravages rien qu'avec les poings (son épée s'était brisée en deux).

Les rangs clairsemés des Yus reculaient de plus en plus. Il y avait des corps partout sur le pont. Sar Maïor se soutenait à peine; son bras gauche saignait d'abondance, coupé au-dessus du coude.

— Mon Dieu! pensai-je.

— Voilà les renforts, dit Svartog.

Les barcarondes des autres navires arrivaient, chargées d'hommes en armes.

Les Walhaliens continuaient d'avancer; ils seraient bientôt sur le beau pont. Leurs yeux de fantômes, noirs et sans pupilles, brillaient. Un Yus hurla de douleur; deux autres s'aplatirent comme des clous sous les poings du géant.

Le chef des Walhaliens enjamba les corps et se retrouva devant un faisceau de harpons.

— Va-t'en! rugit Bayus.

— Libérez ces prisonniers ou bien vous crèverez tous autant que vous êtes!

Je n'avais jamais vu le chef des morts, un homme d'assez petite taille, au visage anodin. Pourtant, j'avais l'impression de le connaître depuis toujours.

— Viens les chercher! dit Bayus, hors de lui.

Il essaya de piquer le guerrier au cœur, sans succès. Et je me demandai ce qu'un homme mort pouvait bien redouter d'une blessure mortelle.

— On ne saurait mourir deux fois, après tout, pensai-je.

Les Walhaliens se jetèrent à l'attaque. Bayus et les siens se défendirent avec bravoure. Le géant eut la main transpercée; il grogna de douleur. La pointe du harpon laissa un trou dans sa paume, un trou d'où ne jaillit aucun sang. C'est le moment que Svartog choisit pour se mêler au combat. Il attrapa un Yus par le cou et lui cogna la tête contre le mât.

— Désolé, s'excusa-t-il.

Armé du harpon de sa victime, il entreprit de prendre les Yus à revers.

Ni une ni deux, Ketill arracha l'arme du Yus le plus proche avant de le repousser d'un coup de pied. Le malheureux chuta en arrière et sa nuque heurta une bouée de filet, cylindre en bois creux; il ne se releva pas.

Je ne pouvais demeurer en reste. Il fallait que, moi aussi, je fasse tinter mes clochettes! Crocs-en-jambe, coups de coudes, taloches: je me battis d'abord sans arme, jusqu'au moment où l'un des Walhaliens, grand gaillard chauve, me passa une hache.

Nos dragons poussaient des aboiements plaintifs. Pourquoi nous en prenions-nous soudain aux gentils Yus? Ils n'y comprenaient rien.

Fort occupé à mettre les Yus hors de combat sans tuer personne, je me demandai où était Sigrid. Sans doute se battait-elle dans mon dos, derrière le mât maïor?

— Baissez les armes, par Dieu! dit le gaillard chauve.

Il avait la même voix glaciale que son chef.

— JAMAIS! haleta Bayus.

Une ombre passa au-dessus de nos têtes. Je la sentis plus que je ne la vis, pour être honnête. Quatre Yus tenaient encore debout. L'issue était proche, imminente, lorsque les Walhaliens se figèrent. Leurs visages exsangues étaient tournés dans la même direction.

Déconcerté, j'assénai un coup trop appuyé. Ma hache trancha l'oreille d'un Yus, le lobe seulement. Je réussis par bonheur à interrompre un geste qui aurait pu être fatal.

Sonné, en sang, mon adversaire abandonna la partie. Je fus l'un des derniers à découvrir ce que tous regardaient en silence, glacés d'effroi.

Un voile rouge passa devant mes yeux. La fureur envahissait mon être lorsqu'une lourde main se posa sur mon épaule.

— Surtout, du calme, dit Ketill le Rouge.

8
LA MORSURE DU COUSIN

Debout, le cousin royal atteignait deux mètres et demi, je pense. Tandis que ses ailes bruissaient encore, il tenait Sigrid à la gorge. Ses doigts longs et minces, sans ongles, semblaient sur le point d'étouffer ma fiancée.

— Ça suffit! dit Ketill sur le ton que l'on prend pour s'adresser à un garnement. Laisse la demoiselle tranquille.

Le cousin royal produisit un sifflement désagréable qui, d'après moi, sortait de son ventre. Il ouvrit la bouche; ses lèvres, déjà minces, s'étirèrent pour laisser apparaître des gencives toutes noires et plantées chacune d'une bonne trentaine de canines.

On entendit craquer les mâchoires du cousin: «Cruk!»

Sigrid suffoquait pour de bon. La hache levée, je marchai sur l'immortel. Ketill, encore lui, m'arrêta au moment où le crâne de Sigrid entrait dans la gueule du cousin.

Ma fiancée se retrouva coiffée d'une couronne de dents qui lui descendait jusqu'aux yeux.

Le cousin royal siffla de plaisir; il lâcha le cou de ma fiancée.

— Bjorn! Il va manger ma tête!

— Non! Je te jure que non!

— Si!!!

Sigrid essaya de frapper son bourreau, de le griffer aux yeux. Et jamais je n'oublierai son expression quand les bras bleus s'enroulèrent autour d'elle pour l'emprisonner.

— Au secours! BJORN!... J'ai peur.

— Je... Tu seras libre bientôt!

En nage, le teint pâle, Sar Maïor trouva un passage au milieu des blessés. Il avait ôté sa tunique. Sa terrible blessure disparaissait sous un bandage serré, aussi chatoyant que l'écharpe de Boutroul Maïor (c'était peut-être elle).

— Lâchez vos armes! ordonna-t-il, s'adressant à nous, les prisonniers. Rendez-vous, sinon Sigrid va mourir.

— Oublie la fille, morphir! dit le Walhalien chauve. Sautons à l'eau et partons sans attendre!

— Pas sans Sigrid! s'indigna Ketill.

Les Yus des autres navires arrivèrent à ce moment. Ils avaient eu le temps de remplacer leurs tuniques de mer par des cottes de mailles. Ce lourd attirail ne les rendait pas moins lestes; ils sautaient un à un sur le pont, silencieux comme des chats.

— Où en sont les choses, Sar Maïor? s'enquit l'un d'eux.

— Elles vont bientôt rentrer dans l'ordre.

Le Walhalien chauve bondit jusqu'à moi; il m'effleura de ses doigts froids d'homme mort. Je ne pus retenir un mouvement de recul.

— Mamafidjar vous réserve un sort dont tu n'as même pas idée, morphir! Sacrifie ta fiancée et suis-nous sur l'île Walhal. Une morte et trois vivants, ça vaut mieux que quatre suppliciés pour l'éternité!

— Le Tanarbrok, prononça Ketill.

— C'est là que vous irez, confirma le chauve. La reine vous y mettra, elle en a le pouvoir!

Le cousin royal émit un sifflement saccadé, aigu, qui ressemblait à un rire.

— Quittez ce navire, hommes morts! gronda Sar Maïor. Je compte jusqu'à dix. Si, à dix, vous êtes toujours ici, la fille meurt. UN!

Daphnir et Invincible avaient décidé de sauver Sigrid. Je les aperçus, rampant dans le dos du cousin royal, les joues déjà gonflées de feu. L'immortel aussi les avait vus. Il emporta sa proie pour aller s'adosser au petit mât.

— DEUX! tonna Sar Maïor.

Pendant son déplacement, le cousin avait refermé un peu plus sa mâchoire. Une frange sanglante apparut sur le front blanc de Sigrid.

— Ici, Daphnir! hurlai-je. Tout de suite!

— TROIS!

Le Walhalien géant s'avança alors, les poings ballants.

— Viens avec nous, Bjorn le Morphir! supplia-t-il. Tu trouveras une autre fiancée.

Je lui jetai à un regard de mépris.

— QUATRE!

— Est-ce que tu m'entends, mon garçon?

— Laisse donc, Grettir. Bjorn n'abandonnera jamais son amour.

Ayant dit, le chef des Walhaliens m'adressa un sourire d'amitié. Je n'eus pas le temps, cette fois, de me laisser troubler par son apparence familière.

    — CINQ!

    — Allez-vous-en, hommes morts! dis-je. Merci pour ce que vous avez fait... Mais, bon Dieu, partez!

    Ils hésitèrent un instant,

    — SIX!

    ... marchèrent à reculons vers le bord,

    — HUIT!

    ... enjambèrent le bastingage,

    — NEUF!

    ... sautèrent.

    Nous passâmes les sept jours suivants dans une réserve de câbles, une pièce encombrée, étouffante et, qui plus est, grouillante de rats. Elle se trouvait tout au fond du navire; ses murs étroits laissaient passer de puissants effluves de vinaigre qui nous faisaient tourner la tête. Les Yus nous donnèrent du pain rassis et de mauvaises noix. L'eau que nous buvions avait des relents d'urine.

    Sigrid restait la plupart du temps dans mes bras. Elle cherchait le réconfort comme une petite fille qui a eu la peur de sa vie, et moi j'étais content de la sentir contre mon cœur. Soyons francs, j'avais besoin de cette proximité autant qu'elle.

    Les dents du cousin royal avaient laissé de petites plaies horizontales, sans gravité. C'est ce que nous pensions jusqu'au moment où elles s'infectèrent. Des boules dures, bleuâtres, poussèrent sur le front de mon amour. Svartog s'inquiéta; il réclama son carquois à bouteilles. Les Yus tardèrent à accéder à sa demande, et Sigrid fit de la fièvre. Elle était au plus mal, délirant et claquant des dents, quand un de nos geôliers apporta enfin le précieux carquois.

Ketill attrapa le jeune homme par le col.

— Va dire à Sar Maïor, à Boutroul et à tous ces salopards, là-haut, que Ketill le Rouge leur retire à jamais son estime!

Lorsqu'il se fâchait vraiment, Ketill était impressionnant. Je gage qu'il aurait fait fuir un ours rien qu'avec la voix. Le jeune Yus fila comme un pet, et j'ignore s'il délivra le message.

Svartog n'ouvrit pas moins de trois fioles petchégoles. Il commença par administrer deux sortes de granules à Sigrid; ensuite il appliqua une pommade sur les bubons. Le parfum dégagé par ces médecines repoussa pour un temps l'odeur du vinaigre.

Ma fiancée fut rapidement hors de danger. Son front redevint lisse et j'y déposai un nombre incalculable de baisers.

Nous vécûmes à la lueur d'une lanterne unique et vacillante. Nous sentions les moindres frémissements de la coque; parfois, le navire heurtait quelque chose: baleine ou poisson, comment savoir? Et j'essayais d'imaginer le monde sous nos pieds, ses vallées et ses monts, ses bêtes sans nombre.

Je me souvins d'un ami de notre serviteur Hari. Un vieux pêcheur grognon qui vivait avec l'obsession des grandes profondeurs. Il lâchait des filets lestés de pierres et les faisait descendre dans les grandes fosses de la mer d'Arlande. Il possédait des kilomètres de cordes.

La plupart du temps, le vieux pêcheur ne remontait rien. Ses tentatives pouvaient rester infructueuses pendant des semaines, oui. Et puis un jour, victoire, il pêchait un poisson étrange, d'une épouvantable laideur. Heureux comme un roi, il montrait sa prise dans tous les villages de la Renga, ma vallée natale. Il arrivait à la maison avec un poisson à moitié décomposé, puant la mort.

J'avais cinq ou six ans, à l'époque, et je l'entends encore: «Je ne l'ai jamais eu, celui-là! Il a huit cent treize dents, je les ai comptées. Et regardez ici, sur le dos: un troisième œil!»

Les gens se moquaient du vieux pêcheur. Ils le traitaient de fou, mon père comme les autres.

Dans les entrailles du navire yus, tandis que Sigrid se reposait contre moi, je me pris à admirer l'ami de Hari. Sa curiosité me sembla une très belle chose, après tout. Tant de gens traversent la vie sans se passionner pour rien d'autre que leurs champs, leurs bêtes, les richesses amassées dans le coffre familial.

Les rats se montraient agressifs. Nous avions envahi leur territoire, et ils nous le faisaient payer. Que nous dormions ou pas, ils ne pensaient qu'à nous mordre. L'un d'eux, un gros mâle, sautait sur nous depuis un empilement de cordes. Il m'arracha un petit bout d'oreille et griffa Ketill à plusieurs reprises. Avec des cordes en guise de fouets, nous repoussions ces assauts tant bien que mal. Et, bien sûr, il n'était pas question de dormir tous ensemble.

Svartog prenait les choses en philosophe; il ne cessait de fredonner une mélodie, un genre de berceuse.

Ketill le Rouge, en revanche, était à bout de nerfs. Il décida d'en finir.

— Ils veulent la guerre, ils l'auront! annonça-t-il un jour.

Il remua notre prison de fond en comble, déplaçant rageusement les rouleaux de cordes. Son fouet claqua une seule fois, sans atteindre sa cible. Ketill abandonna sa guerre lorsqu'il découvrit une série de trous dans le bas de la cloison.

— Ils se sont enfuis, les lâches!

— C'était prévisible.

Ayant dit, le demi-hirogwar se remit à fredonner.

— J'en ai plus qu'assez de ta chanson! s'emporta Ketill.

— Pardon de vous rebattre les oreilles avec cet air, dit Svartog. Mais je n'arrive pas à m'en souvenir tout à fait. Or, pour que ça marche, il faut que chaque note soit juste.

— De quoi parles-tu, sapristi?

— Cette chanson a un pouvoir sur les rats. Elle les apprivoise, les rend doux, respectueux envers l'humain.

— Héritage de Paderbok, devina Sigrid.

— En effet.

— Bon, fit Ketill en se laissant choir sur un tas de cordes usées. Je veux bien. D'accord. Retrouve-la, ta fichue chanson. Moi, pendant ce temps, je me bouche les oreilles. J'espère que tu n'y vois pas d'inconvénient?

— Aucun, mon ami.

Dès l'instant où il pensa avoir retrouvé toutes les notes, Svartog vida le carquois à bouteilles afin de lui rendre sa vocation première. Et, comme c'était un piètre musicien, il passa la flûte à Ketill.

— Écoute attentivement et joue de ton mieux. Lââ, la! la!... Liiii, la, la, lâ-ÂÂÂ...

— Tu chantes comme un chaudron, monsieur Science-Infuse.

— Lââ, la, liuuuuh!...

Ketill reproduisit les notes à la perfection, et la mélodie se révéla très belle.

— Et maintenant quoi? maugréa notre flûtiste.

— Joue encore et encore, dit Svartog.

Bientôt, nos ennemis sortirent d'un trou à la queue leu-leu, l'air penaud. Ils vinrent nous renifler les doigts; je sentis même une petite langue sur ma paume. Le gros mâle nous montra le ventre en signe de soumission et, à partir de là, tout alla pour le mieux entre les rats et nous.

Nous leur donnions un peu de notre pain et ils nous offraient des cadeaux très prestigieux, à leurs yeux s'entend: vieux chiffon, os de poisson, charançon, plume de mouette... S'ils avaient pu parler, je leur aurais demandé des nouvelles de Daphnir et Invincible. Nos dragons étaient gardés ailleurs, nous ne savions où, et je m'inquiétais pour eux. Il me sembla une ou deux fois entendre leurs plaintes, mais Ketill, dont l'ouïe est excellente, m'assura que je rêvais.

Boutroul Maïor fit une courte apparition le 25 septembre. Il ne prononça aucune parole, se bornant à nous jeter un sac de nourriture.

— Des fruits! s'exclama Sigrid en ouvrant le sac. Et

du jambon. Et du pain aux noix... Un fromage de chèvre !

Le lendemain, Boutroul Maïor nous apporta un autre sac et un flacon d'eau-de-vie. Il ne parla pas plus que la fois précédente, mais le spectacle du gros rat jouant avec une clochette le retint quelques secondes dans la pièce. L'animal poussait la clochette avec le nez et l'objet roulait en tintant jusque dans la main de Svartog, qui la renvoyait.

— Bravo, Rat Maïor ! lança Ketill.

Ce cri arracha Boutroul à sa contemplation. Il nous dévisagea l'un après l'autre avec embarras, puis il sortit.

C'est le jour d'après que nous revîmes enfin la lumière. Notre retour sur le pont nous attira des regards noirs de la part de tout le monde. Les Yus ne nous aimaient plus, visiblement.

Daphnir et Invincible, attachés au petit mât, nous accueillirent avec des lamentations. On leur avait mis des muselières. J'appris plus tard qu'elles étaient faites en étoiles d'argent, feuilles d'un arbre résistant aux flammes, ainsi que le lecteur s'en souvient.

Le feu dragonien avait noirci le mât et pas mal d'endroits alentour. Sans doute nos dragons s'étaient-ils affolés de se retrouver sans nous. Je les imaginai en train de fouiller le navire en renversant tout sur leur passage, les Yus compris. L'équipage avait dû passer un terrible quart d'heure avant de réussir à les maîtriser.

Je demandai à Boutroul si je pouvais ôter les muselières.

— Si tu me jures de ne pas utiliser le feu des dragons contre nous.

— Tu as ma parole.

Une fois libre, Daphnir me lécha les mains et les mordit jusqu'à sang. Il était heureux et en même temps fâché. Les enfants humains ont tendance à rendre leurs parents responsables de tout ce qui leur arrive. Eh bien, c'est pareil avec les jeunes dragons.

Nous fûmes cantonnés à l'avant, le lieu le moins fréquenté du navire. Le soir, on nous ramena dans notre ancienne chambre, un palais, comparée à la réserve de cordes.

— Nous ne verrons plus les rats, dit Ketill.

— Tu les regrettes ? s'étonna Sigrid.

— Bien sûr. C'étaient de braves compagnons.

Ketill le Rouge se désolait un peu vite. Car les rats, ces futés, remontèrent des profondeurs du navire pour nous retrouver. Nous les vîmes passer sous la porte avant minuit.

Ils ravalèrent leurs couinements de joie à la vue de nos dragons.

— Tout doux ! intimai-je. Les rats sont gentils !

Daphnir et Invincible étaient prêts à bondir.

— Nonononon ! cria Sigrid.

— Ami, ami, dit Ketill en caressant Rat Maïor.

Nos dragons penchèrent la tête, perplexes. Ils grondèrent un peu, juste pour dire, puis se couchèrent en tournant le dos à nos amis rongeurs. Ils devaient nous prendre pour des fous.

Un vent du nord gonflait les voiles des deux-mâts, poussant la flotte vers sa destination : le royaume de Mamafidjar. Le Destin nous attendait là-bas.

La vision du Tanarbrok, théâtre d'horreurs répétées

à l'infini, hantait mon esprit. Est-ce là que tout finirait? Oui? Non? Après tant et tant de dangers surmontés, ce dénouement paraissait impensable, injuste, ridicule.

— Les dieux se seraient bien moqués de nous, pensai-je.

Sar Maïor et ses hommes continuaient de nous ignorer. À en juger par sa façon de me regarder, j'eus des raisons de croire que Bayus m'en voulait personnellement. Le seul à nous visiter à l'avant du navire, c'était Boutroul Maïor. Il venait cinq minutes le matin et cinq autres dans l'après-midi, jamais plus.

— L'équipage vous rend responsable de ce qui est arrivé, même si c'est injuste, nous confia-t-il. Il n'y a pas eu de morts, merci Dieu, mais la chambre des blessés est pleine à craquer. Sar Maïor vous en veut à cause de son bras perdu, Bayus te maudit tous les jours, Bjorn, d'avoir abîmé l'oreille de son neveu.

— J'ignorais que c'était son neveu.

— Chez nous, une blessure de guerre est un trophée, dit Ketill. Membres coupés, bosses et affaissements du crâne, balafres: ce sont là des titres de gloire!

Il termina cette déclaration en soulevant sa tunique rouge. Boutroul Maïor put admirer le torse le plus couturé du Fizzland. Chaque cicatrice avait son histoire, à laquelle nous échappâmes grâce au visible dégoût du chef de toute la flotte.

— À chacun ses valeurs, grogna Ketill en se rajustant.

— Jamais vu un ventre aussi... saccagé. Vraiment atroce. Merveilleux. Bravo, de tout mon cœur! Je...

C'est-à-dire... Enfin, au revoir, quoi! De tout mon cœur...

Boutroul Maïor nous quitta en vacillant; son corps gras évoquait un tonneau ballotté dans la tempête — sauf qu'ici, le temps était radieux et la mer, modérément agitée.

— Puis-je te poser une question? criai-je soudain.

Boutroul se retourna au milieu d'une passerelle; il faillit tomber dans un réservoir d'eau douce.

— Pose toujours, dit-il en revenant sur ses pas. On verra si je peux te répondre.

— Qui étaient les hommes morts? Tu connais leur nom?

— L'un d'eux se nommait Grettir, se souvint Ketill.

— C'était Grettir le Fort, mort en l'an 1000, si j'ai bonne souvenance. Guerrier intrépide, d'une force surhumaine, grand buveur devant l'Éternel. Mais je ne vous apprends rien, n'est-ce pas? C'est l'un de vos héros... L'homme chauve a pour nom Égill Pêcheur-d'Orques...

— Combattant hors pair et poète sensible, dit Ketill.

— L'auteur du *Poème du morphir*, rappela Sigrid.

— Et de cent autres merveilles. Écoutez donc ces vers signés Égill. Cela s'intitule *Chanson de la mort digne*:

> *Un jour il se présente*
> *Le drakkar sans rameurs*
> *Tu entends la rumeur,*
> *L'affreuse rumeur des morts:*

On t'attend aux enfers.
Vas-tu te lamenter
Avant de te défaire
Du monde, de ses beautés ?
Non.
Ton visage sera digne
Tandis que tu songeras :
« J'ai eu l'honneur insigne
De grandir au Fizzland,
De mourir au Fizzland. »

— Splendide ! jugea Boutroul Maïor.

Son enthousiasme n'avait rien de simulé.

— Mourir au Fizzland, nous n'aurons peut-être pas cette chance, observa Svartog.

— Et le chef des Walhaliens ? demandai-je. Qui était-il ?

— Ah oui, fit Ketill. L'espèce de nain.

— Petit par la taille, immense par la valeur, dit Boutroul avec un sourire. Je m'étonne, Bjorn, que ton instinct soit resté muet devant ce personnage. Allons, essaye de deviner !

— Snorri le Morphir, prononçai-je.

— Lui-même en personne. Le plus grand de tous les Fizzlandais. Votre gloire nationale !

9
LES LARMES DE KETILL

Un jeune Yus, un costaud, fut déshabillé sur le beau pont. Les tambours battaient sur un rythme endiablé pendant qu'il endossait un étrange costume : un espadon fendu de haut en bas et vidé de ses entrailles. L'homme-poisson se mit à danser autour du mât maïor. Ses mouvements étaient désordonnés, carrément fous, et je suis certain qu'il avait bu.

— Qu'est-ce qu'il fabrique, ce gaillard ? s'enquit Ketill. Ma parole, il est taré !

— Vieille coutume ! cria Boutroul Maïor dans le vacarme. Demain, nous arrivons. La veille du débarquement est un jour de fête... JOUR DE FÊTE !

— Suis pas sourd ! Il ouvre et ferme la bouche sans arrêt, votre danseur. Pourquoi ?

— Il est poisson. POISSON !

Soudain, le danseur sauta sur une planche placée au-dessus de l'eau. Il plongea dans la mer. Je dois dire que je m'inquiétai pour lui, car nous étions suivis en permanence par des requins. Les Yus se ruèrent au bastingage en poussant des «Yourra!». De son bras restant, Sar Maïor lança une bouée attachée à une corde. Le jeune Yus fut remonté à bord dans la minute suivante, sain et sauf. Les yeux hagards, il s'agenouilla au pied du mât. Bayus et un autre lui déversèrent au moins dix seaux d'eau douce sur le corps.

– L'enfant des vagues est sur le pont! cria quelqu'un.

– L'Homme est fruit de la mer! tonna Sar Maïor.

– L'HOMME, FRUIT DE LA MER! hurla l'équipage. YOU, YOU, YOURRA!

– Mais que signifie tout cela, bon sang! s'énerva Ketill.

– C'est la coutume, se contenta de dire Boutroul Maïor.

On apporta des vêtements au jeune homme. Il revêtit les divers éléments du costume yus, tous flambant neufs: pantalon, culotte gaufrée, tunique couverte de coquillages, chaussures et gants.

L'équipage se dispersa et nous assistâmes à une débauche de prouesses physiques. Un jeune borgne monta dans le mât maïor, dont la plus haute vergue avait été prolongée à bâbord. Il se rendit au bout de cette barre en plein ciel, s'y attacha par les pieds et, sans l'ombre d'une hésitation, sauta dans le vite. Une chute de trente mètres au moins! La barre plia à se rompre avant d'osciller frénétiquement pendant une minute. Le jeune insensé sembla rebondir sur la mer, que pourtant il ne toucha pas. Comment ses chevilles purent-elles résister à pareil choc, je l'ignore.

Les Yus saluèrent l'exploit en tapant du pied. Le sauteur se délia lui-même et se laissa tomber dans une barcaronde. À ce moment, tous les regards étaient déjà tournés vers tribord.

Le fils de Bayus venait de plonger à l'eau, armé d'un harpon court. Un aileron de requin émergeait à dix brasses devant lui ; il nagea droit dans cette direction. Le deux-mâts avait beau avancer lentement, il laissa le duel sous-marin derrière lui.

Je n'ai pas peur des serpents, ni des scorpions, encore moins des araignées. Parmi tous les animaux qui éveillent la crainte de l'homme, le requin est le seul à m'affoler. Être happé par en dessous, déchiqueté sans recours, emporté au fond de l'eau... j'en ai des sueurs froides rien qu'à l'idée ! C'est dire avec quelle angoisse je scrutais la mer.

Après un temps infini, le fils de Bayus réapparut : une tête d'épingle au milieu des vagues. Il grimpa dans une barcaronde et brandit un objet sombre en direction de la flotte.

— Qu'est-ce qu'il ramène ? interrogea Ketill.

— L'aileron du requin, dit Sigrid.

— Chapeau bas !

Il y eut des combats (chez les Yus, la lutte se pratique avec une main liée dans le dos), des concours de saut, des défis acrobatiques... Quand vint le soir, les tables poussèrent sur le pont. L'équipage monta des réserves vingt tonneaux d'eau-de-vie, des sacs de pain, du poisson séché, des homards bleus, des crabes violets... Gar le Beurrier tira quelques notes d'un instrument à cordes. Les yeux brillants, il chanta un air peu convenable qui amusa tout le monde. Un homme plus vieux que lui, ridé comme une noix, exécuta une petite danse grotesque, et les rires redoublèrent.

On nous fit descendre avant le commencement du banquet. Un repas de fête nous attendait dans notre chambre ; nous eûmes droit à l'eau-de-vie. Un carré de parchemin accompagnait ces bonnes choses; les mots suivants y étaient tracés d'une écriture élégante: «Avec mes amitiés. Boutroul.»

Le plafond et notre lanterne tremblèrent toute la nuit. Nous entendions des chants, des cris, des rires. Les rats vinrent nous voir plus tôt que d'habitude. Leurs oreilles pendaient, ils marchaient avec une lenteur hésitante, en couinant. Je pense que le bruit les angoissait. Et peut-être aussi que, sentant arriver la fin du voyage, la perspective de nous perdre les rendait tristes? Qui sait?

Daphnir et Invincible s'étaient habitués aux rats. Ils ne firent aucune objection lorsque nous partageâmes le festin avec la petite bande. Ketill le Rouge eut l'idée loufoque d'offrir de l'eau-de-vie à Rat Maïor. Ce dernier but sans hésiter et ne montra ensuite aucun signe d'ivresse.

— Si vous voulez mon avis, ce n'est pas la première fois qu'il en prend, dit Ketill.

Les Yus nous réveillèrent à la première heure. Le pont avait été lavé à grandes eaux; la moindre boiserie, le plus humble cordage paraissaient neufs. Dire que, deux ou trois heures plus tôt, une orgie battait encore son plein sur ce navire! C'était à peine croyable.

Boutroul Maïor nous attendait à l'avant. D'un geste large, il nous invita à contempler le paysage. Je reçus un choc en découvrant la terre si proche.

— Corne de bique, proféra Ketill.

De nombreuses crevasses et une large échancrure découpaient une côte plutôt basse. Une muraille de pierre, haute de dix à quinze mètres, longeait un rivage de terre où poussaient, de loin en loin, des ormes maritimes.

L'élément le plus frappant du décor se trouvait à l'est. C'était Eudrasil, l'arbre creux. Son tronc clair, humide, eût-on dit, perforait le plafond de l'étage. À l'idée que ce géant passait à travers l'épaisseur terrestre et montait jusqu'au ciel pour atteindre le domaine des dieux, j'éprouvai un vertige.

Les racines géantes d'Eudrasil, serrées entre l'enceinte de pierre et la mer, plongeaient en partie dans l'eau.

À l'ouest, faisant pendant à l'arbre divin, un pilier sombre montait lui aussi jusqu'à la voûte rocheuse.

— La tour Fidjar, pensai-je.

Elle était à l'intérieur des murs, à je ne sais combien de kilomètres.

Des volcans dodus constituaient le fond du décor. Semblables par la forme, égaux par la taille, ils évoquaient une rangée de pots à grains. De chacun d'eux sortait une flamme, une seule, qui léchait le plafond avec assiduité.

Les volcans baignaient l'étage d'une lumière matinale : mélange de jaune et de pourpre. Boutroul Maïor nous servit du thé et des petits pains tandis qu'une nuée d'oiseaux arrivaient à notre rencontre, venant de la terre.

— Ne leur jetez rien ! supplia Boutroul. Sans cela, nous n'aurons plus une seconde de paix.

— Des pies de mer, reconnut Ketill. Les pires enquiquineuses qui soient !

La quille effleura un récif, et le chef de toute la flotte se retrouva par terre. Il éclata de rire, coupant court aux moqueries de l'équipage.

— Pas de mal, tu es sûr? s'inquiéta Sigrid.

— Du tout, du tout! assura Boutroul Maïor en se relevant. Il y a des hauts-fonds par ici, voyez-vous. Et ils ont la fâcheuse habitude de se déplacer. L'homme de barre a beau connaître ces eaux comme sa poche...

Une main sur la rambarde bâbord, l'autre sur la rambarde tribord, Ketill se tenait à la proue du navire. Je remarquai pour la première fois quelques fils gris dans la masse flamboyante de ses cheveux.

— Les racines d'Eudrasil s'écartent pour laisser entrer la mer, dit-il d'une voix distraite.

— C'est la porte marine, que tu vois là, déclara Boutroul Maïor. L'entrée du drakkar sans voile.

Affamé, Svartog prit un troisième pain. «Kruikrui-krui!» crièrent les pies, car elles espéraient recevoir quelque chose. Elles tournoyaient au-dessus de nos têtes, lâchant leurs fientes sur le pont, au grand dam de l'équipage qui faisait tout pour les chasser.

— Que se passe-t-il exactement dans Eudrasil, seigneur Boutroul? demanda le demi-hirogwar.

— Les morts rencontrent leur Juge céleste.

— Mais encore?

— Quand elles sortent d'Eudrasil, les âmes ne se souviennent pas de ce qu'elles y ont vu. C'est ainsi. Mais nous croyons que les morts sont jugés par le dieu qu'ils ont honoré le plus durant leur vie. Nous autres Yus comparaissons devant Neptyus, vous, les Vikings, devant Jésus-Christ ou bien Godinn, c'est selon...

— Bjorn adore Jésus autant que Godinn, dit Sigrid.

— Eh bien, je suppose que ces dieux te jugeront

ensemble, morphir. Ils n'auront qu'à se serrer un peu sur leur siège d'or, hi, hi, hi!

Pour Ketill le Rouge, seule la religion chrétienne était vraie; tout le reste n'était qu'illusion et sottise. Je redoutais sa réaction aux propos de Boutroul, mais il n'avait pas écouté. Son regard scrutait le rivage noir de monde.

Boutroul Maïor nous laissa pour aller rassembler ses affaires. Je m'approchai de Ketill qui, à ma grande surprise, pleurait.

Sigrid nous rejoignit. J'étais à la gauche de notre ami; elle se plaça à sa droite.

— Tu es triste? s'inquiéta ma fiancée.

— Au contraire, dit Ketill en lui prenant la main. Yon est là, tout près. Je le sens. Mon fils, mon amour... Je vais le revoir enfin!

Yon s'était noyé à l'âge de dix ans. J'ai maintes fois évoqué ce tragique épisode qui laissait Ketill inconsolable.

— Tu y as pensé souvent? demandai-je. Au fait que tu pourrais retrouver l'âme de Yon?

— Tous les jours de notre long voyage. Il ne s'est pas passé une heure, pas une minute sans que je ne rêve du moment où je serais près de mon enfant. Lui et moi réunis, bon Dieu! Comme autrefois!

Un dauphin solitaire, de ceux qui vivent près des côtes, passait et repassait devant l'étrave. Je venais de découvrir cette présence amicale, quand Ketill partit d'un rire énorme:

— HA! HA!... HA! HA! HA! HA!

Une question me brûlait les lèvres; je la posai:

— Si Yon n'avait pas été pas aux enfers, aurais-tu accepté cette mission? Serais-tu avec nous aujourd'hui, s'il vivait toujours?

— Faut-il vraiment que je réponde à cela?

— Es-tu venu pour libérer le prince Sven ou bien pour voir l'âme de ton fils?

Il me dévisagea soudain, en colère.

— Fiche-moi la paix, Bjorn! Laissez-moi, tous les deux! Vous m'étouffez!

Ketill regretta aussitôt ses paroles. Il nous attira à lui, nous serra dans ses bras.

— Pardon. Pardon d'avoir été méchant!

— J'étouffe, dit Sigrid en riant.

10
LES ELFES

Le thé yus a le curieux défaut d'assécher la gorge. Je me servis un cinquième bol et manquai le renverser, car mon attention fut détournée par le passage du cousin royal au-dessus de nous. Ses ailes produisaient un bruit léger: «Frrrrrrr!»; ses jambes pendaient d'une façon peu élégante.

— Dieu que je hais cette créature! dit Sigrid.

L'immortel survolait déjà le rivage; il passa au ras du mur d'enceinte et fila vers la tour Fidjar.

Nous nous trouvions au milieu d'une vaste baie, glissant vers un mouillage sur la gauche. Deux-mâts, cotres courts, cotres longs, barcarondes, canots pontés, barquettes… il y avait toutes sortes de bateaux dans ce port. Certains étaient peints, d'autres non. Quelques-uns, tachés de sel, la coque incrustée de coquillages, semblaient très vieux; mais la plupart étaient récents ou flambant neufs.

D'un geste, Ketill me désigna un navire en construction. Il reposait sur le rivage, dans un écrin de planches. Des hommes s'affairaient autour de lui comme une armée de fourmis.

— Je donnerais cher pour passer quelques jours sur

ce chantier, confia Ketill. J'apprendrais la science navale de ces satanés Yus. Plus tard, je convaincrais le roi de construire une flotte de deux-mâts.

— Aucun étranger n'est admis sur nos chantiers. Et, de toute façon, tu ne reverras pas ton pays. Mets-toi bien ça dans la tête!

Accompagné de son fils, du borgne sauteur et de trois autres gaillards armés jusqu'aux dents, Bayus nous considérait d'un œil froid. Un septième homme, l'artisan forgeron qui nous avait mis les clochettes, arriva avec un sac.

— Vas-y, dit Bayus.

L'artisan ôta les bracelets de nos chevilles; il les remplaça par des chaînes. Bayus et sa bande, pendant ce temps, regardaient la rive où se pressait de plus en plus de monde. Ils avaient enlevé le beurre de leurs visages, s'étaient vêtus de neuf. Notre sort humiliant les intéressait moins que les prochaines retrouvailles avec la famille, les amis.

Nous attendîmes encore une heure avant de débarquer. On nous fit descendre dans un canot surchargé d'hommes en armes.

L'eau était transparente. Des poissons gras: anguilles de Thor, carpes marines, poissons-vaches… broutaient les algues. Je vis des orphies et des étoiles de mer.

— J'ai la tête qui tourne, se plaignit Sigrid.

— Il y a longtemps que nous n'avons vu autant de personnes à la fois, dit Ketill. Moi aussi, ça me déboussole.

La rive, recouverte de dalles sur plusieurs kilomètres, était surélevée.

— J'ai vu une digue de ce genre en Asimie, assura Ketill.

Je voulus bien le croire, mais je doutai que le port d'Asimie pût vraiment rivaliser avec celui des enfers. Car la digue courait sur tout le pourtour de la baie, à peu de chose près. C'était une construction colossale que mon intuition attribua à ces « ouvriers divins » évoqués par Boutroul.

Notre canot approchait du bord.

— Mwof! mwof! aboya Daphnir.

— Grrrrr! fit Invincible, oubliant d'imiter son héros.

La foule sur la digue était constituée de vivants et de morts. Les âmes nous fixaient de leurs yeux sans pupilles. Leurs silhouettes blanches, brillantes, avaient des contours bien nets. Impossible de voir à travers la lumière dont elles étaient faites. Je me demandai si ma main pourrait les toucher un tant soit peu. Elles semblaient tellement palpables...

Mêlés aux âmes, il y avait les Yus, hommes et femmes, ces dernières portant des pantalons à bretelles et des cheveux courts.

Nous montâmes sur la digue par un escalier usé, piqué de lichen marin.

— Salut la compagnie! lança Ketill.

On nous poussa en avant. Le sol était couvert de sang et de viscères de poisson. Invincible glissa pendant que Daphnir, plus stable sur ses pattes, nettoyait les dalles.

L'odeur du vinaigre indisposait Sigrid, qui se boucha le nez.

— Qu'est-ce qu'on attend? grogna Ketill.

Une âme passa à travers un groupe de vivants pour venir au premier rang.

— Non mais dis donc, toi! s'emporta une femme yus. Tu oses nous traverser.

— As-tu oublié la loi? dit une autre.

— En prison! glapit une troisième.

— Pardon, s'excusa l'âme, celle d'un homme de soixante ans. Excusez-moi, je vous en prie. Je viens d'arriver et je ne suis pas encore habitué aux usages d'ici.

— Ton froid détestable ne doit pas toucher les vivants, ni même les effleurer. Qu'on ne t'y reprenne pas, sinon...

— J'ai l'impression de te connaître, dit Ketill, s'adressant à l'âme maladroite. Je me trompe?

— Non! Je suis Borr, souviens-toi.

— Mais oui, bien sûr!

Ketill se tourna vers nous.

— Borr est un serviteur de Harald, dit-il.

— Je suis... enfin, j'étais le dresseur des chiens royaux, précisa Borr.

— Depuis quand es-tu mort, mon pauvre?

— Seize jours. Je ne sais même pas ce qui m'a amené ici, quelle maladie... Un lundi, je tombe comme une masse après dîner. Mes filles se mettent à hurler. Moi, j'essaye de me relever, je m'agrippe aux poils de Fenrir, mon chien favori...

— Je suis désolé, l'ami. Sincèrement... Comment va le roi? Et quelles nouvelles du pays?

— Harald a eu de la fièvre tout l'été. Il est mieux, à présent, mais il ne sort plus. Il se croit au bout du rouleau et il a raison, hélas! La disparition du prince Dar a été un coup terrible pour lui. Et pour nous tous aussi. Le royaume n'a plus d'héritier.

— Ainsi, le prince a disparu? dit Ketill, feignant la surprise.

— Depuis plus d'un an. Comme toi, seigneur Ketill. Tout le monde pense que tu es avec lui.

— Eh bien, non.

— Sais-tu où il se trouve?

— Aucune idée.

— Et que viens-tu faire aux enfers? Tu... Tu es bien vivant, n'est-ce pas?

— Tout ce qu'il y a de plus vivant, répondit Ketill en ouvrant grand les yeux. Regarde mes belles pupilles!

Un bruit de pas résonna sur les dalles. La foule s'écarta pour laisser passer une file de guerriers blonds, armés d'épées fines (on eût dit des broches à rôtir) et portant d'impressionnants chapeaux en forme de cônes retournés. Sous l'apparente raideur de ces personnages, on sentait une souplesse de fauve; malgré la finesse de leurs membres, on devinait beaucoup de force.

— Des elfes, dit Svartog.

Je ne pus m'empêcher de tressaillir en entendant ces mots. Je n'avais jamais vu d'elfe, et mes informations à leur sujet étaient contradictoires.

Je me souvenais, bien sûr, de ce que Hari le pêcheur racontait dans mon enfance. Les elfes ont inventé l'art guerrier, l'écriture, la poésie, le mariage, la musique et la danse, le tissage, la bière au miel, le pain et le fromage. Ils étaient les maîtres du Nord, à la tête d'un empire de cinq cent mille arpents où régnait la paix, lorsque les géants Ghili et Frigda accomplirent leur œuvre de destruction. Ce fut la fin du Premier Monde et celle des elfes. Ils ne seraient plus aujourd'hui qu'un millier.

Venant ternir cette image brillante, il y avait les paroles de mon grand-père Sigur. Il avait qualifié les elfes de «nuisibles», les décrivant comme des êtres abjects.

Les elfes formèrent un carré autour de nous. L'un d'eux nous ordonna d'avancer et c'est ce que nous fîmes dans un grand bruit de chaînes.

– Je suis venu pour trouver mon fils! dit Ketill, s'adressant à la foule. Il s'appelle Yon. Il a dû arriver ici en octobre de l'année 1062. Est-ce que quelqu'un le connaît?... Yon, un garçon de dix années, beau comme un cœur! Un très brave petit!

Les elfes pressèrent le pas, nous forçant à trottiner. Nous passâmes sous une porte monumentale.

– Borr! cria Ketill. Trouve mon fils, je t'en supplie! Dis-lui que je suis là, que son papa est venu pour lui. Je l'aime, dis-le lui! Borr... Hé, Borr!

Mais l'ancien dresseur de chien ne répondit pas. La présence des elfes semblait rendre tout le monde muet.

À l'intérieur des murs nous découvrîmes une ville grouillante de vivants et de morts. Les rues étaient entièrement pavées, si bien que le sol de terre n'apparaissait nulle part. Des maisons hautes s'alignaient à dix pas de l'enceinte. Les deux premiers étages étaient faits de pierre bleue, parfois de marbre sale, les suivants de planches peintes ou de torchis. Percées de nombreuses fenêtres aux balcons branlants, ces bâtisses n'inspiraient pas confiance. L'une d'elle était à moitié effondrée, d'ailleurs.

Notre escorte serra les rangs pour entrer dans une rue étroite et sombre. Nous allions maintenant au pas de course, un exercice difficile pour nous. Non seulement les lourdes chaînes freinaient nos mouvements, mais en plus elles accrochaient les pavés qui, déchaussés, saillaient parfois de la rue. Nous trébuchions sans cesse. Je me souviens qu'à un moment je faillis tomber vraiment ; je heurtai l'épaule d'un elfe, une épaule dure comme de l'acier.

Cette course folle, dans un dédale de rues fétides, nous épuisa. Je voyais trouble et j'avais l'impression de porter un sac de grain sur la tête ; si j'avais été moins fier, j'aurais demandé une pause. Devant moi, Sigrid titubait plus gravement que Boutroul sur le pont du deux-mâts. Ketill jura dans mon dos :

— Tonnerre, qu'est-ce qui m'arrive ? J'ai le tournis !

— C'est le thé, je pense, dit Svartog. Il y avait quelque chose dans le thé !

Était-il devant ou derrière moi ? Je n'en ai plus la moindre idée.

Nous parvînmes dans une rue plus large. Je me souviens qu'il y avait des gens aux fenêtres : des Yus aux étages inférieurs, des morts au-dessus.

Certaines âmes nous firent des signes discrets.

— Dites à mon fils Yon que son père est arrivé ! Ketill le Rouge est aux enfers, annoncez partout la nouvelle !

Nous prîmes à gauche, empruntâmes un pont sous lequel coulait une rivière. J'eus le temps d'apercevoir l'eau limpide où des chats – des chats, je dis bien! – se baignaient. Arrivés sur une place, nous pûmes enfin souffler.

Daphnir me lança un regard interrogateur. Les elfes le surveillaient à chaque instant, ainsi qu'Invincible. Je compris que notre escorte était prête à transpercer nos dragons au moindre signe d'agressivité.

Sigrid et moi étions enlacés. Nous nous soutenions l'un l'autre, en vérité.

– Je t'aime, dit-elle d'une voix inquiète. Si jamais nous devions...

– Chut, fis-je en posant ma main sur ses lèvres. Tout ira bien.

– Prévenez mon fils, prononça Ketill, l'air hagard. Yon, dix ans, octobre 1062...

Il ne tenait plus sur ses jambes. Svartog, fort vacillant lui-même, vint le soutenir de son mieux. Les elfes, pendant ce temps, demeuraient plus raides que des piquets. Notre état ne les préoccupait aucunement.

Je me forçai à contempler le décor, histoire de rester éveillé. Les images que mon esprit captura durant ces instants d'attente sont d'une surprenante précision.

Un chat bleu se tient dans une niche, là où je me serais attendu à voir la statuette d'un dieu. Il se lèche le ventre avec volupté. Sur la droite, une petite femme yus répare un mur de brique; ses vêtements et son visage sont couverts de taches.

Pas loin de la femme, un groupe de vieux Yus discute avec une âme. Celle-ci est comme une flamme au milieu des vivants.

Un Yus richement habillé traverse la place sur un cheval borgne.

Il y a toujours plus d'âmes aux fenêtres hautes. Deux chats se figent au moment de se croiser sur l'arête d'un toit ; ils échangent un regard, un seul, puis se séparent.

Le milieu de la place est occupé par une fontaine silencieuse. Des charrettes vides sont garées contre un mur couvert de dessins maladroits...

— Qu'est-ce qu'on attend ? grommela Ketill.

— Mwof ! s'impatienta Daphnir.

Une cage montée sur roues surgit alors d'entre les maisons, tirée par des chevaux. Chahut indescriptible. Les elfes nous poussèrent à l'intérieur de la cage, qui s'ébranla aussitôt. Pas moyen de tenir debout, tellement nous étions secoués.

Le chariot n'avait pas d'autres conducteurs que les chevaux, des hongres à queue tressée.

Les elfes nous suivaient en courant. Visages impassibles, bustes rigides, ils avaient l'air de statues animées.

— Hari disait qu'ils ne transpirent pas, pensai-je. Il avait raison.

Nous avions brusquement tourné à droite, dans un grincement de roues et d'essieux. Nous longions un fleuve encombré de bateaux à rames de petite et moyenne dimensions. La berge, large et pavée, était coupée en deux par une ligne peinte sur le sol. À gauche, côté fleuve, circulaient des chariots et des cavaliers; à droite, près des maisons, se pressaient les piétons, morts et vivants.

Les bâtisses mesuraient vingt ou trente mètres chacune; leurs façades, en pierre ou en brique crue, s'ornaient de balcons colonisés par les chats. Les fenêtres étaient fermées par une matière éclatante qui laissait voir les gens et les choses à l'intérieur des chambres. S'agissait-il de verre, de grandes plaques de verre? Je me promis de me renseigner à ce propos, si la possibilité s'offrait à moi.

Au bord de l'eau, des garçons yus pêchaient à la ligne. Les filles aux cheveux courts jetaient du pain à des marsouins d'eau douce.

Le tumulte des voix, les odeurs multiples, l'ampleur de la perspective... tout cela m'intimidait, je l'avoue. Je pensai à Updala. Avec ses rues de terre et ses maisons en bois, notre capitale n'était rien d'autre qu'un gros village, à côté de la cité des enfers. Ici, le mot «ville» prenait un autre sens.

Le fleuve suivait un chemin rectiligne vers la tour Fidjar. Mon regard fut comme aimanté par ce tube gigantesque, menaçant.

— Nous allons voir la reine, pensai-je.

— L'heure est grave, mes enfants, dit Ketill le Rouge. Prions le ciel pour que Mamafidjar soit dans un de ses bons jours.

11
LE TRIBUNAL

Les bâtiments en pierre bleue qui entourent la tour Fidjar forment un ensemble colossal appelé palais Fidjar. On nous avait introduits dans une salle illuminée qui sentait le moisi. Les effets du thé yus rendaient nos déplacements difficiles. Les elfes nous firent asseoir sur des chaises en métal. Ils se postèrent ensuite près des portes, les bras derrière le dos.

Colonnes le long des murs, estrade monumentale, lanternes géantes suspendues au plafond, la salle possédait un caractère solennel que l'agitation ambiante faisait oublier. Et pour commencer, il y avait des chats partout. Bleus, blancs, gris, jaunes, tachetés... ils se poursuivaient, dormaient, grattaient les murs. Des bols de lait et des assiettes de viande encombraient le sol de marbre.

Les sauterelles étaient dix fois, cent fois plus nombreuses que les chats ; elles ne tardèrent pas à grimper sur nous. Je pense que les parchemins conservés dans la salle (ils s'entassaient dans des étagères) les avaient attirées. Mais pour quelle raison étaient-elles tolérées de la sorte ? Ça, je l'ignore.

Une série de personnages nous faisait face sur l'estrade. Il y avait d'abord une demi-douzaine de cousins royaux. Accroupis sur des coussins, ils se tenaient immobiles, montrant une totale indifférence à ce qui les entourait. Vingt et un Yus en robe noire siégeaient devant une table; ils chuchotaient, écrivaient sur des parchemins tout en grignotant des biscuits. De jeunes Yus entraient par une porte étroite, apportaient un parchemin à l'un ou l'autre des hommes en robe, attendaient une signature, puis repartaient. Ce va-et-vient incessant, ajouté aux cabrioles des chats, aux sautillements des insectes, avait quelque chose de comique. Oui, malgré la gravité de l'heure, le spectacle me fit sourire.

— Où est Daphnir? demanda Sigrid.

Je cherchai autour de nous: nos dragons n'étaient pas là. Inquiet, je me levai; mais aussitôt un elfe vint appuyer durement sur mes épaules.

— Assis! ordonna-t-il.

— Qu'avez-vous fait des dragons? interrogea Ketill le Rouge.

— Silence! gronda l'elfe.

Ketill ouvrit encore la bouche; il la referma vite, car l'elfe le menaça de son épée.

— Silence, une fois pour toutes.

— Nous voulons savoir! dis-je.

Pour prix de mon insistance, je reçus un coup de poing en pleine face. Mon nez se mit à saigner.

— Crapule! rugit Sigrid.

— Tais-toi, soufflai-je. Surtout, plus un mot!

L'elfe attendit une minute pour vérifier que nous avions compris la leçon. Voyant que nous nous tenions cois et tranquilles, il regagna sa place. À aucun moment je n'avais pu croiser son regard.

— Les yeux fuyants de cette créature me rappellent quelqu'un, pensai-je.

L'incident avait jeté un froid dans la salle. Hommes assis et porteurs de parchemins nous regardaient; même les chats avaient cessé leurs jeux et tourné la tête.

— Violence inutile, bougonna une voix.

Celui qui avait parlé, un vieil homme chétif, siégeait au centre de la table.

Les elfes, en réaction, affichèrent des sourires méprisants. Entre eux et les Yus, je devinai une certaine tension.

— Les deux peuples ne s'aiment pas, pensai-je.

Un son de trompe fit trembler les murs. Des femmes yus apparurent; elles montèrent sur l'estrade pour chasser les chats d'un fauteuil en bois troué par les vers. C'était une espèce de trône défraîchi, un objet qui pouvait remonter à la nuit des temps. Une dizaine de gars dotés de fesses ketilliennes auraient pu s'y asseoir aisément.

À côté du trône, une petite chaise en or étincelait. Une femme la frotta avec un chiffon pour la faire briller plus encore.

Les vingt et un hommes en robe se levèrent dans le même temps que les femmes se hâtaient de disparaître. L'entrée d'un petit personnage attira l'attention de tous, celle des chats en particulier. Il s'agissait d'un mikrofarfe, créature issue du croisement entre une femme naine et un troll nain (un homme nain et une trolle naine engendrent des demi-trolls nains, non des mikrofarfes).

Je connaissais l'existence des mikrofarfes par les nombreux récits où ils interviennent, rarement pour jouer le beau rôle. Quant à leur apparence, elle m'était connue grâce aux tapisseries et aux enluminures. Ils sont surtout reconnaissables à la corne de chèvre qu'ils ont sur le côté droit du front et à leurs oreilles tombantes.

Habillé de soie, le haut du corps emballé dans une écharpe flottante, le petit être alla prendre place sur le siège d'or. Un chat lui souffla dessus au passage.

— C'est un mikrofarfe, murmura Svartog.

— Je sais, dis-je.

— SILENCE ! crièrent les elfes tous ensemble.

C'est alors qu'elle fit irruption dans la salle, pliée en deux, car la porte était trop basse. Un cheval et son cavalier auraient pu passer sans problème, mais pas la reine des enfers, pas Mamafidjar.

Il me faut maintenant décrire cette personne exceptionnelle, tellement célèbre que chacun pense savoir comment elle est faite. Une taille hors du commun (quatre mètres de la plante des pieds au sommet du crâne hirsute), un embonpoint stupéfiant, une peau grumeleuse, bleue et grise : sur ces points-là, légende et réalité s'accordent. Les idées qui circulent chez les vivants concernant le costume de Mamafidjar sont fausses, en revanche. La reine ne porte ni robe en soie elfique ni foulard de gaze ; elle se passe de colliers, de bagues et même de couronne. Une simple tunique de coton, voilà tout son vêtement. Elle va pieds nus, comme une vagabonde, dont elle possède d'ailleurs les manières. En effet, Mamafidjar ne cesse de se gratter le ventre ; elle crache par terre, ne craint pas de roter en public... C'est la reine des grossières.

Elle respire avec bruit, semblant toujours hors d'haleine. Mais il ne faut pas s'y fier. Elle peut courir, se battre sauvagement et faire preuve d'endurance.

En ce samedi 30 septembre, jour où nous fîmes sa connaissance, Mamafidjar affichait un visage impassible. Ses pas résonnèrent sur l'estrade ; elle s'assit et le trône cria sous son poids. À peine était-elle installée qu'une troupe de chats sautèrent sur ses vastes genoux bleus.

— Nous pouvons commencer, dit le mikrofarfe.

— Nous attendons le défenseur, dit le vieux Yus chétif.

— Voilà, voilà !

Une porte claqua derrière Boutroul Maïor, qui arrivait en tirant sur sa robe de velours blanc. Il venait à peine de l'enfiler, visiblement.

— Comment ça va ? nous demanda-t-il.

— Je suis tout raide, se plaignit Ketill. Je ne peux plus bouger mes bras ni mes jambes.

— C'est le thé, n'est-ce pas ? dit Svartog.

— Oui, confirma Boutroul.

— Mais pourquoi ? interrogea Sigrid. Pour quelle raison nous avoir drogués de la sorte ?

— Pour vous rendre dociles. Ceci est votre procès, sachez-le. Je ne vais pas vous mentir : vous risquez la peine capitale. Et, si le tribunal vote la mort, l'exécution aura lieu dans la foulée. Aujourd'hui même.

— Diable, fit Svartog.

— Au moment de rencontrer le bourreau, l'effet du

thé vous aura rendus pratiquement inconscients. Vous mourrez sans le savoir, pour ainsi dire.

— Chouette, dit Ketill.

— La reine et les vingt et un «jujurés», ce sont les hommes assis, décideront de votre sort. Mais rassurez-vous, rien n'est joué. Je suis là pour vous aider.

— Est-ce que nous commençons, oui ou non? s'impatienta le mikrofarfe.

— Majesté? dit le vieux Yus.

— La séance est ouverte, prononça Mamafidjar.

Sa voix était douce, surprenante de féminité.

Un homme en robe se leva; il déroula un parchemin et se mit à lire.

— Quel langage est-ce là? demanda Ketill le Rouge.

— La langue de la Loi, dit Boutroul en s'essuyant le front.

Il transpirait beaucoup.

— Qu'est-ce qu'il raconte, ce jujubé? s'enquit Ketill.

— JujuRé, corrigea Sigrid.

— Vous êtes coupables d'avoir projeté l'enlèvement de Sven, fils de Mamafidjar, reine des enfers. Selon les renseignements en possession du tribunal, vous agissiez sur ordre de Harald Ier du Fizzland…

— Faux! dit Ketill. Je suis venu pour voir mon fils Yon, mort en l'an 1062.

— Tais-toi, de grâce! souffla Boutroul Maïor.

Le lecteur avait terminé. Dans son siège d'or, le mikrofarfe observait Ketill le Rouge avec attention.

— C'est ma douleur de père qui m'amène aux enfers, parole! beugla Ketill.

— Chut! fit Boutroul, se servant de sa main comme bâillon.

— Mmh! Mmmmh! se révolta Ketill.

N'ayant plus l'usage de ses bras, il secoua la tête pour tenter de se libérer.

— Je demande qu'on laisse parler l'homme rouge! cria le mikrofarfe.

Il avait quitté sa place et se tenait tout au bord de l'estrade.

— Je demande à pouvoir m'entretenir avec les accusés, dit Boutroul. Une minute seulement, pour préparer la défense. Je n'ai pas eu l'occasion de le faire. Cela est contraire aux usages.

— Et sur le navire, que faisiez-vous? dit le mikrofarfe. Vous jouiez aux dés?

— J'ignorais qu'on me nommerait défenseur. Tu le sais très bien, d'ailleurs, Favorinus.

Les regards se tournèrent vers la reine. Elle fit un vague signe du menton, aussitôt interprété par le vieux jujuré chétif.

— Une minute accordée au défenseur, déclara-t-il. Le dénommé Ketill le Rouge sera entendu juste après.

— Ouf, fit Boutroul Maïor.

Il s'agenouilla devant nous et, d'une voix grave, il nous tint ce discours:

— Écoutez-moi bien. Je vous en conjure, ouvrez grand vos oreilles. La raison de votre présence aux enfers est connue. Le grand-père de Bjorn a tout révélé. Il serait fou de vouloir mentir au tribunal. Si vous le faites, les jujurés et la reine seront sans pitié. Sans pitié! Vous me comprenez?

— Oui, dis-je.

— Oui, dit Svartog.

— Oui, dit Sigrid.

Ketill se taisait ; il semblait ailleurs.

— Ketill le Rouge ! s'inquiéta Boutroul. Tu as entendu ce que j'ai expliqué. Il faut dire la vérité au tribunal !

— Hum.

— Une minute écoulée ! annonça le vieux jujuré. La parole est au pourfendeur.

Favorinus sauta en bas de l'estrade ; il vint à nous en faisant de grands détours pour éviter les chats. Des sauterelles s'accrochèrent à son écharpe. Il les détacha avec précaution, de peur d'abîmer le précieux tissu.

— Veux-tu répéter devant cette assemblée ce que tu as dit tout à l'heure ? demanda-t-il, s'adressant à Ketill.

— Je proteste ! dit Boutroul.

— Que le pourfendeur pose une vraie question, intervint le vieux jujuré.

— Soit, dit Favorinus en haussant les épaules. Ketill le Rouge, qu'est-ce donc qui t'amène ici, aux enfers ?

— Mon fils, gémit Ketill. Où est-il ? Je veux le voir !

— Voilà qui est clair ! Cet homme ment effrontément sur ses motifs !

— Non ! protesta Boutroul Maïor. Ketill le Rouge a seulement dit qu'il voulait voir son fils. Le pourfendeur interprète les paroles de Ketill le Rouge.

— Eh bien, je vais reformuler ma question. Homme rouge, écoute-moi bien. Es-tu venu pour enlever le prince Sven ou bien pour...

— Voir mon enfant. Je désire...

— Ah! exulta Favorinus. Cette fois, pas de doute!

— Interrogez quelqu'un d'autre! supplia Boutroul. Qu'on pose la question à Bjorn le Morphir ou à Sigrid, sa jeune fiancée que voici. Ils diront la vérité! Et Svartog-Longs-Bras également...

— Inutile! Ils sont jugés ensemble. Le mensonge d'un seul rejaillit sur le groupe. Vrai ou faux?

— Vrai, selon la Loi, confirma le vieux jujuré.

— Je proteste avec force! s'écria Boutroul.

Les portes de la salle étaient barrées par des rubans derrière lesquels vivants et morts s'agglutinaient.

— Notre procès attire du monde, pensai-je.

— Je proteste! répéta Boutroul, plus transpirant que jamais.

— Boutroul le protesteur, dit Favorinus, déclenchant quelques rires.

— Qu'on fasse venir le traître, ordonna le vieux jujuré.

Une porte de fer s'ouvrit alors. Nous vîmes venir un chien sans poils tirant une charrette, celle-ci chargée d'un vase géant. Par la forme et la transparence, l'objet me rappela un gobelet d'Asimie dont Ketill m'avait fait cadeau pour mon anniversaire. Je l'avais laissé à l'entrée du sixième étage, ce cadeau, avec la plupart de mes affaires.

À l'intérieur du vase géant, dans un liquide clair, flottait un homme nu. Les genoux repliés sur le ventre, il était blanc comme une asperge, sauf aux extrémités, qui se distinguaient par une couleur proche du brun tabac.

Le plus robuste des jujurés s'approcha du vase. Il enfila un gant à manchette longue, plongea la main dans le vase. Il attrapa l'homme-asperge par la chevelure et tira.

Une tête fripée apparut, affreuse.

— Sigur fils de Kuggi, quelle était la mission de ton petit-fils Bjorn?

— Grand-père Sigur! m'écriai-je. Que... Que lui avez-vous fait?

— Silence! tonnèrent les elfes.

Sigur cracha un bon litre de liquide; il toussa et dit:

— Bjorn et ses compagnons sont venus chercher le prince Sven. Ils ont pour mission de l'arracher aux bras aimants de notre reine Mamafidjar et de le ramener à la surface du monde.

— Pour quelle raison tout cela? demanda l'homme au gant.

— Peu importent les raisons! intervint Favorinus. Nous avons entendu tout ce qu'il nous fallait entendre.

— Que le traître réponde à la question, dit le vieux jujuré.

— Le prince Dar ne pourra pas régner car c'est un loup-garou, articula Sigur. En conséquence, Harald veut que Sven lui succède sur le trône.

— C'est bon, fit le vieux jujuré. Qu'on fasse sortir le traître.

L'homme au gant lâcha mon grand-père, qui s'enfonça dans le liquide clair. Le chien nu fit un large demi-tour avant de prendre la direction de la sortie.

Dans le vase, le corps de Sigur ondoyait tristement. Ses cheveux et sa barbe semblaient animés d'une vie propre. Je songeai aux tentacules d'une anémone de mer.

— Qu'est ce qu'ils sont en train de lui faire subir? demandai-je à Boutroul.

— Plus tard.

— Parle, je t'en supplie!

— Plus tard, je te dis!

Favorinus tourna vers moi son regard brillant.

— Bjorn le Morphir, tu es le chef de la mission, n'est-ce pas? questionna-t-il.

— Le roi Harald m'a...

— Réponds par oui ou par non!

— Oui.

— Maintenant que nous avons entendu ton grand-père, reconnais-tu enfin la vraie raison de ta descente aux enfers? Admets-tu être ici pour enlever le prince Sven?

— Pour le libérer, oui. Mais je n'ai jamais dit autre chose. Si vous m'aviez laissé parler, tout à l'heure...

— Réponds oui ou réponds non. Pas un mot de plus! Admets-tu être ici pour enlever le prince?

— Oui.

— Je proteste! lança Boutroul.

— Ha! ha! ha! s'esclaffa Favorinus.

Les spectateurs l'imitèrent, ainsi qu'il l'avait espéré.

— Protesteur, Boutroul! cria l'un d'eux.

— Il suffit! se fâcha le vieux jujuré en tapant sur la table.

Après cela, Boutroul et Favorinus s'opposèrent pendant un long moment; le premier nous défendait de son mieux, le second s'ingéniait à nous présenter comme des méchants absolus.

Le thé m'embrumait l'esprit. Je pense que je m'endormis. Quand je revins à moi, Boutroul essayait de reporter toute la responsabilité sur le roi Harald. Mes compagnons et moi n'avions fait qu'obéir aux ordres, rappela-t-il; le tribunal devait donc se montrer indulgent. Favorinus le contra en disant que nous n'étions pas des esclaves:

— Bjorn et sa bande sont au service de Harald, je veux bien. Mais ils n'en sont pas moins des hommes libres, libres de leurs actes. Personne ne les a forcés à accepter leur ignoble mission... Enlever un enfant à sa mère, n'est-ce pas le pire des crimes?

— L'enlever, certes, mais pour le rendre à son père! répliqua Boutroul.

Je le vis lancer un regard inquiet à la reine, qui resta de glace.

— Harald n'a plus aucun droit sur Sven! s'indigna Favorinus. Il l'a abandonné! Toute la famille de Sven est ici, sur ce trône de bois, conclut le mikrofarfe en désignant la reine des enfers.

— Bravo! cria quelqu'un dans l'assistance.

De manière générale, il était clair que Favorinus l'emportait sur Boutroul Maïor. La plupart des jujurés paraissaient fascinés par le mikrofarfe, plus incisif, jamais à court d'arguments.

— Il n'est pas de taille, murmura Sigrid, parlant de Boutroul. Les dés sont jetés, j'en ai peur.

Un son de cloche retentit, et j'ignore d'où il provenait.

— Nous allons procéder au vote, annonça le vieux jujuré.

Ses collègues et lui se levèrent tandis que Mamafidjar demeurait assise.

Épuisé, Boutroul s'épongeait le front; il trouva néanmoins la force de nous adresser un sourire plein de confiance.

— Tout ira bien, assura-t-il.

— Confrères, sommes-nous prêts? demanda le vieux jujuré.

— Oui! répondirent les vingt autres.

— Que l'esprit de la justice s'empare de nos cœurs. Légali, légala! Qu'elle nous gouverne, la justice!

— LÉGALIGALA!

— Sommes-nous prêts, confrères?

— OUI!

— Très bien, dit le vieux jujuré. Pour la prison perpétuelle, levez la main gauche! Pour l'exécution capitale, levez la main droite!

12
LE MIRACLE DE LA POÉSIE

Dix jujurés se prononcèrent pour notre mort, onze pour notre emprisonnement à vie. Et si j'avais dû dire à l'avance qui lèverait la main droite et qui la gauche, je me serais trompé chaque fois ou presque. J'étais sûr, par exemple, que le vieux jujuré se montrerait clément; eh bien, il vota la mort. J'aurais parié que le jujuré costaud, une vraie face de bourreau, serait implacable; il vota la prison.

Pas de doute, mon instinct de morphir était en sommeil!

— Je suppose que c'est à la reine de voter, maintenant, dit Svartog.

Boutroul fit oui de la tête.

— Son vote a-t-il la même valeur que les autres? demandai-je. Je suppose que non...

— Son vote vaut cent voix à lui tout seul, souffla Boutroul Maïor.

Mamafidjar se leva à ce moment; les chats sautèrent de ses genoux, mécontents.

— Cent voix! dit Sigrid. Mais alors...

— Alors le vote des jujurés n'est rien d'autre qu'une comédie, réalisa Svartog. Mamafidjar décide toute seule!

— Il ne faut pas dire cela, s'indigna Boutroul. Le vote des jujurés influence la reine. Surtout si la majorité est nette.

— Ce qui n'est pas le cas, observa Svartog. Onze contre dix...

— Une seule petite voix de différence, dis-je.

— C'est peu et en même temps c'est tout, déclara Boutroul sur un ton péremptoire. Gardez confiance!

En entendant le résultat du vote, Favorinus avait haussé les épaules avec mépris. Il regagnait son siège lorsqu'un chat bleu, apparemment endormi, le surprit en lui donnant un coup de patte. Le mikrofarfe recula en se tenant le visage. Il se mit à hurler comme un goret.

— Je suis défiguré! criait-il. Hin! hin! hin!

Ses pleurs stridents amusèrent les spectateurs; ils n'osèrent pas rire, cependant.

— Hin! hin! Beuheuheu!

La reine ramassa Favorinus pour le consoler. Elle le cala au creux de son bras et commença à le bercer doucement.

— Làààà, mon bijou! Tououout doux!!... Où est-il, mon cœur de beurre?

— Ici, répondit le mikrofarfe d'une voix enfantine.

— Comment se nomme-t-il, mon p'tit biscuit?

— Favorinus.

— Doooo, di, do, da, chanta la reine. Doux, sont mes bras. Console-toi! Do, di, do, daaa...

— Le rat! souffla Boutroul, animé d'une haine dont je ne l'aurais pas cru capable. Il s'y entend pour attendrir la reine.

137

Mamafidjar alla déposer Favorinus dans son siège d'or; ensuite elle revint vers nous d'un pas rapide. Elle passa devant moi sans me regarder, et j'eus l'impression très nette qu'elle me vouait une antipathie spéciale. Elle ne s'arrêta qu'une demi-seconde devant Sigrid, juste le temps de prononcer ces mots:

— La fiancée du morphir.

— Sigrid fille de Gils, majesté, dit Boutroul. Une bonne et brave enfant. Courageuse et probe. Elle est ici par amour pour Bjorn, qui, de son côté, n'a fait qu'obéir...

— Assez, Boutroul Maïor! s'impatienta la reine. Les plaidoyers sont terminés.

— Pardon, majesté. Je m'excuse infiniment.

Mamafidjar se trouvait maintenant face à Svartog. Son expression s'adoucit quelque peu.

— Science-Infuse, prononça-t-elle.

— Svartog-Longs-Bras, dit Boutroul en s'épongeant. Un demi-hirogwar, comme tu peux le voir, ô reine. Il est le courage incarné et possède toutes sortes de talents. Son amitié pour Bjorn l'a conduit aux enfers, oui. Mais je n'en dis pas plus. Je me tais. Bouche cousue, n'est-ce pas, vu que mon plaidoyer est terminé.

— Quelle heure est-il, monsieur Svartog? interrogea Mamafidjar.

— La onzième heure de la matinée est à demi écoulée.

La reine se tourna vers une femme elfe. Celle-ci comprit ce qu'on attendait d'elle et sortit par la porte qu'elle gardait. Le bruit de ses pas alla décroissant.

— Elle va à la salle des sabliers, nous informa Boutroul à voix basse.

Deux matous se disputèrent sur l'estrade. Favorinus fut le seul à y prêter attention ; il s'agita sur son siège, replia les jambes sous les fesses, des fois que les chats décideraient de s'attaquer à lui.

— Hin, hin ! gémit-il.

Mais la reine ne l'entendit pas ; elle était occupée ailleurs.

Je remarquai pour la première fois une petite table noyée dans l'ombre d'une colonne. On y avait disposé nos épées, les griffes en métal de Sigrid, la flûte double-bec, l'armature de la cape cerf-volant, le carquois à bouteilles, les deux scarabées lumineux découverts par Ketill dans l'escalier menant au troisième étage…

La femme elfe revint par une autre entrée.

— Dix heures et demie, confirma-t-elle en regagnant son poste.

— Vous voyez ! s'exclama Boutroul. Svartog est un authentique génie.

— Féroé ! appela la reine.

L'elfe qui m'avait frappé s'approcha d'un pas tranquille.

— Mets ton foulard autour des yeux du demi-hirogwar, ordonna Mamafidjar.

Féroé obéit sans un mot.

— Maintenant, Boutroul et toi, faites-le tourner sur lui-même. Allez !

Aussitôt, Féroé et Boutroul exécutèrent l'ordre de la reine. Ils soulevèrent la chaise de Svartog et la firent tourner dans un sens, puis dans l'autre, cela à plusieurs reprises.

Le demi-hirogwar, étourdi, manqua tomber lorsqu'ils le reposèrent.

— Où est le sud? interrogea Mamafidjar.

— Devant moi, un peu sur la droite, répondit Svartog en étendant le bras.

— Bravo, bravo! se réjouit Boutroul Maïor. Hi, hi, hi!

— Extraordinaire, admit la reine, qui rendit elle-même la vue à Svartog. Peu de choses parviennent encore à me divertir. Toi, monsieur Longs-Bras, tu as fait plus que ça: tu m'as impressionnée.

— Hi! hi! exulta Boutroul Maïor.

Mamafidjar l'écarta avec impatience pour se placer face à Ketill le Rouge. Notre ami dormait pour de bon, et ses ronflements allaient crescendo.

— Voilà l'homme qui mit en doute mon goût, ma capacité à juger l'art poétique, dit la reine. Celui qui m'a traitée de bourrique et de Mamafripouille!

Je redoutais que la reine eût gardé en mémoire cet épisode malheureux advenu à la Grande Bouche, comme le lecteur s'en souvient. Mes craintes se réalisaient donc.

— C'est un malentendu, assurai-je. Ketill a simplement cru...

— SILENCE! hurla Mamafidjar. Les morphirs... Un morphir ne parle pas en ma présence!

Elle plaça ses mains colossales, d'un bleu assez vif, autour du cou de Ketill.

— Tu n'as aucun goût! Il ne vaut pas tripette ton verdict! Zéro! Tu me fais pitié!

Ces phrases, Ketill les avaient prononcées au-dessus de la Grande Bouche, à l'adresse de Mamafidjar. La reine les répétait maintenant d'un ton rageur. Ce faisant, elle serrait la gorge de Ketill, qui devint presque aussi bleu que les mains de son bourreau.

— NON! supplia Sigrid.

J'ignore si ce cri influença la reine. Toujours est-il qu'elle stoppa son mouvement. Ses bras retombèrent, inertes, et je sentis un vent de soulagement parcourir le rang des jujurés. La mort de Ketill leur importait peu, au fond, mais ils n'auraient pas aimé qu'elle eût lieu en plein tribunal. Le respect des procédures est une chose sacrée pour les gens de loi.

Mamafidjar demeura immobile un moment, absorbée dans ses pensées. Soudain, elle se mit à déclamer des vers. Je reconnus un morceau du long poème de Ketill, ce pur chef-d'œuvre qu'il avait composé à la Grande Bouche, un peu avant de traiter la reine des enfers de bourrique. Les vers évoquaient la douleur d'un père ayant perdu son fils, et l'injustice profonde que représente une telle perte.

Ainsi, Mamafidjar avait retenu les strophes de Ketill. Non seulement elle les récitait, mais en plus elle les récitait bien. Sensibilité, pudeur, émotion : on ne pouvait qu'admirer.

L'assistance était médusée.

La reine s'arrêta au milieu d'un vers. Un petit sourire se dessina sur son visage. Et je fus stupéfait de la voir soudain caresser les cheveux de Ketill.

Elle recula ensuite d'un grand pas et, ô miracle, sa main gauche se leva avec lenteur.

– Dix voix pour la mort, cent onze voix pour la prison ! annonça le vieux jujuré. Qu'on emmène les condamnés.

La reine des enfers quitta la salle, suivie par Favorinus et l'essaim des cousins royaux. Les jujurés s'entretinrent quelques instants, je suppose qu'ils commentaient la décision de Mamafidjar, avant de sortir par une autre porte.

Je voulus remercier Boutroul de nous avoir défendus, mais il ne me laissa pas parler.

– Sigrid, Bjorn, il faut vous dire au revoir. Adieu, peut-être même...

– Que veux-tu dire ? s'effraya ma fiancée.

– Tu vas aller dans la prison des femmes, demoiselle. Bjorn et Ketill seront gardés dans la prison des hommes.

– Et moi ? s'enquit Svartog.

– Il y a une prison spéciale pour les non-humains, au sud de la ville. Vous allez être séparés, oui. Et croyez bien que j'en suis désolé.

Les elfes apportaient des civières pour nous transporter.

– Embrasse-la, Bjorn, me suggéra Boutroul.

Il fit mine de rapprocher nos chaises ; je lui signifiai que c'était inutile. Contrairement à mes compagnons, je pouvais encore me tenir debout, bien qu'avec peine. En tant que morphir, je suis moins sensible qu'un autre aux drogues et aux poisons.

– Ça alors ! dit Boutroul Maïor. Après la dose de thé que tu as prise, tu marches encore ! Quand je raconterai cela à la reine...

— La reine me déteste, observai-je en allant vers Sigrid.

Je me déplaçais comme un vieillard. Mes chaînes pesaient des tonnes.

— Elle a une dent contre les morphirs, reconnut Boutroul.

Les elfes saisirent Ketill aux épaules et aux chevilles; ils le déposèrent sur une civière. Ce fut ensuite le tour de Svartog.

Je pris la jolie tête blonde de Sigrid entre mes mains. Nos regards se fondirent et nous nous embrassâmes. Je sais que, en cet instant, je ne réalisais pas que nous allions vivre l'un sans l'autre, peut-être pour toujours. Non, l'idée n'avait pas vraiment pénétré ma conscience. Sigrid, en revanche, mesurait toute la gravité du moment. Elle se mit à pleurer.

— Tu ne comprends pas, murmura-t-elle en me dévisageant. Séparés, nous allons être séparés!

— Je m'évaderai. On s'évadera!

— Je t'aime.

— Ne t'en fais pas. Je... On trouvera un moyen. Confiance!

— Embrasse-moi encore, mon amour!

J'allais obéir, quand Féroé me tira par les cheveux. Il me jeta littéralement sur une civière après m'avoir lié les mains. Je fus emporté derrière Ketill et Svartog.

— Cette violence est intolérable! protesta Boutroul. Je me plaindrai à la reine.

— Bjorn! appela Sigrid.

Je me contorsionnai pour regarder en arrière.

Deux elfes posaient brusquement Sigrid sur une civière de toile rouge. Ma fiancée ne pouvait bouger que la tête, comme ces personnes à la colonne vertébrale brisée. Je me souviendrai toujours du dernier regard qu'elle me lança, où je pus lire un poignant mélange de terreur et de renoncement.

– JE T'AIME! hurlai-je.

À présent, un plafond de mosaïques défilait au-dessus de moi. Les pas des elfes et toutes sortes de bruits variés résonnaient dans les couloirs du palais Fidjar. J'entendis un orchestre, des pleurs de bébé, des caquètements...

– Il y a des poules à l'intérieur des bâtiments, pensai-je.

– Bjorn!

C'était la voix de Sigrid, perdue dans l'immensité du palais.

– SI-GRID!

– Silence, dit Féroé.

Dans la minute qui suivit, le plafond décoré fit place à une charpente de bois. Nous étions dans une antichambre obscure où régnait le silence.

La lumière extérieure me surprit par sa violence. Les feux du «ciel», d'un orange très clair, étaient disposés de façon régulière, comme les pions d'un formidable jeu.

Nous passâmes sur un pont avant d'entrer dans une rue étroite, proprette et quasiment vide.

– Place! criaient les elfes cependant. Place aux condamnés.

– Adieu, Bjorn! lança Svartog un peu après.

Sa civière, escortée par six elfes, venait de prendre un autre chemin. Notre ami s'en allait vers la prison des non-humains.

— Au revoir! criai-je. On se reverra bientôt, parole!

Au lieu de me gronder ou de me frapper, Féroé eut un rire sinistre. Il courait à ma droite, aussi tournai-je la tête vers la gauche. La jeune femme elfe qui avait été chercher l'heure sur ordre de la reine était de ce côté. Sa course agile retint mon attention un moment. Ensuite, je me laissai fasciner par ses vêtements, par leurs couleurs. Les habits des elfes ont des teintes uniques, nuancées au possible. Le rouge n'est pas rouge, le bleu n'est pas bleu, le vert n'a rien d'un vert ordinaire... Chaque couleur est le résultat d'un mélange savant de teintures, héritage de recherches anciennes et innombrables. Le résultat est d'une beauté imbattable. Les Vikings les plus richement vêtus auront toujours l'air vulgaires à côté d'un elfe, dont le costume se réduit pourtant à une tunique simple, un pantalon mi-long et une paire de sandales. Le seul élément fastueux, dans la tenue des elfes, est ce grand chapeau en forme de cône retourné qu'ils affectionnent.

— Ma Sigrid serait irrésistible dans une telle tunique, pensai-je.

Nous passâmes une porte de fer et parvînmes dans une cour qui sentait le crottin. Nous nous trouvions au pied d'une tour massive, carrée; j'eus à peine le temps d'apercevoir son rempart crénelé que déjà nous étions à l'intérieur. Je sentis mes pieds se soulever, le sang afflua dans ma tête: nous montions un escalier.

L'ascension se révéla interminable. À aucun moment nos porteurs ne s'arrêtèrent pour reprendre haleine. Je m'irritai de cette énergie tranquille et inépuisable des elfes, de leur force inhumaine. Je me souviens que j'éprouvai une répulsion soudaine envers Féroé et sa bande. On m'avait pris Sigrid et je les rendais responsable de cette cruelle injustice.

Privé de mon amour depuis quelques minutes seulement, j'étais déjà fou de chagrin.

Un étage sombre. Féroé allume une lanterne et sort une clef de taille extravagante. Il ouvre une porte basse, en fer noir, criblée de clous. On nous balance sur le sol, Ketill et moi, comme deux sacs de grain.

La porte se referme sans bruit. Quand Féroé a passé la clé dans la serrure et ouvert, je n'ai rien entendu non plus. Le thé aurait-il tué mon ouïe? Suis-je en train de vivre un rêve?

Un rai de lumière tombe en oblique, éclairant le centre de la cellule; il vient d'une ouverture ronde tout en haut du mur opposé à la porte.

Ketill le Rouge remue. Il a la face contre terre et respire avec peine. J'emploie le peu d'énergie qui me reste à le tourner sur le dos.

— Yon, murmure Ketill. Est-ce toi, mon fils?

13
Dans l'eau croupie

L'effet du thé s'était dissipé quand, le soir, un elfe plus impassible que nature nous apporta deux écuelles de gruau et un bol d'eau pour nous deux. Ketill protesta devant cette maigre pitance ; sans résultat, comme bien on pense.

L'elfe portait une lanterne ; il éclaira le fond de notre cellule. Nous découvrîmes un lit d'une personne et, juste à côté, un tas de foin.

— Le morphir couche par terre, dit l'elfe avant de sortir.

Il y avait, dans cette disposition, une évidente volonté de m'humilier, moi, Bjorn le Morphir. Je décidai de ne pas y accorder trop d'importance. J'aurais certainement dormi par terre, mais Ketill m'en empêcha.

— On se serrera, décida-t-il.

C'est ce que nous fîmes, non sans difficulté. Le lit était étroit et nous ne cessions de nous cogner le dos ou les jambes. Ketill tomba deux fois par terre, moi, une fois. Mon compagnon gigotait comme un fou, pestant contre les elfes, Mamafidjar et tous les enfers. Je proposai encore de coucher par terre ; il refusa.

— Pas question ! gronda-t-il. Un ordre injuste doit être ignoré. Il en va de notre honneur !

147

Un peu après, croyant qu'il dormait, je quittai le lit en silence.

— Ici, mon garçon! dit Ketill en m'attrapant par la manche.

Lorsque je m'éveillai, le rai de lumière dispensait une clarté vert pâle.

— L'aube, pensai-je.

Je cherchai Ketill à côté de moi; il avait déserté le lit et ronflait sur le tas de foin. Il avait trouvé le moyen de passer une nuit confortable (relativement) sans obéir aux ordres. J'éprouvai pour lui une bouffée de sympathie.

Je contemplai la tache verte au milieu de la cellule; elle m'évoquait une petite mare. Ce n'est pas un poisson qui la traversa, mais une rate, bientôt suivie de ses petits. Contrairement aux rats de la surface du monde, ceux des enfers semblent élever leur progéniture...

Je fermai les yeux et songeai à Sigrid. J'espérais de tout cœur qu'elle fût mieux traitée que nous.

— Puisse-t-elle avoir une chambre véritable et un bon lit pour elle toute seule, murmurai-je. Puisse-t-elle manger à sa faim.

Je terminais juste cette prière quand la porte de fer s'ouvrit. Féroé entra, un bâton à la main. Je suis sûr qu'il s'attendait à me trouver sur le lit. Il m'en fit descendre à coups de bâton. Il frappait comme un sourd, à la tête, au ventre, dans les côtes: partout. Réveillé en sursaut, Ketill poussa un rugissement; il voulut s'interposer... Un coup à la tempe suffit à l'assommer.

Féroé aurait pu en faire autant avec moi; il préférait visiblement s'amuser de mes souffrances. Mes tentatives pour éviter les coups se révélèrent vaines, et pourtant je suis rapide. Mon bourreau maniait le bâton mieux que quiconque; armé d'une épée, il devait surpasser tous les hommes que j'avais combattus, y compris le prince Dar.

Féroé m'abandonna sur le carreau. J'avais la face en sang et les membres endoloris. En fait, c'était comme si mon corps entier se réduisait à une seule et grande douleur.

— Ces Vikings sont privés de nourriture jusqu'à nouvel ordre, dit Féroé en tirant derrière lui la porte muette.

Le mot «Vikings» fut prononcé avec un souverain mépris, je me souviens.

Revenu à lui, Ketill s'occupa de moi.

— J'espère que tu ne m'en veux pas de ce qui est arrivé, dit-il en me frottant la figure.

— Sûrement pas, le rassurai-je. Je trouve que tu as raison de ne pas accepter les règles de ces salauds.

— «Salauds»! Voilà un mot inhabituel dans ta bouche. Mon Bjorn est furieux, pardi! Il est tout rempli de haine pour ces satanés elfes. À la bonne heure! J'aime te voir comme ça, mon fils. Formidable! Ha! ha! Merveilleux! Ho! ho!

— Et ce soir, que faisons-nous?

— On dort tous les deux par terre. Leur lit, ils peuvent se le garder!

— Excellent.

— Répète après moi: désobéissance!

— Désobéissance.

— Résistance!

— Résistance.

Ketill se mit debout et tendit le poing vers la porte.

— HARALD, Ô HARALD! beugla-t-il, le cœur joyeux.

— Harald, ô Harald, prononçai-je avec une espèce de délice.

Le lendemain, en nous trouvant par terre, Féroé entra en rage. Objectivement, c'est Ketill qui était en faute, ayant délaissé son lit pour venir à mes côtés. Pourtant c'est moi que Féroé choisit de punir.

Je fus traîné par les pieds, jeté dans l'escalier. Ketill cria mon nom, j'entendis le bruit sec d'un coup de bâton, puis plus rien.

Ma descente jusqu'en bas de la tour ne fut qu'une longue chute. J'enchaînai les culbutes et les collisions avec la pierre. À chaque arrêt, le pied de Féroé me poussait dans le dos et je repartais comme une balle.

Je sortis vivant de cette dégringolade. Un miracle! Je m'en tirai avec des centaines de contusions, qui s'ajoutèrent à celles de la veille dues au bâton. Je pense que je devais être aussi bleu que Mamafidjar quand Féroé m'attrapa par les cheveux pour me relever.

— Marche, ordonna-t-il.

On me conduisit dans les caves, univers sombre et humide. Au détour d'un couloir, je croisai une file de Yus portant des chaînes. De temps à autre, une plainte déchirante sortait du sol. Un elfe ouvrit une trappe tout au fond d'une impasse. L'endroit me rappela la galerie secrète et l'entrée du Tanarbrok.

Je fus précipité dans un trou obscur. Je tombai dans une eau froide, glacée même.

J'avais pied ; je me dressai d'un coup et mon crâne heurta la pierre. Je vis des étoiles.

La trappe s'était refermée dans un fracas abominable.

— Calme-toi, Bjorn, me raisonnai-je. Respire lentement et reprends tes esprits.

L'abattant de la trappe laissait filtrer un peu de lumière. Mes yeux s'habituèrent à la pénombre et je pus contempler mon nouveau décor. Je me trouvais dans un cachot de quatre mètres sur quatre environ. Ni fenêtre ni meuble d'aucune sorte, cela va sans dire. J'essayai de m'asseoir, mais l'eau montait trop haut pour me le permettre. Il fallait que je me tienne à genoux, le dos droit, pour respirer. Même ainsi, je prenais la tasse au moindre relâchement, car ma bouche était à fleur d'eau.

Comment dormir dans ces conditions ? Je compris qu'un tel cachot avait justement été conçu pour tenir les prisonniers éveillés jusqu'à l'épuisement.

Dès la première nuit (je pense que c'était la nuit ?) je reçus la visite de rats nageurs. Ils prirent position le long des murs, guettant le moment propice. Les rats de cette sorte sont carnivores ; je pouvais donc m'attendre à une attaque en règle.

> *Bjorn fils d'Érik, morphir*
> *Né en l'An de Grâce 1052*
> *Mort en octobre 1067,*
> *Bouffé par les rats.*

Telle serait peut-être ma glorieuse épitaphe. L'idée me fit sourire. On oublie souvent combien l'humour est un précieux allié dans les moments difficiles.

Je me mis à chanter la mélodie de Svartog. Ma mémoire de morphir l'avait retenue sans trop de peine :

— Lââ, la ! la !… Liiii, la, la, lâ-ÂÂÂ…

Les rats ne bougèrent pas.

— Lââ, la, liuuuuh !…

Lorsque je me sentis prêt, je sifflai l'air en entier. Je siffle assez bien, sans me vanter, et la réaction des rats le démontra. Ils nagèrent vers moi en gémissant. Je pus les caresser, les prendre en main. Ce jour-là et les suivants, j'interprétai régulièrement la mélodie magique. Je jurerais cependant que cette précaution fut inutile : dans le cerveau des rats nageurs, mon statut avait changé pour de bon. Je n'étais plus un gibier en puissance mais un ami auquel venir en aide !

Mes geôliers m'envoyaient des bouts de pain par la trappe. Ces croûtons tombaient dans l'eau saumâtre, où ils gonflaient et se divisaient. J'étais environné d'une multitude d'îlots blanchâtres ayant l'aspect et la consistance de la morve. Avaler cette nourriture, c'eût été le plus sûr moyen d'attraper la mort. Les rats eux-mêmes ne s'y risquaient pas. Et, comme s'ils voulaient m'éviter l'empoisonnement, ils m'apportaient des graines, des noisettes ou encore des œufs de merle. Leur sollicitude me sauva la vie.

Je ne recevais pas d'eau à boire. Les elfes comptaient sans doute que je m'abreuve du liquide infect dans lequel ils m'avaient plongé. Je n'en fis rien ; grâce soit rendue, une fois encore, à mes amis rongeurs.

Il y avait quelques failles dans le plafond ; c'est par là que les rats arrivaient. J'ignore comment ils s'y prirent, mais ils s'arrangèrent pour faire couler de l'eau potable par un de ces trous. Ils durent pour cela détourner je ne sais quel ruisselet naturel ou, pourquoi pas, percer un tuyau. Au royaume de Mamafidjar, l'eau propre est acheminée vers l'intérieur des bâtiments par un ingénieux système de tubes en argile cuit. L'eau sale est évacuée de la même manière, par un chemin parallèle.

Le boire et le manger étant assurés, il restait le problème du sommeil. Les rats nageurs, créatures palmées, au pelage épais, possédaient une queue plate en forme de spatule, un appendice plus dur que le fer. Cet outil providentiel me permit de gratter les murs et d'en extraire les pierres qui, telles de vieilles dents, se déchaussaient.

Je tenais le corps d'un rat comme un manche, et allez-y donc! Je travaillais furieusement sans susciter aucune plainte de mon grattoir vivant. J'eus bientôt à ma disposition une cinquantaine de pierres de différentes tailles. Je les empilai sous l'eau, dans un coin de mon cachot. Assis sur ce monticule, j'avais la poitrine au sec. Je m'appuyai contre le mur et m'endormis content.

Dans les jours suivants, je dus faire face à une terrible crise de découragement. Je voyais les choses sous leur jour le plus noir. Notre mission était fichue et notre destin serait maintenant de croupir vivants aux enfers. Je n'épouserais jamais Sigrid, qui mourrait en prison par ma faute: parce que je n'avais pas su l'empêcher de me suivre dans cette aventure insensée. Nous n'aurions pas de maison ensemble, pas d'enfants.

Le pire de tout était cette idée que je ne reverrais peut-être jamais son visage. Ne plus la toucher, ne plus sentir son odeur… Plutôt crever tout de suite que de subir cette privation-là!

Je pleurais. Mes larmes coulaient sans discontinuer. Certains lecteurs de mes livres m'ont reproché d'avouer mes chagrins. Selon eux, un héros ne pleure pas et, s'il le fait, il ne doit pas en parler. Foutaises, comme dirait Ketill! Les plus grands hommes de guerre ont versé des larmes sans ressentir aucune honte. Mon père, le grand Érik, pleure ses amis à chaudes larmes, en privé ou en public, peu lui importe. Ketill le Rouge, homme d'un courage éprouvě, est une vraie fontaine, parfois. Je pourrais multiplier les exemples.

Mon état intriguait les rats, qui manifestèrent des attentions touchantes. Ils cherchaient à me gâter en m'offrant des cadeaux. Je reçus un clou d'argent, une pièce de monnaie inconnue, un petit carré de soie, des perles et des cristaux taillés… Où donc trouvaient-ils ces trésors? Je ne me posai pas la question.

Un homme s'enfonçant dans l'eau noire d'un lac finit par toucher le fond; s'il lui reste assez d'énergie, il pousse des deux pieds et revient à la surface. C'est ce qui m'arriva. Tout au fond de mon désespoir, je trouvai la force de remonter. Je me sentis soudain différent. Les larmes m'avaient nettoyé l'âme, pour ainsi dire. J'étais un nouveau Bjorn, oui, et je repris confiance dans l'avenir.

— Je suis un morphir, pensai-je. Mon destin ne peut pas finir ici. C'est impossible!

Au lieu de songer à ma fiancée perdue, à mon malheur présent, je me mis à rêver d'un prochain retour-

nement de situation. Quelque chose se passerait bientôt, et il s'agirait de saisir sa chance ! Je me souvins alors
de la déesse en fer, l'arme secrète du prince Dar.

— Notre salut viendra de là ! dis-je, m'adressant aux
rats. Oui, mes petits chéris. L'instinct du morphir parle
dans mon cœur... Walkyr nous sauvera ! Ha ! ha ! ha !

Ma voix, amplifiée par l'écho, résonna longtemps.
Le geôlier, un elfe au front ridé, ouvrit la trappe pour
m'observer ; je lui lançai un cri de guerre. Il dut penser que j'étais fou.

On me sortit du cachot après une semaine. Les elfes
s'attendaient à voir une ombre, un Bjorn amaigri, fié-
vreux, tremblant et, qui sait, déchiqueté par les rats. Ils
découvrirent avec surprise que j'étais en bonne forme.
Féroé ne cacha pas sa déception ; il me contempla de
la tête aux pieds, sans comprendre.

— Tu pues.

C'est ce qu'il trouva à dire pour m'humilier.

— Et toi, tu empestes le parfum de femme, osai-je
répliquer.

Féroé leva son poing blanc (les elfes ont un teint de
lys) pour frapper, mais il se retint. Peut-être avait-il
reçu l'ordre de me traiter avec moins de cruauté ?

Je retrouvai la chambre au sommet de la tour. Ketill
n'y était plus et son lit avait été enlevé. Où était-il ?
Personne ne voulut me le dire.

La solitude ne me pesa guère ; je passai mon temps
à essayer de deviner l'avenir. Je faisais des efforts pour
me souvenir de mes rêves et ensuite pour les inter-
préter, tâche difficile s'il en est. Quels événements
annonçaient les marionnettes en fer qui revenaient

dans mes songes? Et pourquoi les arbres, les pierres et les lézards parlaient-ils? Tout le monde a déjà fait le rêve affreux d'une chute interminable. Eh bien, moi, je montais au lieu de descendre, porté par une force puissante. Au moment d'atteindre la lumière, je me réveillais en sueur, le cœur palpitant, heureux.

Boutroul Maïor me rendit visite le onzième jour d'octobre. Il soufflait comme un bœuf en entrant dans la chambre.

— Je hais les escaliers! haleta Boutroul en se laissant choir sur une chaise paillée.

La chaise venait d'être apportée par un elfe; elle serait retirée au départ de Boutroul. Quant à moi, je n'avais toujours droit à aucun mobilier.

Il y avait longtemps que je n'avais vu un visage ami. Cela me fit du bien.

J'interrogeai mon visiteur sur Sigrid. Comment allait-elle? Était-elle convenablement traitée? Il me rassura sur ce point. J'abordai alors l'angoissante question de mon grand-père.

— Que lui fait-on subir, Boutroul? Je veux maintenant une réponse. J'y ai droit!

Il baissa les yeux.

— Sigur est un mort, un habitant des enfers, tu comprends?

— Non.

— Vous, vous êtes des sujets de Harald. Lui est un sujet de Mamafidjar. En voulant t'aider, il s'est rendu coupable de haute trahison. Si votre crime est grave, le sien est inexcusable.

— Pourquoi est-il dans ce grand vase?

— Tu ne devines pas?

— Non! m'emportai-je.

— Sigur trempe dans une eau spéciale dont Mamafidjar seule a le secret. Ce bain lui rend progressivement une consistance. Il retrouvera les sensations d'un corps vivant. L'odorat, le goût et le toucher lui seront bientôt rendus.

— Il deviendra comme les Walhaliens.

— Oui, sauf qu'il n'ira pas dans l'île enchanteresse, mais sur un îlot putride entouré de lave.

— Au Tanarbrok, n'est-ce pas?

— Hélas, oui.

— Il connaîtra les supplices mille et mille fois répétés des âmes damnées.

— Hélas, oui!

— Les dieux ont-ils validé cette sentence? Ou bien Mamafidjar a-t-elle décidé toute seule?

— Quelle importance?

— Je ne peux pas y croire. Les tortures éternelles pour si peu. Sigur n'a fait que...

— Il a trahi sa reine.

— Ne me dis pas que tu approuves une peine aussi... honteusement démesurée! Si c'est le cas, alors va-t'en et ne reviens plus. Plus jamais!

Boutroul Maïor ne dit rien; il resta sur sa chaise. Nous fûmes silencieux un moment.

La porte s'ouvrit.

— L'entretien est terminé, dit Féroé, glacial.

— Il ne te fait pas une vie trop dure, celui-là? demanda Boutroul à voix basse.

— Il me hait de toutes ses forces.

— Les elfes en veulent au monde entier de leur splendeur perdue. Le sang dans leurs veines a tourné au vinaigre. Il faudrait les plaindre, je suppose.

— L'entretien est terminé!

— C'est bon, j'arrive.

Boutroul se leva en gémissant.

— Mal aux genoux, dit-il. Ah! les méchants escaliers!

— Tu ne m'as rien dit de Ketill ni de Svartog. Et Daphnir, où est-il? Le nourrit-on en suffisance? Il grandit encore, vois-tu...

— Tous se portent à merveille. Daphnir et le dragon blanc mangent comme dix et ils mènent la vie dure à leurs gardiens. Ils ont enflammé leurs litières et creusé un tunnel, hi! hi!

— L'entretien...

— Est terminé, je sais.

Boutroul s'en alla à reculons.

— Mais la grande nouvelle concerne Ketill le Rouge, dit-il encore. Il est entré dans les grâces de la reine. Il fréquente Mamafidjar!

— Il n'est donc plus en prison?

— Il dort en prison, dans une cellule du palais Fidjar. La journée, il circule à sa guise. On l'a vu se promener au marché et sur le port. Tout cela sous bonne escorte, bien entendu.

Boutroul, en dépit de son rang, fut poussé dehors par Féroé. Je demeurai seul avec mon tas de foin.

— Ketill et Mamafidjar, pensai-je. Qu'est-ce que ça signifie?

14
Le cadeau de Boutroul

J'inventai toute une série d'exercices pour conserver et même développer mes muscles. Je courais pendant des heures, tournant en rond dans la petite cellule envahie par l'odeur de ma transpiration.

— Ça pue! grondait Féroé lorsqu'il m'apportait mon repas.

Et moi de répliquer:

— Je ne demande qu'à me laver.

Je consacrais de longs moments à imaginer des combats. Soit je m'opposais à des combattants que j'avais affrontés et dont je connaissais le style (Dar, Svartog, mon frère Gunnar...), soit je créais un guerrier de toutes pièces. Avec le temps, les images dans ma tête devenaient de plus en plus précises; je parvenais véritablement à les vivre, ces combats pensés. Je fermais les yeux et Tyrfing était là, dans ma main. J'avais l'impression de sentir et d'entendre les chocs.

Grâce à l'imagination, je pense avoir entretenu mon escrime et même fameusement progressé. Ceux qui ne me croient pas n'ont qu'à tenter l'expérience; ils verront à quel point la méthode est efficace. Plusieurs de mes meilleures bottes, je les ai trouvées là, en prison, alors que j'étais privé d'épée et d'adversaire en chair et en os.

Les elfes m'amenaient une fois par semaine en haut de la tour, pour une promenade d'une heure. J'y retrouvais d'autres prisonniers, vivants et morts. Le silence était de rigueur mais on trouvait quand même le moyen d'échanger quelques mots en contemplant l'immense cité par les créneaux.

Les morts étaient là pour des délits mineurs : les uns payaient leur tendance à traverser les corps des vivants, d'autres avaient manqué l'appel des âmes, qui a lieu les 10 et 20 de chaque mois, d'autres encore s'étaient montrés impolis (les jurons sont interdits aux enfers). Leurs peines dépassaient rarement un mois d'emprisonnement.

Les âmes yus séjournent hors de la ville et n'y entrent jamais, c'est la règle. Tous les Yus prisonniers étaient donc vivants ; ils avaient souvent des actes graves à se reprocher. Je côtoyais des voleurs et des assassins purgeant de lourdes peines. Certains me lançaient des regards menaçants qui ne m'impressionnaient pas. Je me sentais plein de confiance et de force. Je n'aurais eu envie que d'une chose : en découdre avec l'une de ces terreurs. Je me souviens d'un Yus balafré, véritable montagne d'homme, qui ne cessait de m'injurier à voix basse.

— Tu ne me fais pas peur, pauvre cloche ! lui lançai-je un jour.

Il sortit du rang pour m'attaquer ; je l'accueillis d'un coup de talon à la face, un mouvement appris de Svartog, qui lui-même le tenait de son grand-père Paderbok. Le Yus s'effondra, à la grande joie d'une partie des prisonniers.

Féroé me ramena dans ma cellule et je fus privé de repas durant deux jours. Quant à la terrasse, je ne la revis pas avant un bon mois.

Lorsque j'y remontai, je trouvai l'endroit presque désert. Seule l'âme d'un vieux Viking se promena avec moi, ce jour-là.

— Orn la Corneille, se présenta l'âme en tendant sa main lumineuse.

Je tendis la mienne, qui rencontra un vide glacé.

— Enchanté, dis-je. Moi, c'est Bjorn.

— Je le sais, mon garçon. Bjorn le Morphir!... Le Balafré t'en veut à mort. Il jure partout qu'il aura ta peau.

Je haussai les épaules.

Les elfes qui nous surveillaient étaient moins sévères que Féroé, occupé ailleurs. Ils nous laissèrent converser. Quand nous parlions trop fort, ils fronçaient leurs sourcils clairs.

— Chut! faisait l'un d'eux sans nous regarder.

Et nous poursuivions un ton plus bas.

— Ton ami Ketill est tout le temps fourré au palais.

— Il paraît, dis-je.

— La reine l'adore. Il lui roucoule des poèmes et elle se pâme. Il lui joue aussi de la flûte, hu! hu!

— Aurais-tu des nouvelles de ma fiancée?

— La belle Sigrid se porte bien. Ketill a obtenu qu'on la change de cellule. Elle est maintenant dans une chambre spacieuse avec fenêtres. Je me suis laissé dire qu'elle enseignait le dessin aux enfants yus. Ils viennent la voir en prison... Ce sont de grands marins, les Yus, mais pour les arts ils ne valent pas tripette.

Je me rappelai les griffonnages entrevus sur un mur de la ville, en allant au tribunal. Sans doute étaient-ils l'œuvre des Yus?

— Ton ami Science-Infuse...

— Svartog.

— L'hirogwar, oui. Il est reçu au palais, lui aussi. La reine l'apprécie. Il n'y a que toi, mon pauvre, à être traité avec mépris, comme un vulgaire criminel. Et ça n'est pas près de changer!

Orn la Corneille se promenait avec son chien, mort lui aussi. L'âme animale avait tendance à flotter dans l'air, s'attirant les foudres de son maître.

— Descends! se fâchait Orn. Tu te prends pour un nuage, dis? Un peu de fierté, que diable! De la dignité!

Et je compris enfin pourquoi les âmes se refusent à voler, pour quelle raison elles font semblant de fouler le sol, de s'asseoir, alors que leur corps immatériel ne peut rien toucher. C'est une façon pour elles de nier la mort en imitant le plus possible les vivants. J'ai vu plus tard, dans la ville, l'âme d'un fou survoler la foule; le spectacle suscita honte et fureur chez les autres morts.

Un soir que Féroé était absent, Boutroul fit irruption dans ma cellule.

— J'ai peu de temps, me prévint-il.

Son air de conspirateur m'intrigua. Il attendit que la porte fût refermée avant de prononcer une autre phrase.

— Je viens t'apporter un remède contre la solitude, dit-il en ouvrant son manteau de laine.

— Oh! m'exclamai-je.

Un chaton bleu dormait contre la bedaine de Boutroul Maïor. Ce dernier me le passa avec précaution.

— Ils me l'enlèveront à coup sûr, dis-je, tout attendri.

— Pas si tu lui apprends à s'asseoir et à se coucher sur ton ordre. Un chat qui obéit ne peut être retiré à son maître. C'est la loi aux enfers.

— Je n'ai jamais élevé de chat.

— Commence par lui donner un nom. Ensuite... Eh bien, fais preuve d'imagination! Sur ce, je te laisse. Le Conseil de la reine se réunit pour discuter des baleines-tritons. Favorinus veut à tout prix qu'on les supprime. Il en fait une affaire personnelle. Heureusement que j'ai ton ami Ketill avec moi pour défendre ces malheureuses bêtes.

— Ketill assiste au Conseil de la reine?

— Bien sûr!

Boutroul alla frapper sur la porte en fer pendant que je cachais le chaton sous ma tunique.

— Au revoir. Je reviendrai bientôt, promis!

— Salut, dis-je.

Je caressai le chaton; je l'embrassai. Il me renifla et me lécha le nez.

— Tu trembles, murmurai-je.

— Mââwk! fit le chaton.

— Chut.

— Rrrrh! rrrrh! rrrrh!...

— Comment vais-je t'appeler, toi. Quel nom donner à un petit mignon dans ton genre?

– RRRRRH! RRRRRH! RRRRRH!...

Je dormis avec le chaton contre moi. Sa présence me fit plusieurs fois venir des larmes. J'étais heureux, je fondais pour le petit être qui, déjà, m'accordait sa confiance.

– Merci, Boutroul, dis-je tout haut.

Je baptisai le chaton Wulf. À l'aube, dès que la lumière apparaissait, je commençai le dressage. «Assis, debout, couché, assis, debout, couché…» Les dieux savent combien de centaines de fois je prononçai ces mots, appuyant sur le petit derrière de Wulf ou sur son dos, tirant sur sa peau pour le relever. Chaque réussite était récompensée par un câlin et un peu de gruau. Toute mauvaise volonté entraînait une réprimande: je grondais ou, plus rarement, je donnais une petite tape.

Wulf fut bientôt capable de s'asseoir sur mon ordre; il rechignait à se coucher, en revanche. Quand je le plaquais au sol pour lui montrer, il grondait. Son air offusqué m'obligeait à détourner la tête pour cacher mon amusement.

Un chaton de quelques semaines dort les trois quarts du temps. Et il n'est pas question d'utiliser tous ses instants de veille pour lui enseigner des tours: un petit doit aussi jouer, gambader, poursuivre des mouchettes ou que sais-je? Cela pour dire que l'apprentissage n'allait pas aussi vite que je l'aurais voulu.

Je redoutais sans cesse que mes gardiens ne découvrent mon secret. J'avais eu de la chance jusqu'ici, mais ce serait bientôt le jour de la promenade. Que faire alors? Laisser Wulf dans un coin sombre de ma cellule ou l'emporter sous ma tunique : ces deux solutions semblaient également risquées. Dans le premier cas, mon départ le ferait miauler à tue-tête ; dans le second cas, une ambiance et des odeurs inconnues l'effrayeraient. Il crierait aussi, pas de doute là-dessus.

Or nous n'étions pas prêts. Wulf avait même régressé, refusant de s'asseoir une fois sur deux. Lorsque je lui disais de se coucher, il s'encourait de profil, tel un crabe. Je riais malgré moi, en me désolant d'être un si piètre dresseur.

Une nuit, Wulf fut insupportable. Il me réveilla vingt fois en sautant sur ma figure ou en mordant mes mains, mes oreilles... Il avait décidé que ma chevelure représentait un terrible ennemi et l'attaquait avec la dernière énergie. J'eus le crâne lacéré par ses griffes, de véritables aiguilles.

— Qu'est-ce qui te prend ? me fâchai-je. Tu as mangé du lion, toi ! Maintenant, ça suffit. Dodo !

— Grââwk !

— Aïe ! Mais... Mais, arrête ! Tu l'auras voulu. Tiens !

«Tap !»

— Fchchchch !

— C'est bien, va bouder.

Au petit matin, mon chaton s'endormit enfin. Je fis de même. Lorsque j'ouvris les yeux, un elfe se tenait dans l'encadrement de la porte avec mon gruau matinal. Il déposa le bol à côté de moi ; c'est alors qu'il aperçut Wulf.

— Un chat ! dit l'elfe, incrédule. La compagnie d'animaux est interdite.

— Je suis son maître, il m'obéit. Vous ne pouvez pas me le prendre.

— Qui t'a donné ce chaton?

— Les dieux. Il est arrivé ici par la volonté des dieux.

— Un miracle?

— Exactement!

Féroé entra à ce moment.

— Là, fit l'autre en désignant Wulf.

Sans un mot, Féroé fonça sur moi.

— Il prétend que le petit lui obéit.

Féroé s'arrêta net.

— Quoi? demanda-t-il. Que dis-tu, Théophane?

— Le prisonnier affirme qu'il peut le faire obéir.

— Qui?

— Le chaton. Et tu connais la loi: «Chat obéissant ne peut être retiré à son maître.»

— Je me fiche de la loi!

Féroé se baissa pour ramasser Wulf; j'allais l'en empêcher quand Théophane s'interposa à ma place.

— La loi doit être respectée, Féroé.

— Ma parole, tu me tiens tête!

— Je fais ce qui est juste.

Très calme, Théophane se tourna vers moi.

— Prisonnier, montre-nous comment ton chat obéit. Si par hasard tu as menti, l'animal te sera confisqué.

— Et toi, morphir, tu recevras la bastonnade, gronda Féroé.

Je réveillai Wulf et le déposai dans la lumière. Son air chiffonné de sommeil ne me disait rien qui vaille. Il bâilla, s'assit, renifla autour de lui. Apercevant le bol de gruau, il courut dans sa direction. C'est en chemin qu'il se rendit compte de la présence des elfes. Il se figea et tourna vers moi un regard anxieux qui semblait dire : « Qui sont ceux-là ? »

Le moment était venu de lancer mes ordres. J'hésitai une seconde avant de parler. Fallait-il prendre un ton sévère ou, au contraire, caressant ? J'optai pour une voix naturelle, ni dure ni suppliante :

— Assis, Wulf.

Mon chaton s'assit.

— Debout, Wulf.

Mon chaton se leva. J'avalai ma salive, car le plus difficile restait à obtenir.

— Couché, Wulf, prononçai-je.

Grâce aux dieux, mon chaton obéit. Je lui dis alors d'aller manger, ce qu'il fit aussitôt. La démonstration était réussie, oui, au-delà de toutes mes espérances.

— Le prisonnier garde son chat, dit Théophane.

Féroé prit le bol de gruau sous le nez de Wulf et le lança à travers la cellule. Il sortit.

Nous nous dévisageâmes un court instant, Théophane et moi. Le premier regard d'elfe que je croisais me parut extraordinairement las.

— Merci.

— Remercie plutôt la loi des enfers, dit Théophane en s'en allant.

Le lendemain, un elfe inconnu me conduisit à la promenade. Je n'avais pas vu Théophane de la journée. J'emmenai Wulf avec moi. Mon but était plus de le garder sous les yeux que de lui faire prendre l'air.

Je trouvai le sommet de la tour désert. Je regrettais

déjà la présence d'Orn la Corneille, quand celui-ci arriva, escorté par un gardien yus.

— Salut à toi, morphir!

— Bonjour, Orn! Bonjour, le chien!

L'étincelante blancheur des deux âmes me força à plisser les yeux.

— Ah! s'exclama Orn. Voilà donc le fameux minet dont tout le monde parle. La prison retentit de tes exploits de dresseur, fiston, et les autres prisonniers sont jaloux… Ainsi, ce petit a surgi dans ta cellule comme par enchantement. Personne ne l'a apporté.

— Ce sont les dieux qui…

— Mais oui. Bien sûr! Je te crois sur parole, hu! hu! hu!

Soudain, Orn devint sérieux.

— Féroé ne te porte pas dans son cœur, tu sais, chuchota-t-il. Tu as le don de te faire des ennemis!

— Bah!

— Ne prends pas la chose à la légère, Bjorn. Féroé est pire qu'une vipère.

Nous longions les murs en conversant. Nous faisions une halte devant chaque créneau pour contempler la cité. Au sud, elle s'étalait au-delà des volcans dodus, dont les flammes uniques dispensaient une lumière déclinante de fin d'après-midi. À l'est et à l'ouest, c'était le même spectacle: la ville déroulait son grand corps fait de toits plats ou pointus, de tours carrées ou rondes, de ponts et de petits jardins. Les bâtiments variaient infiniment par la forme et la hauteur. Les matériaux qui les composaient allaient du bois à la pierre, en passant par

la brique crue, le marbre blanc et le noir «betom»
(matière fabriquée par les Yus avec du sable et de
l'argile).

— Cette ville est un pays, pensai-je, effaré.

Orn m'apprit que l'enceinte, le palais Fidjar et sa
tour remontaient à une époque très ancienne. Le reste
de la ville avait été construit au cours des cinq derniers siècles par les femmes yus.

— Les femmes? m'étonnai-je.

— Oui, mon garçon, confirma Orn. Chez les Yus,
les gars construisent les bateaux pendant que les filles
élèvent des murs, hu! hu! La tour où nous sommes est
l'œuvre de ces dames, figure-toi.

Au nord, nous découvrîmes un horizon trouble,
brumeux. La mer des Narvals était d'un vert sombre
quelque peu agressif. Ma pensée courut sur les eaux,
traversa les murs de vagues avant d'approcher de la
côte opposée. Au lieu de gagner la terre, elle plongea
pour trouver le sac en maille de fer.

J'imaginai le sac sur le fond blanc, entouré de poissons curieux. Il bougea et les poissons s'enfuirent.
Walkyr. Walkyr! WALKYR! J'aurais donné cher pour
savoir qui elle était, quels étaient ses pouvoirs.

— Ces dames yus sont les bâtisseuses les plus fantaisistes que tu puisses imaginer, poursuivait Orn. Elles
mettent un point d'honneur à ne jamais construire
deux maisons pareilles.

— Fchchchch! souffla Wulf.

L'âme du chien venait de le traverser en aboyant.

— En voilà des manières, gronda Orn. Quelle honte!
Méchant chien, va! Malotru!

Sa colère passée, il me donna des nouvelles de mes compagnons. D'où les tenait-il ? Je n'en sais rien. Peut-être que son gardien yus se montrait plus loquace que mes elfes ?

Svartog se rendait de plus en plus souvent au Palais. La reine lui manifestait un réel intérêt, ne cessant de lui demander l'heure ou la direction du nord, cela après lui avoir bandé les yeux. Et Science-Infuse avait obtenu le droit d'aller dans un quartier d'âmes hirogwars.

— Il paraît qu'il passe son temps avec les très vieilles âmes de son peuple, dit Orn la Corneille.

Sigrid continuait à donner ses cours. Sous sa direction, des femmes et des enfants yus peignaient sur un grand mur, non loin du palais.

— La fresque représentera Mamafidjar montant Jawa Tricuspide. Les gens se pressent tous les jours devant le mur pour voir avancer le travail.

Ainsi, ma fiancée et Svartog circulaient dans la ville et vaquaient à leurs occupations pendant que je restais confiné dans ma triste cellule. Au lieu de les jalouser, je décidai d'être heureux pour eux.

— Sigrid et Svartog dorment-ils toujours en prison ?

— Je pense bien, oui.

— Et Ketill ? Quelles nouvelles de Ketill ?

— Il apprend à nager aux enfants yus. Dans l'eau du fleuve. Un spectacle qui attire aussi beaucoup de monde. Sinon ton ami passe le plus clair de son temps avec l'âme de son fils.

— Yon ! Il est avec Yon !

— J'ai même l'impression qu'il délaisse un peu la reine pour ce petit. C'est très compréhensible, note bien. Mais il devrait faire attention. Mamafidjar est une grande jalouse.

L'heure de promenade était finie. Orn la Corneille me dit adieu, car il serait libre le lendemain.

— J'espère que nous nous reverrons, fiston. Je prierai pour toi.

— Pourquoi es-tu en prison, Orn? demandai-je. Si la question n'est pas indiscrète.

— J'ai injurié un cousin royal, si tu veux le savoir. Ce malappris urinait au milieu de la rue. J'ai beau ne plus sentir les odeurs, je ne peux accepter ça. Les latrines servent à quoi, bon Dieu de bon Dieu? J'ai pas raison? Dis, j'ai pas raison?

— Si.

Orn la Corneille emprunta un escalier, et moi un autre.

L'air du dehors, plus vif que celui de ma cellule, m'avait fatigué. Je devais me concentrer pour ne pas rater une marche.

Dans mes bras, Wulf s'agitait, pris d'une sorte de panique.

— Tout va bien, murmurai-je. Làààà!

Nous arrivâmes devant ma cellule.

— Mawk! pleura le chaton. Miiiiâwk!

L'elfe inconnu fit tourner la clef géante dans la serrure. Il ouvrit et me poussa vivement à l'intérieur. La porte se referma si vite que je sentis un souffle d'air dans mon dos.

— Bonjour, morphir.

Le Balafré et un autre Yus avancèrent dans la lumière; ils m'attendaient.

15
L'EMPREINTE GÉANTE

Le complice du Balafré était un Yus de petite taille, au regard froid de lézard, animal dont il partageait aussi la manie de tout le temps sortir et rentrer la langue. Je n'ai jamais connu son nom, aussi l'appellerai-je «le Lézard».

Que ces deux hommes, le Lézard et le Balafré, fussent venus pour s'en prendre à moi, je n'en doutai pas une seconde. Je crus naïvement que j'allais recevoir une bonne correction et c'est tout. Le Balafré voulait sans doute me punir de l'avoir ridiculisé lors de la promenade.

La manière dont ils s'y prirent me détrompa sur l'intention de mes adversaires. Ils étaient là pour tuer. Le Balafré lançait ses poings énormes avec une force sauvage; un seul de ses coups aurait pu occire un bœuf. Seul contre lui, je m'en serais tiré, je pense. Il avait la puissance, mais la précision lui manquait. La haine qu'il me vouait expliquait peut-être sa maladresse; c'est possible. Le Lézard, lui, était un combattant d'expérience. Il se tenait de profil, le poing droit à hauteur de la joue, l'autre en avant, à hauteur des yeux. Les coups qu'il m'envoyait, je ne les voyais tout simplement pas partir. J'avais beau essayer d'esquiver, de parer avec les bras, rien à faire. J'avais l'impression d'être lapidé. Bientôt, je cessai de me défendre et me contentai de fuir d'un côté à l'autre de la cellule en essayant de ne pas marcher sur Wulf.

Le goût du sang dans ma bouche eut un effet positif. Un sentiment de révolte monta en moi.

Je fuyais toujours, mais pour reprendre mes esprits avant de recommencer à résister. En un éclair, je fis l'inventaire de mes connaissances en ce qui concerne le combat à mains nues. Cela m'effraya. En dehors des coups de pieds appris de Svartog et des quelques prises de lutte que m'avait enseignées Dizir, je ne savais rien. Tout mon apprentissage avait été concentré sur le maniement des armes, et principalement de l'épée. Il en va de même pour la plupart des jeunes Vikings, une situation que j'ai tenté de corriger par la suite, quand j'en ai eu le pouvoir.

Je me trouvais maintenant acculé dans un coin. La masse monstrueuse du Balafré et le corps mince, dur comme le fer, du Lézard formaient une barrière incontournable. En appuyant une main sur chaque mur, je parvins à me soulever de terre et à lancer mes deux jambes à la fois. Le Lézard évita mon pied droit tandis que le Balafré recevait le gauche au niveau du sternum. La force de ce coup m'étonna moi-même.

Le Balafré était tombé à la renverse ; il s'agitait sur le dos, tel une tortue. Je lui marchai dessus pour gagner le centre de la pièce.

Le Lézard n'avait rien fait pour me bloquer le passage. Il me gratifia même d'un petit hochement de tête admiratif. «Bravo, semblait-il dire. Efficace et surprenant, morphir. Et maintenant à nous deux!»

Il arrivait de profil, la langue frétillante. Son expression témoignait d'une confiance qui m'exaspéra. Pendant que je l'attendais, les poings crispés, la chaleur du combat m'envahit. Elle se propageait depuis mon cœur et gagnait, par vagues successives, toutes les parties de mon corps. Mes nombreuses meurtrissures se mirent à brûler et puis, soudain, à refroidir. C'était comme si une main invisible appliquait de la neige sur mes blessures.

Chaque fois que la chaleur du combat prend possession de mon être — que je m'y abandonne avec un infini soulagement —, mes facultés augmentent de façon spectaculaire. Je vois mieux, j'entends mieux, ma pensée se fait plus vive. Je devine l'avenir immédiat. Je lis dans le jeu de l'adversaire avec facilité. Dans un duel à l'épée, j'exécute une série de parades qui ont le don de faire douter l'ennemi, et puis je pousse mes bottes. Ici, à mains nues, je surpris le Lézard en esquivant tous ses coups; je réussis même à en dévier un certain nombre. Mais pour ce qui est de contre-attaquer, je me trouvai trop démuni. Je ne savais pas bien utiliser mes poings. Mes coups de pied, utiles pour tenir le Lézard éloigné, ne parvenaient pas à le toucher.

Le Balafré se releva alors, furieux. L'appui qu'il allait apporter au Lézard ne me faisait pas peur. Il était décidément trop balourd pour m'inquiéter. L'issue du combat était incertaine, à présent. Tout se jouerait à l'usure. Je me sentais en forme, prêt à me battre jusqu'au lendemain s'il le fallait. L'important, pour moi, serait d'entretenir la chaleur dans mon sang. Je m'en croyais capable.

C'est une action ignoble du Balafré qui précipita les choses. Il saisit Wulf par le cou, le brandit comme un trophée avant de le jeter contre le mur. Au moment où il accomplissait son geste, je poussai un cri farouche, guttural. Ce hurlement sauva la vie de mon chaton, car le Balafré, pris de stupeur, ne le lança pas aussi fort que prévu.

Wulf rebondit comme une balle et tomba sur le sol, inerte. Ma vision vira au rouge. Mon cœur se mit à battre plus fort: «Boum, boudoum; boum, boudoum...» Je me sentais à l'étroit dans mes vêtements de prisonniers qui se déchirèrent sans que je m'en préoccupe. J'écartai le Lézard d'une main; il était pétrifié et j'eus l'impression de déplacer une petite colonne de marbre. Je notai le regard de terreur qu'il me lançait sans y prêter autrement attention. Punir le Balafré, le réduire en bouillie, tel était mon but.

Mon chaton, au pied du mur, me parut comme rétréci. Il avait soudain la taille d'une souris.

— Que lui arrive-t-il? pensai-je. C'est cette crapule de Balafré qui l'a réduit de la sorte. Il va payer!

Trois pas me séparaient du Balafré. Je les fis en poussant d'étranges grognements de sanglier. Mon crâne heurta le plafond, je me souviens.

— Pitié!

Le Balafré m'implore à genoux. Il n'est plus si grand, non. Je l'attrape par les épaules, par le cou; je le soulève comme un vulgaire ballot. Je le jette à travers la cellule. Il vole. Il s'écrase contre le mur.

Qui suis-je, pour faire cela? Ma force a-t-elle une limite? Est-ce un rêve ou est-ce la vie, bon Dieu?

La porte entrebâillée laisse passer un filet de lumière jaune. Un objet rebondit sur le sol, venant de l'extérieur. C'est un grand poignard elfique. La porte se referme aussitôt.

— Attendez! crie le Lézard. Au secours!

Il me jette un œil par-dessus l'épaule, pousse un gémissement. Sa belle assurance de tout à l'heure a disparu. Je ris. Mon rire est cruel, sauvage. Le Lézard hésite; il ramasse le poignard et me fait face. Je ris encore. Il essaye de me piquer; je saisis son poignet avec une facilité divine ou démoniaque, merveilleuse ou monstrueuse — je suis bien incapable de choisir le bon terme.

— Qui es-tu? interroge mon adversaire.

En guise de réponse, je serre son poignet, plus mince qu'une brindille. L'arme tombe par terre.

Le Lézard se dégage (en fait, je le laisse aller); il plonge vers le poignard. Je revois sa main approchant de l'objet brillant, et mon pied écrasant cette main. Ce qui se passe ensuite, je l'ai oublié, pour l'essentiel.

Je suis assis contre le mur, mes pieds nus touchant presque le mur opposé. Wulf est revenu à lui; cependant il refuse de m'approcher. Il a peur. Il gronde et souffle sur moi.

— Viens, mon mignon. Sois gentil.

— Fchchchch!

Féroé et l'elfe inconnu sont là. Entrés à pas feutrés, ils emmènent les corps des deux Yus. Sont-ils morts, le Lézard et le Balafré? Qui les a mis dans cet état? C'est moi! C'est la créature furieuse que je suis devenu. Est-ce possible? Non. Oui. Non. Oui.

J'ai un goût de graisse brûlée sur la langue. Je me frotte les lèvres; elles sont souillées de goudron. Envie de dormir. Sigrid, où es-tu? J'aimerais tant que tu sois ici. J'ai peur de moi-même. Je suis un monstre, pour sûr! Dormir. Je veux dormir!

*
*   *

Allongé sur le dos, je repensais à mon duel contre Dar. Il remontait à plus de deux mois. J'entendais encore Ketill et Svartog affirmant que, soudain, j'étais devenu un géant. Lorsque j'enfonçai ma lame dans le corps du prince, ma taille avait doublé, prétendaient-ils. Ensuite, je m'étais écroulé dans le sel et mon corps, lentement, avait repris ses proportions normales.

Sigrid ne pouvait ni confirmer ni infirmer leurs propos, car elle n'était qu'à demi consciente au moment final.

Mes souvenirs du duel ressemblaient à des hallucinations. Je dois avouer qu'ils allaient plutôt dans le sens de ce que disaient Ketill et Svartog. Seulement voilà, l'idée d'une métamorphose ne me plaisait pas du tout. J'avais refusé d'y croire.

— Vous me traitez de loup-garou, c'est cela? m'étais-je emporté.

— Jamais de la vie! s'était récrié Ketill. Tu n'avais ni poils ni gueule de loup.

— Tu étais toujours Bjorn, avait assuré Svartog.

Mais en beaucoup plus grand. Tes muscles saillaient et, pardonne-moi de le dire, tu hurlais comme un furieux.

— Tu étais un homme-garou! s'était exclamé Ketill, heureux de sa trouvaille.

— Ça n'existe pas! l'avais-je rabroué. Et maintenant laissez-moi tranquille, tous les deux. Vous me fatiguez avec vos histoires à dormir debout. Vous avez rêvé!

Ils n'avaient pas insisté. La mort du prince Dar était devenue un sujet tabou entre nous, au même titre que l'escapade de Sigrid avec les lynx ou encore le Tanarbrok.

Depuis un moment, Wulf semblait plus calme. Il reniflait l'air de la cellule en poussant des cris à mon intention. Ces miaulements prirent bientôt l'apparence d'un vrai discours:

— Miaw-maw-maw-mi-miiiiaw! Maaaw-ma-ma-mahiaaaaw!

— Je suis Bjorn, n'aie pas peur. Viens donc, allez!

Mon chaton se décida à approcher. Il me renifla longtemps avant de se laisser prendre. Je l'installai sur mon ventre où il se mit à produire les plus extraordinaires ronronnements. Je gage qu'on devait les entendre de l'autre côté de la porte et dans les cellules voisines. J'avais peine à croire qu'un tel raffut puisse sortir d'une si petite poitrine.

Nous ne vîmes personne pendant de longues heures. La faim commença à nous tenailler. Wulf alla gratter sous la porte en miaulant son indignation.

Finalement, Théophane apporta un bol de gruau

(une ration double ou même triple) et un autre de petit-lait.

— Qui es-tu? demanda-t-il.

Je vis qu'il était tendu, sur ses gardes.

— Je suis Bjorn fils d'Érik, tu le sais très bien.

— Féroé dit que tu es un démon.

— C'est faux.

— Tu as blessé un homme. L'autre est mort.

— Je les ai trouvés ici au retour de ma promenade. Ils m'attendaient pour me tuer. Je n'ai fait que me défendre. C'est la vérité.

— Je te crois.

Toujours mal à l'aise, Théophane posa la main sur le pommeau de son épée.

— Tu vas m'assassiner? demandai-je à brûle pour-point. La reine t'a chargé de la besogne que les deux Yus n'ont pas su accomplir?

— Non, me détrompa-t-il. Je veux simplement récupérer ce poignard, là. Me laisseras-tu le prendre?

L'arme reposait sur le sol, à l'endroit même où elle était tombée. Je haussai les épaules.

— Emporte-le, ton poignard. Je n'en ai aucune utilité.

— Ce n'est pas mon poignard, rectifia Théophane.

Il ramassa l'arme sans me quitter des yeux et gagna la sortie à reculons.

Il s'immobilisa dans l'encadrement de la porte. J'aperçus des silhouettes sombres derrière lui: des elfes prêts à intervenir si j'avais été moins conciliant.

— Comment se porte le petit Wulf? s'enquit Théophane.

— Bien. Il avait seulement très faim.

Au même instant, mon chaton bâfrait, la tête plongée dans le bol de petit-lait. Ses moustaches étaient blanches, et je ne parle pas de son museau! Il avait du lait jusqu'aux oreilles.

— La reine n'est pour rien dans ce qui est arrivé, dit Théophane. Quelqu'un d'autre porte la responsabilité de ce... de ce guet-apens. Et ce quelqu'un, tu ne le verras plus.

— Féroé est parti?

— Les elfes ont pris les mesures nécessaires, se contenta de répondre Théophane.

Sur ce, il disparut. J'allai retirer le bol à Wulf, qui, repu, ne protesta pas. Je m'assis confortablement pour manger. La femme elfe, celle qui avait été chercher l'heure au tribunal, apporta des vêtements. Elle les déposa par terre, après quoi elle entreprit de récolter les morceaux de mon habit de prisonnier, éparpillés aux quatre coins de la cellule. Elle me quitta sans un mot.

Je retirai les quelques lambeaux rouges qui restaient accrochés à mon corps et m'habillai de neuf. Wulf me regardait d'un œil distrait, très occupé à se lécher les babines.

Les vêtements, faits d'un coton beige, remarquablement souple, étaient juste à ma taille. J'éprouvai un immense bonheur à les porter. Je ne m'étais pas rendu compte à quel point l'habit écarlate me répugnait.

Tandis que je me vêtais, mon regard fut attiré par l'empreinte du poignard elfique dans le sol. Elle était en plein dans la lumière. Je me penchai. La trace des doigts du Lézard était également bien visible, de même qu'une empreinte plus grande, qui formait une sorte de carde autour des autres. Cette dernière, bien reconnaissable, était celle d'un pied géant. Je me souvins du moment où j'avais aplati la main du Lézard alors qu'elle se refermait sur le manche du poignard.

— Ce pied est mon pied, réalisai-je. Ketill et Svartog ne mentaient pas. La Fureur me fait grandir.

Je ne pouvais détacher les yeux de la trace. Le gros orteil plus court que son voisin, le petit orteil légèrement écarté: le doute n'était pas possible.

— Ce pied est mon pied, répétai-je.

— Miaw, fit Wulf en se frottant à ma jambe.

Je le pris et, le tenant en l'air, je m'adressai à lui, mon seul ami en ce lieu misérable, mon confident.

— Qui suis-je? Tu le sais, toi? Morphir, je veux bien. Homme-garou, comme dit Ketill, c'est autre chose. Ça ne me plaît guère de me transformer en géant furieux, en baveur de goudron... Quand la Fureur me prend, je ne contrôle plus rien.

Je déposai Wulf, qui se coucha sur le dos, offrant son ventre aux caresses. On ne peut que satisfaire une demande de câlin quand elle vient d'un être aussi adorable.

— Rrrrh!... Rrrrh!... Rrrrh!...

— Soyons honnête. Sans la Fureur, je serais mort et Sigrid aussi. Et Ketill. Et Svartog. Le prince Dar nous aurait trucidés, dévorés aussi, peut-être. Une fois pour toutes, il me faut accepter cette vérité: la Fureur est une alliée précieuse. Une horrible bénédiction, voilà ce qu'elle est, mon petit Wulf!

— Rrrawk! protesta mon chaton.

J'oubliais de le caresser.

— Pardon, dis-je. Voioioilà! C'est bon, hein, coquin?... Pourquoi les dieux m'ont-ils choisi pour être un morphir et un homme-garou? Pourquoi suis-je ce que je suis? Parfois, je voudrais être un garçon comme les autres. Bjorn le Normal. Pas plus fort que le voisin, pas moins fort non plus. Ni quelconque ni singulier. Fièrement ordinaire, bon sang!

— Jamais entendu un tel tissu d'âneries! Sacré Bjorn, va! Ha! ha! ha! Allez, monsieur le Normal, viens ici que je t'embrasse!

Ketill le Rouge m'ouvrit ses bras, superbe dans un costume de velours bleu et or. Je ne l'avais pas entendu entrer.

16
LES ÉVADÉS

— Bon Dieu de bois, quelle sinistre chambrette! dit Ketill. J'avais oublié comme elle était petite et sombre et puante. Mon pauvre Bjorn, tu n'es pas gâté, ça non! Ho! ho! Excuse-moi de rire. Ne le prends pas mal, c'est... c'est un rire d'apitoiement!

— Je ne connaissais pas ce genre de rire.

Deux Yus armés de harpons accompagnaient Ketill le Rouge. C'étaient ses gardiens, même s'il les traitait comme des serviteurs.

Ketill claqua dans les mains et les Yus nous apportèrent une lanterne et des tabourets. Mon ami portait dix bracelets à chaque bras, des bagues et je ne sais combien de colliers. Il brillait comme un soleil.

— Svartog va bien, annonça-t-il, tandis que les gardiens prenaient place devant la porte. Il te salue. La reine lui a permis de réparer sa cape cerf-volant et de l'utiliser. Il se balade dans les airs comme au bon vieux temps. Bien sûr, un cousin royal lui colle au train du matin au soir. Que ce doit être horripilant! Svartog ne s'en plaint pas, note bien.

— Boutroul m'a dit qu'il va dans les quartiers hirogwars.

— En effet. Il est tout le temps fourré avec de vieilles

âmes. Il leur pose des questions sur le passé du peuple hirogwar. Il s'intéresse aux anciennes chansons, aux traditions...

Les hirogwars, dans leur frénésie à adopter les coutumes vikings, ont oublié les leurs, une situation que Svartog déplorait énormément.

— Il prend des notes, figure-toi, poursuivit Ketill. Il a déjà noirci trente parchemins. Ne me demande pas à quoi tout cela va servir, car je l'ignore.

— Je suppose que...

— Sigrid t'envoie des millions de baisers!

— Pourquoi n'est-elle pas venue?

— La reine ne l'a pas permis... Je la vois peu, tu sais, ta fiancée. Elle est tellement occupée avec sa fresque. Un joli travail, d'ailleurs. Une œuvre remplie de souffle.

— Je te crois sur parole.

Mon ton amer ne pouvait échapper à Ketill le Rouge.

— Je fais tout pour persuader la reine de te laisser sortir un peu, toi aussi, assura-t-il. Et pour que tu sois mieux logé. Mais, pour l'instant, rien à faire. Mamafidjar fait la sourde oreille. Elle a une telle haine des morphirs...

Théophane vint annoncer qu'il nous restait cinq minutes. Ketill approcha son tabouret et me saisit les genoux.

— Et maintenant, je vais t'annoncer la plus grande nouvelle de tous les temps. Yon, mon fils, mon enfant: il est avec moi!

— Boutroul me l'a dit. Je suis heureux pour toi, Ketill.

— Yon est resté le même : gentil, respectueux, un peu têtu aussi ! Comme tous les jeunes gars dignes de ce nom, ha ! ha ! ha ! Et il est beau ! Malgré ses yeux tout noirs et son corps tout blanc, il est magnifique ! Je te l'aurais bien amené, mais la reine l'a gardé près d'elle. Il y a des réjouissances au palais, aujourd'hui : joueurs de lyre, jongleurs... Elle ne voulait pas qu'il rate ça.

— Mamafidjar est aimable, on dirait.

— C'est une femme de cœur. Les bruits qui courent sur son compte sont faux, archifaux !

— Hum.

Théophane reparut. Ketill se leva. Les Yus reprirent les tabourets.

— Ne peut-on laisser l'un de ces meubles ici ? demanda Ketill.

Théophane accepta d'un signe de tête ; ainsi héritai-je d'un tabouret large, en bois d'if, si je ne m'abuse. Ketill me donna une forte étreinte, promettant de revenir bientôt, si toutefois la reine le permettait.

— Bonté divine ! s'exclama-t-il en se frappant le front. J'ai oublié de te parler de... Ça alors ! Quelle tête de linotte je suis ! La plus belle, la plus émouvante histoire du monde, et j'oublie de te la raconter ! Trois minutes, dit-il en se tournant vers Théophane. Donne-moi encore trois minuscules minutes !

— Soit, acquiesça l'elfe.

— Merci. Écoute ceci, mon Bjorn ! Cette ville où nous sommes s'étend sur des kilomètres et des kilomètres. Le nombre de ses habitants est tout bonnement fantastique. Et il y a encore du monde dans les villages alentour. La reine assure que son royaume compte dix mille vivants, des Yus, en majorité, et dix millions d'âmes. Dix millions! Trouver Yon dans cette population ne fut pas évident. Les agents recenseurs, gens serviables, ont mis plusieurs jours à y parvenir. Mon enfant résidait aux confins de la ville, dans un quartier récent. Quand enfin Yon parut devant moi — moment inoubliable, moment divin! —, je fus surpris de voir qu'il n'était pas seul. L'âme d'une chèvre le suivait partout.

— Drakki II? Non, c'est impossible.

— Et pourtant, si! Ha! ha! Elle est là, notre chère coquine, avec Yon! Vois-tu, il n'est pas rare qu'une âme animale décide de rejoindre celle de son maître au lieu d'aller dans un ankok. Elle passe sa mort dans l'enfer des hommes et la chose est tolérée...

— J'ai rencontré ici un dénommé Orn la Corneille avec son chien.

— ... Seulement Drakki II, elle, a rejoint un petit mort qu'elle ne connaissait ni d'Ève ni d'Adam: mon fils. C'est un cas unique, figure-toi. Un authentique miracle! Seul l'extraordinaire amour que Drakki II éprouvait pour moi peut l'expliquer.

— Je suppose que...

— La visite est terminée, dit Théophane.

Ketill me quitta pour de bon, dans un tintement de bijoux. Il n'avait même pas remarqué Wulf, qui, pourtant, dormait en pleine lumière.

La présence des gardiens nous avait empêché de parler de notre mission. Où était détenu le prince Sven? Est-ce que Ketill le savait? Avait-il songé à un éventuel plan d'évasion pour le prince et pour nous tous? Et Walkyr? Que pensait mon ami de la déesse Walkyr? Fallait-il vraiment en attendre quelque chose? Voilà les questions que j'aurais voulu poser, bon sang!

— Quand bien même nous aurions été seuls, Ketill est tout à l'euphorie de ses retrouvailles avec Yon. Je ne suis pas sûr qu'il aimerait causer d'évasion, mon p'tit Wulf. Pas sûr du tout.

Le lendemain, la femme elfe m'apporta une bassine d'eau claire et du savon à l'huile de phoque. Je pus enfin me laver. Je reçus trois repas sur la journée: gruau le matin, poisson séché le midi, fromage et fruits le soir. Le jour d'après, le 22 novembre, ou peut-être le 23, je retournai au sommet de la tour pour me promener avec les autres prisonniers. Certains d'entre eux m'applaudirent, surtout les morts.

Nous marchions en rond depuis un moment lorsque le Balafré fit son apparition. Il était couvert de bandages et s'appuyait sur des béquilles. Il pâlit en m'apercevant, puis, à ma grande surprise, il vint à moi avec le sourire.

— Hé, là! gronda Théophane. Retourne à ta place!

Le Balafré avança quand même. Bientôt, il laissa choir ses béquilles et tomba à genoux. Il agrippa mes jambes.

— Bjorn le Géant! prononça-t-il. Ton sang est divin et je te vénère. Je t'offre mon cœur tout entier! Je serai ton serviteur jusqu'à ma mort, oui. Tu n'as qu'à ordonner, je t'obéirai!

— Il suffit, dit Théophane.

Il força le Balafré à se relever; quant à le faire taire, c'était une autre histoire.

— Les coups que tu m'as donnés ont fait de moi un autre homme, Bjorn. Merci! Je suis passé du côté des serviteurs du bien. Merci!

J'étais un peu gêné de cette scène, comme on l'imagine. Par bonheur, les gardiens ramenèrent le Balafré dans sa cellule. Il se laissa faire, non sans annoncer qu'il allait créer un culte en l'honneur de Bjorn le Géant, culte dont il serait le premier prêtre.

— Je t'adore, Bjorn! glapit-il dans les escaliers. À bientôt, divin guerrier!... Yourra pour toi! Bjorn!... Bjorn!...

— Complètement fou, dit un gardien.

— Hier encore, ce gaillard suintait la haine et la perfidie, rappela une âme. Je le préfère comme ça.

Elle terminait à peine sa phrase qu'un formidable son de trompe retentit quelque part dans la ville. Il fut suivi par une série de bruits en tout genre: beuglements, sifflements, sons de cloches, cris... Gardiens et prisonniers se précipitèrent aux créneaux.

— Il se passe quelque chose de grave, dit un prisonnier yus à côté de moi.

La ville était en effervescence. Des feux s'allumèrent un peu partout; j'observai des mouvements de troupes aux abords du palais Fidjar. Des nuées d'oiseaux effrayés quittaient les toits pour tourbillonner dans les airs. Bientôt, des silhouettes noires, comme d'immenses sauterelles, s'envolèrent à leur tour.

— Les cousins royaux! s'exclama quelqu'un. C'est une alerte importante.

— Ils vont vers le port, observa un gardien.

L'air sombre de Théophane me confirma la gravité de la situation.

— Que se passe-t-il? osai-je lui demander.

— Je ne sais pas. RETOUR EN CELLULE! ordonna-t-il alors.

Déçus, les prisonniers yus rentrèrent en traînant les pieds. Certains firent semblant de n'avoir pas entendu. Les âmes, pendant ce temps, obéissaient sans rechigner.

— Tous en cellule, j'ai dit. Immédiatement!

Théophane sortit son épée; il n'hésita pas à piquer les récalcitrants au derrière. L'instant d'après, tout le monde descendait au pas de course. J'arrivai essoufflé dans ma cellule. Wulf, que j'avais laissé tout seul, dormait sur le tabouret. N'ayant pas le cœur de l'ôter de là, je m'assis par terre.

Ah, comme j'enrageais de me trouver dans ce trou, coupé du monde! Ketill, lui, devait savoir ce qui se passait. Sigrid et Svartog aussi. Mon ignorance me fit bouillir les sangs.

Lorsque Théophane vint me chercher, deux heures plus tard, il ne voulut rien me dire. Une jument à six pattes m'attendait dans la cour. La femme elfe — j'appris plus tard qu'elle se nommait Friil — me lia les mains. Elle et Théophane m'aidèrent ensuite à enfourcher ma monture; je me retrouvai installé sur une selle de bois assez confortable.

Le cheval infernal mesurait bien deux mètres et demi au garrot. Je pus observer la ville d'un point de vue dominant extrêmement agréable. Théophane et Friil allaient à pied, selon l'habitude des elfes; lui courait à ma droite, elle à ma gauche, en tenant mes rênes. En tout, mon escorte se composait d'une cinquantaine d'elfes.

— Ils ont vraiment peur que je m'évade. Bjorn le Géant n'est pas un prisonnier comme les autres! pensai-je avec fierté.

On n'entendait plus les sons de trompes ni les autres alarmes. Les rues étaient calmes et silencieuses. Je remarquai ici et là des groupes tenant des conciliabules. Deux femmes yus, assises au bord d'un toit, devisaient en fumant la pipe. Une troisième posait des tuiles de bois en sifflotant, observée par des chats. Il faisait très chaud.

Ma tête arrivait à hauteur des premières fenêtres. Je plongeais le regard à l'intérieur des maisons et surpris quelques scènes. Les images engrangées ce jour-là ont, comme tant d'autres, gardé une netteté parfaite; merci à ma mémoire de morphir. En voici la liste: une famille yus attablée autour d'un chaudron, un couple en train de s'embrasser (l'homme est plus petit que la femme), un nain ordinaire lisant dans la solitude, une pièce bourrée de chaises entassées.

— La demeure d'un menuisier, pensai-je.

Sortis d'une ruelle étroite, nous débouchâmes sur une grande place dallée de marbre. La face sud du palais se dressait devant nous, écrasée par la masse sombre de la tour Fidjar. Nous avions atteint notre destination sans emprunter aucun pont ni longer le moindre cours d'eau.

— Féroé avait pris un tout autre chemin, pensai-je, me rappelant le parcours effectué entre le tribunal et la prison.

Plus de cinquante jours s'étaient écoulés depuis lors, pendant lesquels je n'avais pas revu ma fiancée. Aurais-je la chance de poser mes yeux sur elle aujourd'hui? Je priai de toute mon âme pour que ce bonheur arrive.

Seuls Théophane et Friil m'escortèrent à l'intérieur du palais, qui, il faut dire, grouillait de gardes en armes. Dans un long couloir illuminé, j'aperçus Boutroul Maïor. Il attendait, la mine défaite, devant une porte haute. Il accourut à ma rencontre, tout rouge et dégoulinant de sueur.

— Ah! Te voilà, Bjorn. Parfait. La reine va nous recevoir d'un instant à l'autre. Sois calme et plein de de de de… Voilà que je bégaye, à présent. De déférence, sois plein de déférence… Pfff! Quel four, hein! On étouffe. Ce n'est pas bon signe!

— Que se passe-t-il, Boutroul?

— Tu ne sais pas? Ah! Oh! Une chose gravissime est survenue. Ketill le Rouge, ton ami, il s'est évadé!

— Comment?

— Il est parti! Envolé, oui, avec son gamin!

— Ce n'est pas possible.

— Que si! Que si! Il y a deux jours, il est venu te voir, n'est-ce pas? Eh bien, pendant son absence, la reine a ligoté l'enfant Yon et l'a envoyé au diable. Personne ne sait où.

— Pourquoi la reine…

— Par jalousie. Ketill ne pensait plus qu'à son fils, il ne parlait plus que de lui. La reine en a pris ombrage. C'était prévisible. Je l'avais mis en garde, Ketill, tu sais. Peine perdue!

— Comment a-t-il réussi à s'évader?

— Ah, il est très fort, ton ami. Un as... Quand il a su que son fils avait été éloigné, il l'a très bien pris, allant jusqu'à déclarer que c'était tant mieux. «J'en avais assez d'être suivi nuit et jour par ce gamin. Les enfants, c'est gentil, c'est mignon, mais on se lasse!» Voilà ce qu'il répétait à qui voulait l'entendre. La reine, bien sûr, buvait ces paroles comme du petit-lait. Elle ne s'est pas méfiée.

De jeunes Yus arrivèrent, portant chacun une grosse pierre ronde. Boutroul arrêta l'un d'eux pour lui emprunter sa pierre, qu'il posa contre son front.

— Ahhh! soupira-t-il. Le bonheur!

Le porteur reprit son fardeau et, avec ses camarades, il disparut par la porte géante.

— Ce sont des pierres de froid, qu'ils apportent à la reine, dit Boutroul. Elles conservent une fraîcheur qui...

— Je connais les pierres de froid, le coupai-je.

Un Yus borgne passa la porte, les bras chargés de tablettes d'écriture en argile.

— Est-ce à nous? s'enquit Boutroul.

— Pas encore, souffla le borgne.

La sueur dessinait de grandes auréoles sur sa tunique.

— Mauvais signe. Cette attente me porte sur les nerfs, par Neptyus!

Ayant dit, Boutroul se laissa choir sur un banc; j'allai m'asseoir à côté de lui.

— De quelle façon s'est-il évadé?

— Quoi?

— Ketill. Son évasion!

— Ah, oui. Bien sûr… En fait, c'est d'abord Yon qui a faussé compagnie à ses gardes. J'ignore comment il a défait ses liens. Oubliant toute convenance, il a volé comme un oiseau jusqu'au port. Sans doute avaient-ils fixé un lieu de rendez-vous en prévision d'une telle situation. Ketill l'a rejoint. Il a assommé deux pêcheurs pour voler une barque. Ensuite, il a fait voile vers l'île Walhal, où lui et Yon se trouvent à présent.

— En est-on certains ?

— Les cousins royaux ont survolé l'île. Ils les ont vus.

— La reine a-t-elle envoyé sa flotte ?

— Elle ne le peut. L'île Walhal est en dehors de sa juridiction. Elle n'a aucun pouvoir sur ce lieu ni sur ses habitants. Nous n'avons pas le droit d'y mettre les pieds, sauf pour apporter du poisson.

— Ketill est à l'abri, alors ?

— Lui, oui. Mais pas toi, Bjorn. Pas toi !

Les porteurs de pierres ressortirent en file, les mains vides. Leurs joues brûlaient comme de la braise.

— Est-ce à nous ? demanda Boutroul.

— La reine casse du verre, dit un porteur.

— Mauvais signe, soupira Boutroul.

— Ça va prendre longtemps ? Hé, Boutroul !

— Que dis-tu, Bjorn ?

— Est-ce que ça prendra longtemps ?

— Je l'ignore. Sans doute. Qui peut savoir ?

Théophane nous apporta à chacun une cruchette d'eau.

— C'est un bon elfe, celui-là, murmura Boutroul quand mon gardien se fut éloigné. Méfie-toi de la femme, en revanche. Elle s'appelle Friil et c'est la sœur de Féroé.

— Merci du conseil. Éclaire-moi sur un point, à présent. Tu as dit que Yon avait été ligoté. Comment s'y prend-on pour ligoter une âme?

— Avec du fil mort, répondit Boutroul d'une voix distraite.

— C'est quoi, du fil mort?

— Tous les animaux travailleurs cessent leurs activités dans la mort: les âmes des abeilles ne font plus de miel, les âmes des fourmis ne creusent plus de galeries... Seules les âmes d'araignées continuent à tisser leurs toiles. Ces toiles sont immatérielles, intouchables. Sauf que la reine et ses cousins, eux, savent comment s'y prendre pour les manipuler. Ils en font des filets pour capturer les âmes récalcitrantes. Mamafidjar et les cousins royaux sont des magiciens.

La porte était restée entrouverte. Des chats en profitèrent pour sortir; ils fuyaient la chaleur, je pense. Boutroul se leva soudain.

— Entrons! dit-il.

— Sans y être invités?

— Oui. Et tant pis pour les convenances! Favorinus est à l'intérieur, tu comprends? Il est occupé à échauffer la reine. Si nous le laissons faire, Mamafidjar sera tellement remontée qu'elle t'étranglera aujourd'hui même. Entrons, Bjorn, c'est notre seule chance!

Boutroul Maïor avait dit «notre» seule chance, comme si lui-même risquait sa vie.

— C'est un véritable ami, pensai-je.

J'ignorais alors que ce langage est coutumier chez les défenseurs.

Boutroul se tourna vers Théophane.

— Nous allons entrer maintenant, annonça-t-il. Si la reine se fâche, je prendrai tout sur moi.

— J'entre avec vous, dit Théophane.

La satisfaction se peignit sur le visage de Boutroul, pour une raison qui m'échappa, car j'ignorais encore que les elfes impressionnent la reine des enfers. En leur présence, elle se montre en général plus calme et mesurée. En général...

17
LA TRAHISON DE KETILL

La salle où nous venions de pénétrer avec discrétion était aussi vaste que haute. Il y régnait une touffeur telle que Boutroul vacilla sur ses jambes ; je dus le soutenir.

Les murs étaient couverts d'étagères où s'entassaient les rouleaux de parchemin et les tablettes d'argile. Les sauterelles désertaient leur garde-manger pour se rassembler près de l'une des quatre portes monumentales. Dès qu'un greffier entrait ou sortait, elles en profitaient pour filer.

Les greffiers travaillaient sur des tables inclinées disposées sans ordre. Ils crevaient de chaud dans leurs tuniques de coton.

Mamafidjar, assise sur un tas de pierres de froid, se tenait au centre de la salle. Elle nous tournait le dos. Deux femmes yus, l'une, vieille et belle, l'autre, jeune et assez laide, l'entouraient, montées sur des escabeaux. Elles étaient vêtues de robes (une fois n'est pas coutume) et tentaient de dompter la chevelure royale à l'aide de peignes géants.

La chaleur ambiante indisposait tout le monde en dehors de la reine et de Favorinus. Assis sur son petit siège en or, le mikrofarfe frétillait comme un gardon.

Il arborait un large sourire et son regard brillait d'un éclat radieux.

— Je sais, je sais, disait la reine de sa belle voix profonde. Mais que veux-tu, mon cœur est ce qu'il est: naïf, crédule. Je suis l'éternelle victime de mes sentiments. Les mâles m'attirent. J'ai assez de caractère pour repousser cette attirance, oui-da. Mais quand l'homme est un beau parleur, un génie poétique de surcroît, alors... alors je fonds!

— Snorri n'était pas un poète, que je sache.

— Ne prononce pas ce nom en ma présence! JAMAIS!

— Pardon.

— Je suis une faible femme, Favorinus. J'ai gardé le cœur d'une jouvencelle.

La jeune coiffeuse embrassa la reine sur la joue.

Le seul chat qui restait dans la salle, un animal à peau nue, poussa un miaulement sinistre.

— Il a préféré son fils, poursuivit Mamafidjar. Entre mon amour royal et cette petite âme silencieuse, ce Yon de malheur, il a choisi. Erreur! Tragique erreur de sa part!

La reine se tut. Ses épaules colossales tremblèrent; je devinai qu'elle pleurait.

— Il n'empêche, dit-elle, je suis persuadée qu'il m'aime. Au moins un peu.

Elle allongea le bras.

— Cette bague atteste des sentiments de Ketill pour moi. Tu ne diras pas le contraire! Il m'a fait sa demande à genoux... Le mariage, une si belle chose! Un compagnon pour le meilleur et pour le pire. Un homme et une femme, unis. Lui et moi. Moi et lui. Pour toujours!

— Ketill a demandé la reine en mariage, pensai-je, stupéfait. Il a été jusque-là. Il est complètement fou!

Favorinus caressa sa corne de chèvre; il attendit encore quelques instants:

— Je suis vraiment peiné de te voir dans cet état, ma reine, dit-il. Où est passée ton intelligence, je me le demande. Qu'est devenue ton intuition merveilleuse, je me pose la question. L'homme rouge t'a subjuguée.

— Il m'aime!

— Il a joué la comédie depuis le début. Seul son fils l'intéressait. Il t'a abusée, trompée, trahie!

— Non.

— Si.

— Tu mens! Tu l'as toujours détesté.

— Je dis la vérité et tu le sais très bien.

— Non!

— Si!

— NON!

— Si!

— NON!

— Si.

La reine se leva d'un bond; quelques pierres de froid roulèrent par terre. Les coiffeuses s'enfuirent à toutes jambes tandis que Favorinus s'abritait derrière son siège.

En rage, Mamafidjar marcha vers un long bac en bois qui ressemblait à une mangeoire à chevaux. Elle en sortit une épaisse barre de verre.

— Je te hais, Ketill le Rouge! hurla-t-elle. Je...

je te tuerai de mes mains! Tiens, prends ça. Tiens! Tiens!

Mamafidjar frappait la barre sur le sol de marbre; les éclats volaient de tous les côtés. J'en reçus un gros sur la cuisse.

— Aw!

— Couche-toi, me conseilla Boutroul.

Lui-même s'était jeté à plat ventre, comme la moitié des greffiers; l'autre moitié s'abritait derrière les pupitres. J'aurais suivi le conseil de Boutroul si je n'avais eu sous les yeux l'exemple de Théophane. L'elfe se tenait debout, dans l'attitude digne de celui qui ignore le danger. Je décidai de l'imiter.

La reine avait pris une deuxième barre de verre. Tandis qu'elle épanchait sa fureur, la température grimpa, grimpa... Plusieurs greffiers s'évanouirent. Mamafidjar allait briser sa troisième barre quand elle nous aperçut.

— Morphir, prononça-t-elle avec haine.

Elle marcha vers moi. Ses pieds nus écrasaient les bouts de verre impunément.

Je notai que les taches grises de son corps avaient viré au rouge.

Mamafidjar leva au-dessus de moi son gourdin brillant; elle s'apprêtait à me fracasser le crâne. Elle était sur le point de le faire, oui.

— Cours! dit Boutroul d'une voix mourante.

Il perdit connaissance.

— Trop tard, gronda Mamafidjar.

C'est alors que Théophane avança d'un pas. Il regarda la reine dans les yeux — dans les yeux, je dis bien!

— Frappe! cria alors Favorinus. Écrabouille-le, ce jeune prétentieux, ce morphir!

Mamafidjar me toisa pendant d'interminables secondes, du haut de ses quatre mètres.

— Tue! glapit le mikrofarfe.

Il ne fut pas entendu, grâce aux dieux et à Théophane. La reine des enfers lança sa barre à l'autre bout de la salle et regagna son tas de pierres.

— Je suis fatiguée, déclara-t-elle.

Elle fit signe à Favorinus de venir près d'elle. Pendant qu'ils discutaient à voix basse, la chaleur diminua sensiblement. Les greffiers qui avaient tenu le coup réveillèrent leurs collègues. On entendit résonner les petites gifles dans le silence. Je procédai de manière plus douce avec Boutroul, me contentant de le secouer par l'épaule.

— Que se passe-t-il? s'enquit mon défenseur.

— Ils parlent, répondis-je.

— Mauvais, ça. Très mauvais.

La reine nous tourna le dos jusqu'à la fin. Elle nous délégua Favorinus. Le mikrofarfe arriva à petits pas, tip, top, tip top, tout gonflé d'importance; il affichait un sourire cruel.

— Qu'on donne au morphir de quoi écrire, ordonna-t-il.

Un greffier malingre apporta un lourd pupitre sur lequel un colosse (il aurait pu être le frère du Balafré), greffier lui aussi, déposa un morceau de parchemin, un roseau taillé et de l'encre. Le greffier maigre manqua défaillir après l'effort, alors que le pupitre aurait pesé comme une plume dans les mains de son puissant collègue.

— Ketill le Rouge porte une très grande affection à ta fiancée, morphir, dit Favorinus. Il l'aime comme sa fille, n'est-ce pas? Il faut avouer que c'est une bonne petite, Sigrid. Un cœur d'or!

Entendre le nom de ma fiancée prononcé par cette créature abjecte me déplut énormément. Favorinus était fin; il s'en rendit compte.

— Brave Sigrid, dit-il. Gentille et douce Sigrid...

— Viens-en aux faits! m'énervai-je.

— SILENCE! hurla Mamafidjar. Un morphir se tait en ma présence!

— Yik! yik! yik! fit Favorinus (son rire ressemblait au cri du merle à duvet). Je disais donc: Ketill affectionne Sigrid. Ce qui nous a amenés, la reine et moi, à imaginer ce chantage. Un chantage légitime, tout ce qu'il y a de plus légal. Si, dans cinq jours, Ketill n'est pas revenu avec son fils, alors Sigrid fille de Gils sera pendue sur la place du marché.

— C'est infâme! m'écriai-je.

— SILENCE! dit la reine.

— Yik! yik!

— Bjorn doit écrire quelque chose, tu disais, intervint Boutroul.

— J'y viens, j'y viens. Si le morphir tient à sa fiancée, il n'a qu'à supplier Ketill de rappliquer. Par écrit. Son message sera acheminé sans délai à l'île Walhal.

— Puis-je poser une question?

— Un morphir doit se taire, es-tu sourd, par hasard?

— Qu'il pose sa question, dit la reine à la surprise générale.

— Qu'arrivera-t-il à Ketill le Rouge s'il revient?

— Il ne mettra plus les pieds au palais. Il vivra dans l'ombre, méprisé de tous. Je lui reprendrai les bijoux, les beaux habits, tout ce que mon cœur aimant lui a offert. Et je ne le verrai plus! Mais il ne mourra pas, si c'est ce que tu veux savoir.

— Ai-je ta parole, ô reine?

— Impudent! siffla Favorinus.

— Tu as ma parole, dit Mamafidjar.

Je saisis le roseau, le trempai dans l'encre de poulpe; ma main tremblait lorsque j'écrivis ces mots:

Mon cher Ketill,

Si Yon et toi ne rentrez pas avant cinq jours, Sigrid sera pendue. En tant qu'ami, je te conjure de revenir. En tant que chef de notre mission, mandaté par Harald Ier, je te l'ordonne.

Bjorn

— Voilà qui est clair et net, admira Favorinus en lisant mon message. Le morphir ferait un bon greffier, je pense, yik! yik!

Il roula le parchemin et l'attacha avec un ruban pris sur une table. Il émit un sifflement assez vulgaire qui fit accourir un Yus très jeune, presque un enfant.

— Porte ceci au premier cousin, avec ordre de partir sans attendre. Allez, ouste!

Le jeune Yus partit comme une flèche. La reine se leva et quitta la salle sans se retourner, nous gratifiant d'un rot sonore en guise d'au revoir. Sa sortie provoqua une baisse sensible, immédiate, de la chaleur.

Théophane mit la main sur mon épaule. Il pensait me reconduire à la tour; Favorinus le détrompa sur ce point.

— Le morphir change de logis, dit-il en jetant quelques mots sur un minuscule parchemin. Tu donneras ceci à Scaryus. Son premier étage est réquisitionné. Ordre de la reine. Vide la chambre, hein! Ne laisse que le strict nécessaire.

Théophane prit le bout de parchemin avec un dégoût à peine voilé (Favorinus était détesté de tous, sauf de la reine) et m'emmena.

— À bientôt! me lança Boutroul Maïor. Tout se passera bien, va. Ketill ne peut que revenir!

Au moment de sortir de la salle, je surpris le regard de la jeune coiffeuse, un regard plein de compassion.

Le soir tombait sur la ville. Je ne sais ce qui me prit de réciter à haute voix les vers appris de Ketill:

> *Auprès de Mamafidjar*
> *Le matin existe*
> *Et il y a des soirs.*

Tandis qu'il vérifiait que j'étais toujours bien menotté, Théophane fit entendre sa voix d'elfe. Je songeai au chant clair d'un ruisseau de montagne:

> *Les dieux en artistes*
> *Règlent les lumières*
> *Pour que soit moins triste*
> *Le séjour des morts.*

La maison de Scaryus, grande bâtisse à trois étages, surmontée d'un toit de chaume, se caractérisait par l'ornementation chargée de sa façade. Des pièces d'or blanc, clouées sur le marbre, formaient comme une galle somptueuse; la limite entre les étages était marquée par une ligne de coquillages et de gemmes incrustés. Les fenêtres attirèrent surtout mon attention, car elles étaient immenses et tout en verre. Le temps que je vécus au royaume de Mamafidjar, la science des verriers infernaux ne cessa jamais de me stupéfier.

Théophane frappa durement à la porte. Un Yus de cent kilos, dans un pantalon à bretelles, nous ouvrit; c'était Scaryus. Il ne s'attendait pas à trouver cinquante elfes devant son huis. Il lut le mot de Favorinus plusieurs fois, avec l'air d'un homme qui reçoit une sentence de mort.

Son visage bourré de tics et ses mains tremblantes avaient quelque chose de pitoyable.

— Bon, bon, finit-il par dire. Bon, bon, bon.

— Pouvons-nous entrer? demanda Théophane, sans montrer aucun signe d'impatience.

— Certes. Bien sûr! Vous êtes ici chez vous. Et... et vive la reine!

— Vive la reine, dit Théophane en écho. Nous laisseras-tu passer? ajouta-t-il, car Scaryus bloquait toujours l'entrée.

— Certes.

Le gros bonhomme s'écarta en grimaçant et nous pûmes monter au premier étage.

Je pense que le mot capharnaüm n'aura jamais été

aussi bien employé que pour décrire la pièce où nous pénétrâmes. Des lits défoncés, de très vieux coffres, des bûches, des peaux mitées, des draps sales, en boule, un métier à tisser, un seau rempli de noyaux de prunes... tout cela s'entassait sous une couche de poussière. Le seul habitant des lieux était un cochon âgé, morveux, et qui sentait la rage. Il se tenait assis sur une couverture de laine.

— Je vous laisse faire, cria Scaryus depuis le rez-de-chaussée.

On ne le vit plus de la soirée.

Chez les elfes, la propreté est une religion. Je n'ai pas assisté à leurs repas, mais je suis sûr que jamais, au grand jamais, ils ne tachent leurs vêtements. Nettoyer la pièce pour m'y installer, voilà bien une tâche qui devait déplaire à Théophane et à sa troupe.

— Puis-je vous aider? demandai-je.

Théophane acquiesça; il fit signe à Friil de me libérer les mains. La femme elfe s'exécuta. Je l'observai avec attention, afin de déceler une éventuelle hostilité à mon égard. Elle était aussi impénétrable qu'une déesse de pierre.

Les meubles furent portés au deuxième étage avec le reste. Je me chargeai seul de ramasser la poussière à l'aide de linges mouillés. Ce travail me prit deux heures entières. Les elfes voulurent évacuer le cochon, qui se mit à pousser des pleurs. Ses sabots griffaient le plancher tandis qu'ils le tiraient par la queue et les pattes de derrière. Le vieil animal rua comme un fou au moment de passer la porte; il mordit Friil à la main et renversa deux elfes en regagnant son coin attitré et sa couverture.

— Pourquoi ne pas le laisser ici? dis-je. Il ne me gênera pas.

— Il sent, dit Théophane.

— Je peux le supporter.

— C'est toi qui décides.

Friil s'était éclipsée; elle revint, la main bandée, avec des éponges et un seau d'eau savonneuse. Tous ensemble, nous lavâmes l'intérieur de la fenêtre. Ensuite Friil et plusieurs autres se rendirent à l'étage. Ils grimpèrent sur le toit et, de là, firent descendre des éponges attachées au bout de longs bâtons. Ainsi s'y prend-on pour nettoyer la face extérieure des fenêtres de verre.

La lumière d'un chaud crépuscule entrait généreusement dans ma nouvelle prison.

— Je laisse trois gardes devant ta porte, et trois autres en bas, dans la rue, m'annonça Théophane. À demain.

— Pourras-tu amener…

— Wulf? Oui, je te l'apporterai à la première heure. Et je le nourrirai ce soir.

— Merci.

Une fois seul, je me sentis exténué. Je n'eus même pas le courage d'aller regarder par la fenêtre. Théophane, dans sa bonté, avait laissé un lit. Je m'écroulai sur le matelas de paille, soulevant un nuage de poussière.

— Kuf! kuf!… Pouah! Quelle horreur!

Je jetai le matelas et m'allongeai sur les planches du lit.

— Bonne nuit, cochon, dis-je en bâillant.

La pauvre bête, face au mur, ne bougea pas et

demeura silencieuse. Elle cherchait à se faire oublier.

Je fus réveillé de la plus agréable façon, par les miaulements de Wulf et un parfum de gruau. Théophane, après avoir déposé un seau d'eau, du savon, un linge blanc et un peigne, se retira. J'avalai mon gruau debout, devant l'extraordinaire fenêtre.

C'était dimanche et la place grouillait de vendeurs et de chalands. Ces derniers se promenaient entre les tables disposées en lignes, dans les avenues temporaires du marché matinal. Les tables sous ma fenêtre portaient des présentoirs à casiers garnis de gemmes, de perles, de fibules... La rangée suivante était celle des marchands d'étoffes, de peaux et de cuir tanné. Ensuite venaient les étalages de récipients: seaux, cruches, pichets et autres gobelets. Une frontière de dalles carrées, d'un bleu luisant, coupait la place en deux. Je me trouvais du côté nord; le côté sud, nettement plus animé, était consacré aux aliments et aux bêtes domestiques. Poisson (surtout du requin), viande de mouton, fruits et légumes (surtout des raves et des algues) étaient vendus à la criée par des femmes et des enfants yus. Chevaux, chèvres, moutons et phoques laitiers se serraient dans des enclos, surveillés par des fillettes délurées.

Les chiens et les chats pullulaient, ajoutant à l'excitation générale. Les premiers étaient chassés à coups de pied tandis que les seconds recevaient caresses et gâteries.

De très nombreuses âmes promenaient leurs silhouettes lumineuses parmi les étalages. Elles posaient des questions, demandaient à voir un fruit de plus près, faisait peser un quartier de fromage... Les vendeurs se prêtaient gentiment à la comédie. Et je me doutai que leur patience, face à ces faux clients, était une coutume des enfers, peut-être même une obligation légale.

- Un flûtiste jouait devant la porte de Scaryus, perché sur une caisse. Sa musique montait jusqu'à moi, atténuée par l'épaisseur du verre. Je songeai à Ketill le Rouge et à sa flûte double-bec.

— Ketill joue dix fois mieux que cet homme, dis-je. Ketill est un génie, Wulf. Poète, sculpteur, musicien : il est doué pour tous les arts !

— Maw.

Je ne vis pas le temps passer. Lorsque je m'arrachai à ma contemplation, le marché tirait à sa fin. Il pouvait être midi ou même plus tard. Wulf dormait contre la fesse monumentale du vieux cochon.

C'est Boutroul Maïor qui m'apporta mon repas. Ne sachant où poser l'assiette fumante, il me la donna en main.

— Bon appétit, bredouilla-t-il avant d'aller s'asseoir sur mon lit.

Les planches grincèrent sous son poids.

— Une mauvaise nouvelle ? demandai-je.

— Lis, dit-il en me tendant un parchemin si fin que l'on voyait au travers.

Je crus défaillir en découvrant le message que voici, dont je connaissais bien l'écriture :

Mon cher Bjorn,
Je ne reviendrai pas.

K.

18
LA RÉPLIQUE

J'écrivis un nouveau message le matin du 25 novembre; Théophane le mit dans une bouteille qu'il confia à l'un des cousins royaux. L'immortel s'envola aussitôt vers l'île Walhal, qu'il survola en milieu de journée. Il largua la bouteille; les Walhaliens l'apportèrent à Ketill le Rouge pendant que le cousin tournoyait dans les airs.

Ketill lut un message qui, cette fois, n'avait plus rien d'autoritaire. Je le suppliais de rentrer, au nom de notre amitié et de la pitié chrétienne. «Sigrid va mourir étranglée, ne comprends-tu pas? avais-je écrit. Cette mort ignominieuse, il ne tient qu'à toi de l'empêcher!»

D'après le témoignage du cousin (la créature pouvait donc parler!), Ketill grimpa sur un toit pour donner sa réponse, d'une voix amplifiée par un cornet en bronze: «Je reste ici!».

La nouvelle de ce nouveau refus fit le tour de la ville et ulcéra la reine. Des charpentiers yus, trois femmes et un homme, entamèrent une construction en bois au centre de la place. Je suivis les progrès de leur travail avec terreur. En une journée, ils eurent terminé une tour de cinq à six mètres supportant un bras horizontal.

Lorsque je m'éveillai, le matin du 27, une corde pendait au bout du bras. Un gros sac de sable ou de grains y fut attaché. Soulevé de terre grâce à un système de poulies, il se balança sinistrement durant plusieurs minutes, sous le regard de la populace.

L'exécution devait avoir lieu le lendemain. J'écrivis une dernière lettre à Ketill ; sa réponse arriva le soir même, identique. Je le maudis à voix haute. Friil, venue rechercher mon assiette intacte, resta indifférente à ma fureur. Wulf et le cochon, en revanche, se mirent à geindre de concert.

— Taisez-vous ! hurlai-je.

Comme ils pleurnichaient de plus belle, je les injuriai en frappant du pied sur le sol. Le plancher craqua. L'une des lattes s'était fendue dans le sens de la longueur (sans doute n'avais-je fait qu'aggraver une fissure ancienne). Je m'accroupis ; mes doigts parvinrent à entrer dans l'interstice. Je tirai de toutes mes forces — « Crââââk ! » — et un morceau effilé se détacha. Il avait exactement la forme d'un couteau. Je constatai avec intérêt qu'il en possédait aussi le tranchant et la solidité.

— Un cadeau des dieux ? pensai-je. Cela y ressemble beaucoup.

Je vérifiai que j'étais bien seul, après quoi je remis la pointe de bois à sa place, prenant la précaution de masquer les fentes avec de la poussière.

— J'ai une arme ! dis-je à Wulf et à son nouvel ami.

Leur mine effrayée me fit pitié. J'offris une vieille pomme au cochon et pris Wulf dans les bras.

— Excuse-moi, murmurai-je à son oreille. J'étais hors de moi. Ils vont pendre ma Sigrid, tu comprends? Je vis un cauchemar et, toi, tu ne peux pas m'aider.

— Je suis tout aussi impuissant que ton chaton, dit Boutroul en ouvrant la porte. Mais je serai là, auprès de toi, pendant les heures qui viennent. Je dors ici, Bjorn, pour te soutenir par ma modeste présence.

— Je préfère être seul.

— Pas question. Si tu veux te débarrasser de moi, il faudra me jeter dehors à coups de poing!

— Soit. Tu peux rester. Tu es un brave homme, Boutroul. Un ami.

Des Yus amenèrent des sièges, une table et une grande cruche avec des gobelets.

— Du vin d'algues, déclara Boutroul. Le meilleur ennemi du désespoir!

— Je n'aime pas l'alcool.

Quand nous fûmes seuls, Boutroul Maïor me saisit les mains.

— Il changera d'avis! dit-il avec conviction. Ketill va se livrer, j'en suis sûr.

— Et il sera trop tard. À quelle heure est prévue l'exécution?

— À l'aube.

— Tu vois bien.

— Tout le monde pense que Ketill enverra Yon. L'enfant volera comme le font les âmes en cas d'urgence. Il ira droit au palais pour annoncer le retour de Ketill. Alors Sigrid sera sauvée.

— Pourquoi? Dis-moi pour quelle raison Ketill attendrait-il la dernière minute pour obéir à la reine? Il a un cœur de pierre, c'est l'évidence. Il ne songe qu'à son petit bonheur personnel, et peu lui importe le malheur des autres. Je le hais. Puisse-t-il finir au Tanarbrok!

— Par Neptyus, ne dis pas une chose pareille!

Scaryus fit une entrée timide à ce moment. Entre ses doigts boudinés, il tenait une fleur ouverte, argentée, d'un éclat lunaire. Il m'en fit cadeau.

— Merci, dis-je.

— C'est peu de chose. Une rose du sel, également appelée Fylgjane. Euh... Son parfum aide à supporter les... Je... Enfin, j'espère qu'elle te...

— Merci.

— Je cultive les fleurs nocturnes, c'est mon métier. En bas, dans la cave. Le savais-tu?

— Non.

— Ah. Personne ne te l'a... Non, bien sûr. C'est sans importance, d'ailleurs. Une drôle d'occupation pour un drôle de gros bonhomme. Mais je parle, je parle et je ferais mieux de partir. Bon. Je m'en vais. Voilà... Et le cochon, comment va le cochon?

— Bien, je crois. Mon chat et lui s'apprécient beaucoup. Ils dorment ensemble.

— C'est gentil de ta part de l'avoir gardé ici. Je sais que les elfes voulaient le mettre ailleurs, mais, vois-tu, il en serait mort. Il est monté dans cette chambre voici trente années et huit mois. Le boucher s'apprêtait à l'égorger devant tous, à l'autre bout de la place. Le cochon rue, se débat... le voilà libre! Il traverse tout le marché, s'engouffre chez moi qui rentre justement. Il monte ici, se cache sous une table et ne bouge plus.

— Le boucher a vite rappliqué, je suppose?

Ayant dit, Boutroul Maïor but un gobelet de vin.

— Certes. Mais j'ai acheté le cochon.

— Bravo! fit Boutroul.

— Je l'ai payé avec des fleurs. Voilà l'histoire. Et j'ai dû abandonner cet étage car l'animal puait trop. N'est-ce pas, cochon, que tu empestes?

— Groink! fit l'intéressé.

— Mais je parle, je parle...

Tout gêné et rougissant, Scaryus s'enfuit littéralement.

— Le cœur de cet homme est une fleur rare, pensai-je.

Je n'en fus pas moins content de le voir partir.

Boutroul avait placé les sièges et la table près de la fenêtre. J'allai m'asseoir, mais je me relevai aussitôt pour faire les cent pas.

La grue se dressait, affreuse et noire, sur la place déserte. Un chien léchait les dalles de l'autre côté de la «frontière». En m'approchant de la fenêtre, je découvris une vingtaine d'elfes postés devant la maison. Des êtres normaux auraient parlé et plaisanté dans la nuit, joué aux dés... Les elfes, eux, ne faisaient rien de tout cela; c'est à peine s'ils battaient des paupières.

— Viens donc, dit Boutroul. Et bois un peu de ce vin, Bjorn, allez. Pour me faire plaisir.

— Non.

— Ketill ne laissera jamais mourir Sigrid. Tu t'inquiètes pour rien. Bois, mon ami!

— J'ai peur et je suis en rage. J'ai la nausée. J'aimerais maintenant que tu te taises.

— Tu ne m'as jamais parlé de ta famille, dit Boutroul, ignorant mes paroles. À quoi ressemblent le père et la mère d'un morphir, je me le demande?

— Laisse ma famille où elle est. Je t'ai permis de rester, mais si tu crois pouvoir me distraire avec ton vin et ta conversation, tu te trompes.

— Ma mère à moi était une sacrée mégère, oui. Elle battait ses animaux, ses enfants, son mari! Elle était tailleuse de pierre, maçonne, couvreuse...

— SILENCE!

— Pardon. Message compris, je, je, je... Muet comme une tombe, je serai. Parole!

Il termina son gobelet et s'en servit un autre. Il respecta son engagement et je ne l'entendis plus. J'oubliai sa présence tandis que lui s'abîmait dans l'alcool. J'ignore quelle quantité de vin contenait la cruche: au moins deux litres. Après une heure, Boutroul, fin soûl, se mit à ronfler. Théophane m'avait donné une couverture en coton. J'en recouvris Boutroul, car la nuit était fraîche.

Wulf attaqua la main pendante du dormeur, puis le pan de la couverture. Se tournant soudain vers moi, il chargea mes mollets. Je jouai avec lui pendant une demi-heure, le temps qu'il se fatigue et retourne dormir près du cochon. Les minutes, alors, devinrent plus longues; elles s'étiraient sous l'effet de mon angoisse. Le bruit de mon cœur résonnait dans ma tête. J'eus le réflexe idiot de me boucher les oreilles; le bruit de tambour ne fit que s'amplifier atrocement. Je n'arrivais pas à réfléchir. Ma pensée était constituée d'une succession d'images de Sigrid; une bonne partie d'entre elles remontait à l'époque de nos treize ans.

Des visions grandioses où je sauvais ma fiancée de la corde succédèrent aux souvenirs du passé. Je me voyais, transformé en un dieu aussi grand qu'une montagne, écrasant une foule de curieux, arrachant Sigrid sous les regards impuissants de Mamafidjar et des elfes.

— Ridicule! pensai-je. Pauvre de moi. Pauvre de nous! Je ne supporte pas cette attente. Ketill, où es-tu? Tu étais plus qu'un ami: un parent. Et voilà que tu nous trahis. Bon Dieu, je ne comprends pas! Ceci est un cauchemar. Réveille-toi, Bjorn! Réveillez-moi, les dieux! Ayez pitié!

Boutroul avait déposé sa cruche sur le sol; je la heurtai du pied par mégarde. Rapide comme l'éclair, je la rattrapai avant que le reste du vin ne se répande.

Il y avait donc encore du vin. Boutroul Maïor n'avait pas tout englouti.

Immobile, je tenais la cruche à bout de bras. Je serrais l'anse tellement fort qu'elle risquait de se casser. L'odeur poivrée du vin éveilla mon envie.

— Bah! prononçai-je.

Et je bus, oui, à la cruche. De longues, longues gorgées. Un liquide tiède, aux relents de crabe, coula dans ma gorge. Ma vue se brouilla. Je cherchai ma chaise à tâtons, renversai la table et les gobelets avant de la trouver.

— Bon, dis-je, imitant la voix de Scaryus. Bon, bon. Certes.

Je riais tout seul. Ensuite, sans transition, je versai des larmes. Le vin était drogué, bien sûr. En avais-je conscience alors? Je crois que oui. Et je pense que, lâchement, je fus heureux de quitter la réalité, de m'en évader par la grâce du vin d'algues.

Le visage rond de Boutroul Maïor était penché sur moi, blême. Affalé sur la chaise, je respirais un air alourdi par les effluves persistants du vin.

— Je t'ai laissé dormir, dit Boutroul. Tu ne m'en voudras pas, j'espère. C'est mieux comme ça... La reine voulait que tu assistes à tout. Elle me gondera, mais tant pis.

Je sentis une présence dans mon dos. Je tournai vivement la tête; dix elfes, dont Théophane et Friil, me surveillaient, armés d'épées et d'arcs prêts à tirer.

— Que...

— Tout est fini, dit Boutroul d'une voix étranglée. Il faut que tu sois fort.

Je bondis vers la fenêtre, pour découvrir une place noire de monde. La grue est entourée de gens cagoulés. Une forme humaine pend au bout de la corde. Le supplicié est de dos, tournant lentement sur lui-même. Les cheveux sont blonds mais courts. Dans un instant je découvrirai le profil du malheureux. Voilà. Le visage de Sigrid apparaît, impossible à confondre avec un autre. Ils l'ont fait. L'impensable a été accompli pendant mon sommeil. Ma route prend fin ici, maintenant.

Mon sang se change en eau, j'ai l'impression. Mon cœur cesse de battre.

Je me tourne vers Boutroul et les elfes. La tension règne, les arcs se tendent. Je sais bien ce qu'ils redoutent : ma métamorphose en Bjorn le Géant. Mais ma Fureur est morte avec mon envie de vivre.

Je vais me coller à la fenêtre. La jolie tête de Sigrid, où est-elle ? Ils ont tué sa beauté. Mon amour n'est plus qu'une grimace, un corps crispé : une douleur morte.

Je frappe sur le verre. Je réalise que des centaines d'yeux me regardent depuis la place. Je tombe à genoux, anéanti. Je tourne le dos à la scène.

À présent, je repousse ma peine. Je deviens froid comme un reptile, animé par une seule idée. Je rampe vers un endroit précis. Mon air désespéré, mes pleurs : tout cela n'est que comédie. Théophane m'observe. Attention, il est malin. Ne pas en faire trop. Jouer juste.

J'ai atteint mon but. Me voici allongé sur le poignard en bois. Mes doigts cherchent, s'introduisent dans la fissure. Je me dresse soudain !

— Attention ! dit un elfe.

— Bjorn ! s'écrie Boutroul.

On ignore souvent l'emplacement du cœur dans la poitrine ; on le voit trop haut, près du mamelon. Moi, je sais où il est. Alors, quand je retourne le poignard pour l'enfoncer en moi, je choisis le bon endroit.

— NON !

C'est Friil qui a crié. Elle se précipite pour empêcher mon geste.

— Trop tard, dis-je.

— C'est une réplique ! Ce n'est pas ta fiancée qui pend là-dehors. La reine a fabriqué une sœur à Sigrid, avec des algues, du sable et de la chair de phoque. Et du soufre marin, je pense... Mamafidjar est une magicienne. Elle peut créer ce qu'elle veut dans ses cuves de verre.

— Tu mens!

— Tu n'as pas bien regardé. La créature suspendue a des cheveux de paille. Son nez n'a pas de narines: la reine n'a pas eu le temps de les creuser. Cinq jours, c'est peu.

La lame de bois, entrée aux deux tiers, faisait couler mon sang. Je ne souffrais pas du tout. Je me traînai jusqu'à la fenêtre. Friil voulut m'aider; je la mis en garde:

— Si tu me touches, je pousse la lame plus loin.

— D'accord. Je t'obéis... Si tu regardes avec attention, tu verras que la fausse Sigrid n'a pas d'ongles, dit Friil lorsque je l'eus rejointe à la fenêtre.

— C'est... vrai, ma... foi.

— Une réplique, je te dis!

— Je n'arrive pas... à... y croire.

— Je l'ignorais, assura Boutroul, aussi stupéfait que moi. J'ai été tenu à l'écart.

— Sigrid est vivante, Bjorn. Toi aussi, tu dois vivre!

Ayant dit, Friil s'approcha avec prudence; elle déplia mes doigts un par un et je la laissai faire.

— Je pensais que... que tu étais... mon ennemie, prononçai-je en lâchant le poignard en bois.

— Je ne suis pas comme mon frère. Féroé est méchant et j'ai honte de la façon dont il t'a traité.

Je contemplai ma main; sa propreté me troubla. Ce que j'avais pris pour du sang n'était que de la sueur. Ma blessure ne saignait pas, en réalité. Un fort mauvais signe, je le savais par Svartog.

19
LE HÉROS DE L'AMOUR

Le poignard de bois enfoncé dans le cœur, je reposais sur le sol, à l'endroit même où je m'étais écroulé une heure plus tôt. Mon cas était désespéré. Je pense que les plus grands guérisseurs de la surface du monde auraient simplement baissé les bras, se contentant d'apaiser ma souffrance avec des drogues. Ma chance fut d'être soigné par le médecin Hermus, un mikrofarfe. Personnage aussi aimable et franc que Favorinus était méchant et trouble, il avait du génie. La manière dont il répara mon cœur perforé vaut la peine d'être décrite.

Hermus commença par trancher le poignard de bois sous le «manche», en laissant le reste dans ma poitrine. Il replaça le demi-poignard dans la fissure du plancher, fit bouger les lattes autour afin de les rapprocher. Ainsi, le demi-poignard se trouva pris dans un étau. Et le trou qui restait avait très exactement la forme de la pointe demeurée dans ma poitrine.

Dans cette fissure restante, Hermus introduisit une pâte d'algues spéciale, une matière de son invention. La pâte sécha; en une demi-heure, elle atteignit la dureté du bois. Hermus retira du plancher une pointe dont il lima les rares aspérités.

Ses aides, des Yus vêtus de tablier en cuir, m'attachèrent bras et jambes à des piquets de tentes plantés dans le plancher. Je les regardai faire dans une demi-conscience.

— Je ne vais pas te mentir, me dit alors Hermus. Les chances de réussite sont d'une sur deux. Es-tu prêt, morphir?

— Vas-y, docteur... Harald, ô Harald!

— Du calme.

Hermus prit une longue inspiration, puis, d'un geste rapide, il m'enleva la pointe de bois. Je ne sentis pratiquement rien. Juste un léger froid dans la poitrine. La douleur vint, affreuse, lorsque Hermus introduisit sa pointe d'algues durcies dans la cavité laissée par le poignard. Je hurlai comme une bête.

Le regard anxieux de Hermus m'apprit que tout se jouait maintenant, dans les quelques secondes à venir. Les aides retenaient leur souffle. L'un d'eux, sur un signe de Hermus, se mit à compter:

— Un... deux... trois... quatre... cinq...

— Ma fiancée, prononçai-je. Elle a enchanté mes jours. Tu lui diras, docteur. Mes dernières pensées sont pour elle. Promets que... tu... tu lui diras!

— Du calme, fit Hermus. Ne pense plus à rien.

— Sigrid... Mon amour...

— ... dix-sept... dix-huit... dix-neuf... VINGT!

La face ridée de Hermus se fendit d'un sourire.

— Le cœur accepte le pansement! se réjouit-il. Félicitations, morphir, hok, hok, hok! (son rire ressemblait au cri du pic rouge).

— Est-ce possible?

— Tu es sauvé, Bjorn. Tiré d'affaire!

— Mais...

— Il n'y a pas de «mais». Tu vas vivre!

— Yourra! lancèrent les aides.

Après quoi, ils me délièrent.

— La pâte d'algues a rebouché ton cœur, l'empêchant de saigner. Dans les jours prochains, elle l'aidera à reconstituer ses fibres endommagées.

— Félicitations à toi... docteur. Et merci.

Les aides me portèrent sur le lit avec une infinie délicatesse. Aidé par une drogue, je sombrai dans le sommeil. Je dormis jusqu'au lendemain matin.

En ouvrant les yeux, je découvris ma chambre noire de monde. Les gens parlaient bas; il y avait de la musique.

Le visage de Sigrid se pencha au-dessus du mien.

— Il se réveille, annonça-t-elle.

Elle était assise sur mon lit; elle me prit les mains délicatement. Je l'attirai à moi.

— Je pense que nous sommes de trop, dit quelqu'un.

Je reconnus la voix de Boutroul Maïor.

J'embrassai Sigrid encore et encore. J'avais eu si peur de la perdre que je ne voulais plus la lâcher.

— On nous regarde, dit-elle, le rouge aux joues.

— Je t'ai vue pendue et maintenant te voilà. J'ai besoin de te toucher, de sentir ton odeur. Je n'arrive pas vraiment à croire que tu es là.

— C'est bien moi, en chair et en os, mon chéri. Et regarde qui est venu aussi.

— Svartog! Mon cher, cher Svartog!

— Bonjour, Bjorn.

— Et là-bas au fond, qui fait le timide, il y a monsieur...

— Daphnir. Oh, Daphnir !

Mon dragon se tenait dans un coin, sans muselière, à côté d'Invincible. Ce dernier avait pris quelques mauvais kilos, me sembla-t-il ; il s'était empâté.

Théophane et ses elfes, disséminés dans la pièce, riaient et parlaient comme les autres, oubliant pour une fois d'être des gardiens. Scaryus grattait le crâne du vieux cochon tout en devisant avec une jeune femme yus que j'avais déjà vue quelque part.

— La coiffeuse de la reine ! me rappelai-je.

Elle portait un chapeau extravagant, sorte de champignon de feutre, et, au-dessus de sa robe, un tablier bleu. Il me sembla qu'elle jetait des regards amoureux en direction de Boutroul Maïor.

Boutroul, une corne à boire dans la main, se baladait en distribuant des sourires et des mots aimables. Il rejoignit un groupe de vieillards au teint pâle, vêtus de costumes de cour en cuir gaufré. Deux d'entre eux étaient des jujurés ; je les reconnus sans peine. Et je me souvenais très bien que, l'un comme l'autre, ils avaient voté pour notre exécution capitale.

L'instant d'après, le plus âgé des jujurés demanda le silence et but à ma guérison.

— Amusant, pensai-je.

— Tu es revenu de loin, Bjorn, dit Boutroul. Nous en sommes heureux. Santé à toi !

Un tonnerre de voix joyeuses retentit alors :

— SANTÉ AU MORPHIR !

Si le vieux cochon avait eu une coquille, ou une carapace, comme les tortues, il serait rentré dedans.

— Vive Hermus! lança la coiffeuse. Un génie en son art.

— VIVE HERMUS!

Trois flûtistes, debout devant la fenêtre, attendirent la fin des cris pour se remettre à jouer.

— C'est Boutroul qui les a invités, m'apprit Sigrid. Pour que tu aies un agréable réveil.

— Un réveil calme et paisible, dit Svartog en riant.

Hermus fit son entrée à ce moment, la moitié du corps enfoui dans des bottes noires. Il tenait un chien en laisse et transportait une arbalète aussi grande que lui.

— Salut à tous! lança-t-il.

— Le bonjour à toi, Hermus! dit Boutroul. Et trois yourra pour le faiseur de prodige, mes amis!

— YOURRA! YOURRA! YOURRA!

— Merci, merci, merci. Quelle foule! Vous êtes tous bien gentils, mais vous respirez l'air de mon patient, qui en a grand besoin. Et tout ce bruit, cette excitation... ce n'est pas bon pour lui. Calme et repos, voilà ce qu'il lui faut. Allez, ouste tout le monde! Dehors, les fêtards! Et emmenez-moi ce vin d'algues. La chambre est pleine de vapeur d'alcool, par ma corne!

— Vin matinal, vin idéal, récita quelqu'un.

— Et les musiciens? demanda Boutroul. Est-ce qu'ils doivent partir aussi?

Hermus se fâcha pour de bon:

— Tout le monde dehors, j'ai dit!

— La musique est souveraine pour les malades. Mon père disait…

— Ouste!

La pièce se vida en moins d'une minute. Sigrid fit mine de sortir avec les autres.

— Pas toi, ma belle, la retint Hermus. La famille peut rester. Tiens mon chien, tu seras gentille. Serre bien la laisse, hein, car c'est un sournois. Il file quand on s'y attend le moins, hok! hok!

Le chien bâilla à s'en décrocher la mâchoire.

— Il a les mêmes oreilles tombantes que son maître, pensai-je.

Hermus déposa sa volumineuse arbalète et s'approcha de moi.

— Tu vas à la guerre, docteur?

— À la chasse! Aussitôt que j'en aurai fini avec toi, je file tirer la poule de mer. Merveilleux passe-temps! Je t'emmènerai un jour si tu le veux.

Il souleva ma couverture, sous laquelle dormait Wulf.

— Salut, petit matou. Il s'appelle Wulf, c'est bien cela?

J'acquiesçai.

— Eh bien, le minet Wulf va devoir s'en aller de là. Ouste! Je ne désire pas retrouver des poils dans ta blessure, Bjorn. Ils pourraient y déposer l'infection.

À présent, Hermus inspectait ma poitrine nue. Sigrid regardait par-dessus la tête du médecin.

— C'est propre et net, ma foi.

— En effet, demoiselle. Aucune rougeur autour de la plaie, pas la moindre suppuration. Impeccable, par ma corne!

Il ouvrit la sacoche à remèdes qu'il portait en bandoulière. Tandis qu'il m'appliquait un cataplasme de farine de lin, je contemplais ma fiancée. Elle m'adressa un large sourire et je pus voir sa fossette sous l'œil gauche, détail furieusement séduisant.

— Holà! s'écria Hermus. Le cœur s'emballe!

Il se tourna vers Sigrid.

— Demoiselle, cesse tes minauderies! Et j'interdis baisers et caresses jusqu'à nouvel ordre.

— C'est le médecin personnel de la reine, tu sais, dit Sigrid lorsque Hermus fut parti. Elle te l'a prêté.

— Ah bon.

— C'est un honneur insigne.

— Je croyais qu'elle me détestait.

— Quand elle a appris, de la bouche de Boutroul Maïor, que tu avais voulu te suicider, ses sentiments à ton égard ont changé du tout au tout. Elle t'a officiellement déclaré «héros de l'amour». Hier soir, elle a interrogé plusieurs fois les témoins de ton acte: Boutroul, Théophane, Friil et les autres elfes. Elle désirait connaître les faits dans le détail, insistant pour qu'on lui répète toutes les paroles que tu avais prononcées. Et je l'entends encore s'exclamer: «Comme c'est beau! Bjorn a voulu rejoindre Sigrid dans la mort. La plus belle preuve d'amour! J'en pleure, tenez! J'en frissonne de la tête aux pieds.»

— Quelle actrice tu fais! Tu imites la voix de la reine à la perfection... Viens là que je t'embrasse.

— Pas question. Il faut obéir aux ordres de Hermus.

— Je hais ce mikrofarfe, tout à coup!

Je fus sur pied après trois jours et pas un de plus. Une convalescence éclair! Mamafidjar nous offrit, à Sigrid et à moi, une chambre au palais, une pièce spacieuse, somptueusement meublée, pourvue d'un bassin alimenté en eau volcanique. Cet endroit eût été le paradis, sans les nombreuses sauterelles crieuses qui y vivaient et que nous devions veiller à ne pas écraser. Leur ressemblance avec les cousins royaux rend ces insectes sacrés. Les habitants des enfers les tolèrent jusque dans leur lit; ils leur parlent avec respect et les nourrissent de levure. Même les chats savent qu'ils doivent s'abstenir de chasser les sauterelles.

Svartog reçut une chambre à côté de la nôtre, où il entassa les parchemins qui devraient un jour constituer le «Livre des hirogwars».

— Tepanok, décédé en 760, m'a raconté le passé de notre peuple par le menu, dit-il. J'ai noté des dizaines de chansons, des poèmes sacrés et même des recettes de cuisine! Saviez-vous que, dans le temps, il y a des siècles, les hirogwars étaient polygames? Nos femmes ne mangeaient pas de viande et nos enfants buvaient du jus de tabac!

— Que comptes-tu faire de ton livre? demandai-je.

Il ignora ma question.

— J'ai l'impression de remonter le temps! dit-il avec une exaltation que je ne lui connaissais pas.

Nous pouvions sortir sous la surveillance de Théophane et de ses elfes. Sigrid m'emmena voir sa fresque, à trois cents pas du palais. Dans les rues, vivants et morts saluaient ma fiancée, visiblement très appréciée.

— C'est lui, le morphir? demandaient les enfants yus.

— C'est mon Bjorn, oui.

— Peut-on lui toucher la main? Ça porte bonheur, il paraît.

Je serrai une grande quantité de petites mains avant de parvenir devant un mur peint de couleurs vives. Des Yus contemplaient la fresque, assis sur des chaises et des tabourets. J'appris que certains restaient là des heures, fascinés par l'œuvre.

Sigrid et ses élèves avaient représenté Mamafidjar sur son destrier à six pattes. L'air féroce du cheval contrastait avec celui de la reine, plutôt triste. La scène se déroulait sur la plage, à la porte de la ville. Un homme au regard fourbe, les bras chargés d'or et de gemmes, tournait le dos à la reine et s'apprêtait à monter sur un deux-mâts.

— Ce Viking qui s'en va... commençai-je.

— C'est Snorri emportant le trésor que lui a offert la reine. Le sujet de cette peinture nous a été dicté par Mamafidjar.

— Snorri et ses hommes ont arraché l'or à la reine, que je sache. Ils durent livrer une bataille sanglante...

— Erreur, mon chéri. L'histoire que l'on raconte à la surface du monde est fausse. Snorri a séduit la reine, en réalité.

Je portais Wulf dans un sac à ventre en tissu elfique, cadeau de Friil. Mon chaton remuait tant que je le mis par terre. Il courut après une sauterelle. Théophane l'arrêta de justesse, sans quoi il aurait mordu l'insecte.

— À qui est ce chaton sacrilège? s'indigna quelqu'un.

— À moi, dis-je avec embarras.

— Il faudra l'éduquer!

— Comptez sur moi.

Il ne sert à rien de gronder un chat après qu'il a commis une bêtise, tous les dresseurs vous le diront. Il faut se fâcher tout de suite ou pas du tout. Je repris Wulf et me tournai vers Sigrid.

— Tu disais que Snorri a séduit Mamafidjar.

— Tu pourrais le réprimander un peu, ton chat.

— Trop tard. Il ignorerait la raison de ma colère.

— On nous regarde, insista Sigrid.

— Méchant Wulf! dis-je en prenant une grosse voix. On ne peut pas attaquer les gentilles sauterelles!

— Tu es le plus mauvais comédien que je connaisse, souffla ma fiancée.

— Alors, Snorri et la reine?

Sigrid s'assit et m'invita à en faire autant.

— Il lui promit le mariage. Il déclara qu'il devait retourner à la surface pour régler ses affaires, prendre congé de sa famille. «Ensuite je reviendrai et nous nous unirons, ô reine!» jura-t-il.

— Snorri était déjà marié, que je sache.

— Il était veuf à cette époque... Mamafidjar, crédule, lui donna des kilos d'or et de diamants. Ils se quittèrent sur la plage...

— Comme sur ta fresque.

— Et Snorri ne revint jamais aux enfers. Sauf à sa mort, bien entendu.

— Heureusement que les dieux l'ont envoyé à l'île

Walhal. J'ose à peine imaginer ce que la reine lui aurait fait subir s'il était devenu l'un de ses sujets.

— Snorri le Morphir a trahi Mamafidjar d'une façon... Se servir de la naïveté d'une femme amoureuse, c'est ignoble. La blessure ne s'est jamais refermée dans le cœur de la reine.

— Je comprends maintenant pourquoi elle hait tellement les morphirs.

— Elle ne te hait plus, grâce à Dieu. Tu es le héros de l'amour, mon amour!

Dans le bassin de notre chambre, l'eau changeait souvent de température, allant du glacé au quasi bouillant. Ce soir-là, 4 décembre 1067, elle n'était ni froide ni trop chaude, et fort chargée en gaz volcanique. Nous en profitâmes pour nous baigner. Des bulles montaient à la surface, caressant nos membres fatigués. Svartog nous avait rejoints; il s'installa dans l'eau la pipe au bec. Ses jambes interminables touchaient l'autre bord du bassin. L'une d'entre elles, la gauche, était recouverte d'un épais pelage blond, souvenir du troisième étage infernal, comme le lecteur s'en souvient.

— Désolé de vous imposer ce spectacle, s'excusa Svartog. J'avais des plaques rouges à force de la raser chaque matin.

Sa pipe s'éteignit; il allongea le bras pour saisir une bougie.

« Puf, puf. »

— Tu as l'air soucieux, observai-je.

— Mais non, dit-il. Tout va très bien.

Notre porte restait ouverte jour et nuit, un gardien attentif, jamais somnolent, se tenant derrière. Les gargouillements du bassin couvraient nos voix, nous offrant l'occasion rare d'une conversation privée.

— Sven est dans la tour Fidjar, n'est-ce pas?

— Oui, me répondit Sigrid.

Elle jeta un œil dans la pièce pour s'assurer que nous étions seuls.

— Ils ne peuvent pas nous entendre, de toute façon, dis-je.

— Pas mauvais, ce tabac marin, déclara Svartog.

— Est-ce que vous avez un plan?

— Plaît-il?

— Est-ce que vous avez réfléchi à une manière de s'introduire dans la tour Fidjar et...

— Je t'arrête tout de suite, me coupa Svartog. Le prince est gardé par des centaines de chiens-loups et je ne sais combien d'elfes armés jusqu'aux dents. La porte de sa cellule n'a qu'une seule clé, et c'est Mamafidjar qui l'a!

— Nous trouverons un moyen.

— Ne dis pas de bêtises, Bjorn!

— Notre mission est sacrée. Nous l'accomplirons ou alors nous mourrons. Harald, ô Harald!

— Tais-toi. Tu es présomptueux et... et stupide!

Sidéré, je dévisageai Svartog. Nous gardâmes le silence un long moment. «Broubloub, broubloub!», faisait l'eau volcanique.

— Pardon, Bjorn, dit le demi-hirogwar en sortant du bassin. Je ne sais pas ce qui m'a pris. C'est seulement que... tout est fini! Notre mission est un échec. Il faut l'accepter. Et la vie continue, ici, aux enfers. Oui...

— Tu ne penses pas ce que tu dis. Svartog, mon ami !

Il nous tournait le dos, s'essuyant avec des gestes rapides.

— Demain, je pars pour un quartier où sont rassemblées de très nombreuses âmes hirogwars, annonça-t-il. C'est à l'ouest, aux confins de la ville. Une journée de vol ou presque. Je ne sais pas quand je reviendrai.

Il revêtit sa tunique de nuit et s'en fut.

— Svartog !

— Laisse-le. Ce n'est pas la peine.

— Je le croyais beaucoup plus courageux.

Je me laissai couler au fond du bassin. Le bruit sourd du bouillonnement m'envahit, apaisant. J'aurais voulu rester comme ça toute la vie, la tête dans l'eau, sans plus penser à rien.

— Tu effraies ton chat, me dit Sigrid lorsque je refis surface.

Wulf pleurait au bord du bassin. Je le rassurai d'une caresse mouillée.

— Miâââw ! Rrrrh, rrrh, rrrh…

20
La vraie race de Daphnir

La reine organisa une fête en mon honneur, dans la plus grande salle du palais. Aucune âme n'était présente. Des Yus, venus en couples, des elfes, et quelques mikrofarfes dansèrent au son des flûtes et des tambours, instruments qui, étonnamment, se marient fort bien. Je fis sensation grâce à l'aisance que j'avais acquise lors d'une nuit mémorable au premier étage des enfers. Mauvais danseur avant cela, je m'étais libéré devant les petchégols et leur chef, l'admirable Ama.

Sar Maïor, affublé d'une main en bois, Bayus, le chiqueur de tabac, et quelques marins nous saluèrent civilement durant la soirée; leurs sentiments à notre égard étaient redevenus cordiaux. Boutroul, assis à côté de la reine, ne cessait de lorgner en direction de la jeune coiffeuse. Il aurait voulu la rejoindre, l'inviter à danser, mais son nouveau statut de favori de Mamafidjar le forçait à rester auprès d'elle.

— Favorinus a été exilé, nous confia-t-il plus tard. Il a déçu. Maintenant, c'est moi le conseiller spécial. C'est fatigant, énervant, mais il y a des avantages. Figurez-vous que, grâce à mon insistance, la reine a signé un décret instaurant la protection définitive des baleines-tritons. Parchen ou pas parchen, elles vivront tranquilles jusqu'à la fin des temps. Yourra!

Mamafidjar n'avait fait aucun effort de toilette. Elle portait son éternelle robe de coton; la plante de ses pieds géants était crasseuse. Elle se tenait à demi couchée sur un banc de bois, croquant des crabes crus tout en produisant toutes sortes de bruits incongrus. Elle avait sur le visage une expression de bonheur vulgaire qui disparut lorsqu'elle se mit à réciter des poèmes dans un silence religieux.

Sa voix mélodieuse me surprit une fois de plus. Personne ne dit les vers comme la reine des enfers; elle surpasse même Ketill par la subtilité de son art, à la fois généreux et retenu. C'est comme si chaque syllabe recevait une couleur différente, celle qui lui convient le mieux. Il n'y a pas de mots pour rendre compte du talent de Mamafidjar.

— J'ai la chair de poule! dit Sigrid quand la reine eut fini.

— Tu es exceptionnelle, ô reine! déclarai-je.

— Je récite bien les œuvres des autres, admit Mamafidjar. Mais je n'ai jamais pu inventer un seul vers. Mon cerveau est aussi peu fertile que mon ventre.

Cette allusion au fait qu'elle ne pouvait avoir d'enfant nous mit mal à l'aise. La reine se mit à rire gentiment.

— Que vous êtes beaux, tous les deux! s'exclamat-elle. J'avais fini par croire que l'amour est une illusion. Vous contempler me redonne courage. Je me dis que, moi aussi, un jour, je rencontrerai l'âme sœur.

Un beau mâle qui m'aimera sans arrière-pensée, pour ce que je suis.

— Mais bien sûr! assura Sigrid.

De jeunes Yus poussaient des chariots à nourriture vers le centre de la salle. Les invités se pressèrent autour pour se servir. Certains sortirent bientôt de la cohue, tenant une assiette légère, en cuir durci, où s'amoncelaient petits crabes, dés de poissons et salade d'algue. Ils mangeaient debout, en conversant et en se promenant au hasard. Ce banquet sans table me parut étrange et inconvenant. Sigrid trouvait cette coutume amusante, au contraire, et elle m'entraîna vers les chariots. En jouant des coudes, elle réussit à nous remplir deux assiettes en un rien de temps. Nous nous empiffrâmes au son des tambours.

— Hé, Boutroul! Où sont donc les sauterelles?

— Quel festin, n'est-ce pas? Avez-vous essayé le homard bigle? Chair bariolée, goût de miel.

— Où sont les sauterelles? répétai-je.

— Parties, bien sûr. Emportées ailleurs. Danser serait impossible sinon!

Il mima un danseur essayant d'éviter les insectes.

— Je retourne auprès de la reine, dit-il ensuite.

Sigrid me fit connaître des personnes qu'elle appréciait. Je lui présentai Friil, ma sauveuse, et le gros Scaryus.

— Il élève des fleurs nocturnes. Il m'a offert une... une...

— Fylgjane, ou rose du sel, dit Scaryus en rougissant.

— Oui. Une splendeur!

235

Un grand oiseau noir entra dans la salle par une fenêtre haute; il tourbillonna majestueusement au-dessus de nos têtes avant de s'en aller par où il était venu. L'apparition aurait été accueillie comme un mauvais présage à la surface du monde, dans nos pays du Nord, en tout cas. Ici, elle fut saluée par une clameur enthousiaste et des applaudissements.

La soirée se termina par une danse elfique. Théophane, Friil et les leurs formèrent une large ronde. Ils tournèrent en chantant, tandis que les tambours et les flûtes se taisaient. La ronde possédait une fraîcheur enfantine assez inattendue. Les danseurs, détendus, semblèrent oublier un moment les malheurs du peuple elfe. Je vis des sourires apparaître sur des visages qui, d'ordinaire, n'avaient pas d'expression.

Peu après, Théophane nous raccompagna jusqu'à notre chambre. Il avait les joues roses et la démarche sautillante. Il nous souhaita le bonsoir avec chaleur.

Quel bonheur, alors, d'entrer dans un lit parfumé et de se serrer l'un contre l'autre !

— J'ai trop bu, avoua Sigrid. Ce vin d'algues était un peu sucré. Juste comme j'aime.

— Débauchée.

Wulf vint se blottir entre nous, sous la couverture. Avant de m'endormir, j'aperçus deux ronds orange dans l'obscurité.

— Bonne nuit, Daphnir, dis-je.

Mamafidjar est une reine très occupée. Elle passe une grande partie de son temps à cheval, se rendant aux quatre coins de son royaume pour surveiller la construction de nouveaux quartiers. Le reste de ses journées, elle l'emploie à recevoir les doléances de ses sujets, vivants et morts, à siéger au tribunal et à bien d'autres travaux encore. Elle partageait avec nous le repas du matin et, parfois, elle parvenait à voler une demi-heure par-ci par-là pour nous emmener quelque part.

Le Trésor infernal est la première chose qu'elle nous montra. Il s'agit d'un amoncellement d'or, d'argent fin et de pierres précieuses, une véritable colline située au sud-ouest du palais. Le Trésor, entouré d'eau, est constamment animé de petits éboulements, sauf aux endroits où une végétation grimpante retient les richesses, tel un filet.

Le dragon Rooknir garde le Trésor en permanence. Il ne cesse de crapahuter en haut de la colline merveilleuse et d'en redescendre, trébuchant plus souvent qu'à son tour. Son regard de braise surveille les alentours avec suspicion.

Rooknir est un dragon unique; autrement dit, il n'appartient à aucune des races connues: dragons doux, mornes, griffes, mirobolants ou noirs. Il a une robe bigarrée où le turquoise domine, deux cornes droites, des oreilles dites «feuillues», une queue à six pointes. Des chouettes endormies perchent en nombre sur son dos plat. Sa taille est bien moins impressionnante qu'on ne le croit hors des enfers, même si ses ailes sont très grandes.

Mamafidjar avait apporté un sac rempli d'anneaux de seigle, car Rooknir ne mange pas de viande. Elle jeta les anneaux par-dessus la rivière et le dragon se précipita sur le pain.

— Tiens, mon bébé! disait la reine. Tiens, mon glouton!

— Je l'imaginais plus grand, avouai-je.

— Il n'est pas énorme, je te l'accorde, mais sa robustesse n'a pas d'égale. Je suis un jour montée sur son dos et il a tenu bon. Et puis il vole comme un aigle et son feu est tout simplement... Attendez, mes tourtereaux! dit-elle en nous jetant un regard brillant. Vous allez voir ce que vous allez voir!

Mamafidjar frappa dans les mains pour attirer l'attention de Rooknir.

— Crache! ordonna-t-elle.

Le dragon obéit à la seconde. La tête rejetée en arrière, il souffla vers le haut. La flamme d'un mirobolant a une portée de cinquante mètres, celle d'un griffes ne dépasse guère les quarante. Le feu de Rooknir, compact, monta à la verticale. Je crus qu'il ne s'arrêterait jamais, qu'il irait jusqu'à toucher le plafond de l'étage...

— Par ma barbe! fit Sigrid comiquement. Je sens la chaleur d'ici.

La flamme se courba en son extrémité. Elle ressembla bientôt à un arc-en-ciel d'une seule couleur, avant de s'éteindre de manière subite.

Sur le dos et la croupe de Rooknir, les chouettes n'avaient pas bougé.

— S'il crache devant lui, horizontalement, quelle est la portée de son feu?

— Trois cents mètres, me répondit Mamafidjar, très fière.

— Est-ce bien raisonnable de gaspiller tout ce bon

feu pour impressionner ces jeunes gens, ô ma reine? demanda Boutroul en nous rejoignant, le sourire aux lèvres.

— Rooknir refera sa réserve en trois jours, assura la reine.

Le dixième jour de décembre, nous assistâmes à l'appel des âmes. Dans chaque quartier ou «village», selon l'appellation en vigueur, les âmes se rassemblent sur la place centrale. Le gardien de village, un mikrofarfe, monte sur une tour en bois. Il tient un long bâton, une canne à pêche, dirait-on, au bout de laquelle pend un anneau en pierre bleue. À l'aube, il commence à appeler les âmes par leur nom, en suivant l'ordre d'arrivée aux enfers: un homme mort en l'an 700 vient bien avant une personne décédée au cours de notre siècle. Les âmes passent une à une dans l'anneau en criant «Présent!». L'appel peut durer jusque tard le soir dans les quartiers les plus peuplés.

Si une âme manque à l'appel, on sonne l'alarme. Les cousins royaux prennent les filets en fil mort et se mettent en chasse.

Je songeais beaucoup à Sigur. Je saisis l'occasion d'une partie d'échecs avec Boutroul Maïor — nous jouions chaque soir sur une terrasse du palais — pour l'interroger sur le sort de mon grand-père.

— Il n'est pas encore au Tanarbrok, m'apprit Boutroul.

— Est-ce qu'il est prêt?

— Justement, non. Il est toujours dans le vase de transformation. Sigur fils de Kuggi a retrouvé l'odorat et le goût, mais il n'éprouve pas la douleur. Il demeure aussi insensible qu'une vulgaire réplique.

Le mot «réplique» me fit tressaillir.

— Merveilleux, dis-je cependant.

— Ne te réjouis pas trop vite. La reine trouvera la solution. Elle trouve toujours la solution. Et, tôt ou tard, Sigur ira au Tanarbrok.

— La reine m'apprécie, à présent. Je vais lui demander la grâce de mon grand-père. Je la supplierai à genoux!

— Ne fais surtout pas une chose pareille, Bjorn. Crois-en mon expérience. Ne prononce jamais le nom de ton grand-père devant Mamafidjar, c'est le mieux que tu puisses faire.

Boutroul déplaça son fou, un mouvement peu judicieux. Je lui pris un cheval.

Les feux de l'étage vacillèrent; ils s'éteignirent avant de renaître un peu après. Ils étaient passés du pourpre à l'argent. Les milliers de toits, les tours, les jardins suspendus, tout cela fut baigné d'une lumière laiteuse, infiniment douce.

Des cris affreux retentirent dans la nuit.

— Bagarre de chats, prononça Boutroul.

La terrasse se trouvait au nord, orientée vers la mer. Mon adversaire n'était pas concentré; il ne cessait de regarder au loin, par-delà les murailles.

— Tu es préoccupé? demandai-je.

— En effet. Et je ne suis pas le seul. Tu vois cette lueur à l'horizon?

— Euh... oui. Je la vois.

— Nous ignorons ce que c'est.

— Un volcan, j'imagine.

— Non. C'est trop étalé. Et puis, s'il s'agissait d'une éruption, la reine le saurait. Elle sent les volcans à merveille. Elle est un peu de leur famille...

— Qu'est-ce donc, alors?

— Mystère. Un mystère inquiétant. Toute la ville en parle, mon cher.

Boutroul se leva.

— Je te laisse. La reine m'a prié d'assister à son coucher. J'ai perdu la partie, de toute façon. J'ai joué piètrement.

Je regagnai ma chambre, escorté par le seul Théophane. Je trouvai Sigrid au lit avec une planche à dessin. La reine venait de lui offrir des feuilles de parchemin, du brou de noix (encre brune) et des pinceaux, le tout d'une qualité supérieure.

Wulf dormait au pied du lit, en boule.

— Coucou, dis-je.

— Coucou. Tu as gagné.

— Oui. Boutroul n'était pas en forme.

Je me couchai.

— Qu'en penses-tu? demanda Sigrid en me montrant son esquisse.

Le dessin représentait Mamafidjar sur un trône de bois, un sceptre à la main. L'expression du visage me parut un peu trop débonnaire, mais, dans l'ensemble, le portrait était ressemblant.

— Est-ce que c'est assez digne? Je veux dire: est-ce que l'on devine du premier coup d'œil l'importance du personnage.

— Il manque quelque chose ou quelqu'un à côté

d'elle. Boutroul, par exemple. Pour montrer la taille imposante de la reine.

— Bonne idée. Je vais ajouter une coiffeuse.

Elle se mit aussitôt au travail.

— Il y a une étrange lueur au nord, sur la mer, dis-je tout bas.

— Je sais. Tu penses que c'est Walkyr? souffla-t-elle en se figeant.

— Je l'ignore. C'est très possible.

— Qu'allons-nous faire?

— Attendre et nous tenir prêts.

Sigrid se pencha pour glisser sa planche à dessin sous le lit. Elle dit:

— La reine est bonne avec nous. Je l'aime bien. En fait, je m'aperçois que je deviens son amie.

Je lui lançai un regard noir.

— Je n'aurais pas dû dire ça, s'excusa-t-elle. Notre mission passe avant les sentiments.

— Exactement.

Je dormis mal. Je me tournais et me retournais sous les couvertures, l'esprit en ébullition. Dès que je fermais les paupières, je voyais la lueur.

Je finis par quitter le lit pour marcher dans la chambre. Daphnir était là, couché à côté d'Invincible. Je les observai tous les deux à la lumière d'un chandelier. Les dragons sont interdits en ville, alors les malheureux restaient confinés à l'intérieur. Invincible se consolait en mangeant comme un goinfre et en faisant d'interminables siestes. Ses muscles avaient fondu; il était devenu presque laid. Daphnir n'avait jamais été plus beau, en revanche.

— Ta peau est si dure, Bon Dieu! murmurai-je en caressant mon dragon.

— Brumf, fit Daphnir dans son sommeil.

Sa robe avait maintes fois changé durant sa jeune vie, allant du brun au gris en passant par le brun tacheté de blanc. Pendant quelques heures, au deuxième étage infernal, elle fut noire comme du jais. Et n'oublions pas que, bébé, mon dragon était sans couleur déterminée et quelque peu translucide!

Aujourd'hui, Daphnir était gris, comme un dragon morne, mais il ne pouvait en aucun cas appartenir à cette race pacifique.

— Daphnir l'Unique, prononçai-je.

Je pris son aile par le bout et tirai pour l'ouvrir. L'espèce de bras se déplia sans bruit; la peau fripée se tendit pour devenir lisse comme du verre.

L'aile de Daphnir, en forme de losange, se révélait dans toute sa gloire. Sa surface avait diablement augmenté en quelques semaines. J'en eus le souffle coupé.

— Extraordinaire! Je gage que, maintenant, tu peux décoller sans élan. J'aimerais bien savoir où en est ton feu. Ah, si tu pouvais un jour égaler Rooknir! Ou seulement cracher moitié aussi loin que lui.

— Brumf!

J'entendis les pas légers de Friil dans le couloir. Ma sauveuse était de garde cette nuit-là. Aller la trouver pour parler un peu? L'idée me traversa l'esprit, mais j'y renonçai. Je me servis un doigt de vin d'algues et, le gobelet à la main, j'entrai dans le bassin.

La tiédeur de l'eau me déçut. J'aurais aimé des bouillonnements, il n'y en avait pas.

– Zut.

Je parvins à me laisser aller malgré ce désagrément. Mon esprit consentit à se vider. Je commençais à m'assoupir lorsque le bruit d'un corps entrant dans l'eau me fit sursauter.

– Daphnir! m'étonnai-je. Salut, mon tout beau. Je te préviens, elle n'est pas fort chaude, cette eau volcanique.

Mon dragon se rendit au centre du bassin; il enfouit la tête dans l'eau. Je vis une lueur rouge illuminer le liquide sombre. Instinctivement, je repliai les jambes.

– Il crache son feu! pensai-je.

Les minutes passèrent sans que Daphnir ne refît surface. Sa flamme, ondulante comme un serpent de mer, ne faiblissait pas. De très petites bulles apparurent sur les parois du bassin. L'eau se réchauffa, d'abord insensiblement, et puis de plus en plus vite. Elle était vraiment chaude quand Daphnir émergea enfin.

– Ça alors! Tu me surprendras toujours, mon coquin, ha! ha! Tu es extraordinaire, ajoutai-je un ton plus bas.

Je n'avais pas touché à mon gobelet. Je pris une gorgée de vin d'algues en adressant un clin d'œil à Daphnir. De son côté, il me dévisageait d'une façon intense qui me troubla.

Une sauterelle tomba dans l'eau; je la repêchai. Tandis que je la déposais sur le bord, les yeux orange de Daphnir restaient posés sur moi.

Mal à l'aise, je bus une grande rasade de vin.

– Hips!

— Tu m'aimes toujours?

Mes cheveux se dressèrent. Mon cœur effectua un saut de carpe et se cogna durement contre mes côtes.

— Tu parles!

— Chut, dit Daphnir.

— Tu parles. Tu parles! Tu parles! chuchotai-je.

— Oui.

— Mais… depuis quand?

— Depuis longtemps. Seulement je me taisais. Je voulais savoir dire des phrases, pas que des mots. Je voulais bien parler avant de parler.

Tantôt enfantine, tantôt grave et rocailleuse, la voix de Daphnir avait du mal à se poser. Comme celle d'un jeune garçon en train de muer.

— Tu parles. Mon dragon parle. Par Godinn, c'est donc que tu es un…

— Ma peau grise sera noire un jour. Un jour bientôt elle sera noire. Je suis Daphnir le Noir.

— Bonté divine à présent!!!

— Chut.

Friil repassait devant notre porte; ses pieds se contentaient d'effleurer le marbre: «Chup, chup… Chup, chup…»

— Elle s'éloigne, pensai-je.

— Tu m'aimes toujours? répéta Daphnir à voix très basse.

— En voilà une question! Bien sûr, que je t'aime!

— Maintenant tu adores le chat. Il est ton préféré.

— Wulf? Je… Je l'aime beaucoup, oui. Mais ce n'est pas comparable. Toi, tu es mon Daphnir. Tu fais partie de ma famille. Lui, ce n'est qu'un chat. Un petit poilu! Quand j'étais en prison, dans la solitude, sa présence m'a réconforté. Je me suis attaché à lui et voilà. Je... J'espère que tu seras son ami.

Je traversai le bassin en deux brasses. J'enlaçai Daphnir et embrassai son front rugueux.

— Ma peau n'est pas douce comme des poils de chat, dit-il.

— Heureusement! Tu es un guerrier. Ton cuir est une armure... Bientôt, tu seras le plus puissant de tous les dragons. Yourra!

— Tu m'aimes pour ça, alors? Parce que je suis un noir...

— Tu pourrais être un doux ou le plus faible des mornes, je te chérirais tout autant. Je t'aime comme mon fils, grand nigaud! Mon Daphnir, jaloux d'un chaton! Je n'en reviens pas!

— Avant j'étais toujours dans le sac à ventre. Il a pris ma place.

— Je serais bien incapable de te porter aujourd'hui, vu que tu pèses plus lourd que moi!

J'étouffai un rire.

— Personne ne volera ta place dans mon cœur, jamais, dis-je, reprenant mon sérieux. Mets-toi bien ça dans la tête. Et maintenant, réveillons Sigrid pour lui annoncer la grande nouvelle. Daphnir le Noir! Je n'ai pas encore vraiment réalisé, je te l'avoue. Quand j'y repense... Tu as été le plus morveux, le plus souffreteux des bébés! Personne n'aurait parié un demi-mork sur ton avenir. Je t'appelais «Crevette», «Pauvrinet», «Crachoton»...

Nous étions sortis de l'eau. J'essuyai Daphnir avant de me sécher moi-même.

Nous approchâmes du lit à pas de loup. Je touchai l'épaule de Sigrid, qui ouvrit les yeux immédiatement.

— Qu'est-ce que...

— Chut, fis-je, un doigt sur la bouche.

Daphnir avança vers ma fiancée son museau bouillant.

— Coucou, murmura-t-il. Sigrid, je vais te dire une grande nouvelle. Je parle, je suis un noir.

21
L'ENFANT DE TRENTE ANS

La lueur diminua dans les jours suivants, sans disparaître pour autant. Elle prit l'aspect d'une brume lointaine, sans conséquence, et le sujet cessa d'alimenter les conversations.

Pour ma part, je continuai de scruter l'horizon dans l'espoir qu'il se passe vraiment quelque chose.

Mamafidjar s'arrangeait pour nous consacrer le plus de temps possible, n'hésitant pas à négliger ses devoirs de reine. Elle se montrait d'excellente humeur.

— Je ne l'ai jamais vue comme ça, nous confia Boutroul. Elle respire le bonheur de vivre!

Nous déjeunions d'ordinaire dans la grande salle du palais. Ce matin-là, j'ignore pourquoi, nous avions émigré dans une petite pièce informelle qui donnait sur une cour intérieure et un potager. La reine, assise par terre, croquait des crabes (elle mange son poids de crustacés par jour) en nous considérant, Sigrid et moi, d'un œil humide.

— Ah, mes tourtereaux! Quel bien vous me faites, si vous saviez! Regarde-les, Boutroul. Mais regarde-les donc! Ne sont-ils pas extraordinaires?

— Certes, ô ma reine.

— Embrassez-vous. Pour me faire plaisir!

Sigrid essuya mes lèvres souillées de beurre et me donna un baiser appuyé.

— Bravo! dit la reine. L'image de la tendresse!

Elle applaudissait à tout rompre, comme au spectacle. Ensuite elle se leva, rota un bon coup avant de tourner vers nous son visage énorme et coloré (le bleu de ses joues était toujours plus intense le matin).

Son expression devint grave. Je revis avec appréhension la Mamafidjar du tribunal.

— Jeunes gens, cette journée sera celle de votre repentir. Oui. Car il est temps, grand temps! que vous laviez votre cœur en prononçant des excuses.

De quelles excuses voulait-elle parler? je me posai la question.

— Ne fais pas celui qui ne comprend pas, Bjorn, gronda la reine. Vous vouliez enlever mon enfant, sacrebleu! Vous me devez des excuses. Et vous en devez à mon fils pour avoir eu l'intention de l'arracher à sa mère aimante. J'ai beaucoup d'affection pour vous deux, ajouta-t-elle sur un ton plus doux. Mais j'ai besoin de vos remords pour pouvoir vous aimer... sans limite.

Sigrid réagit la première. Elle se jeta aux pieds de Mamafidjar et, en larmes, implora son pardon. Je l'imitai de mon mieux.

— À la bonne heure! s'exclama Boutroul. Je lève mon gobelet à Bjorn et Sigrid, les repentants.

— Toutes les occasions sont bonnes pour lamper du vin, à ce que je vois! dit la reine. Une éponge, ce Boutroul. Un puits sans fond, ha! ha! ha!

Sur ce, la reine partit au pas de charge.

— Venez! lança-t-elle par-dessus son épaule.

— Où nous emmènes-tu? demandai-je.

— Voir Sven, tiens!

— Ah, fit Sigrid.

Nos regards se croisèrent. Nous allions donc parcourir le chemin menant jusqu'au prince Sven. Nous allions entrer dans sa prison!

Boutroul nous accompagna un moment, en soufflant comme un petit vieux; il nous quitta pour rejoindre une délégation d'âmes skudlandaises. Des mécontentes qui reprochaient à la reine de toujours privilégier la rénovation et l'extension des quartiers fizzlandais, accusation tout à fait fausse, selon Boutroul.

Sortis du palais, nous entrâmes dans les écuries royales. Mamafidjar en profita pour flatter le museau de Jawa Tricuspide, un monstre de cheval dont les naseaux soufflaient du gaz. Après un détour par les cuisines en plein air, où la reine donna des instructions pour le repas du soir et fourra des crabes vivants dans la poche de sa robe, nous parvînmes dans un jardin très beau et soigné. Des fleurs de jour et des arbres nains constituaient un décor enchanteur. J'observai des abeilles en train de butiner; Sigrid me montra un papillon grand comme la main.

Un parfum lourd imprégnait l'air. La reine ne s'en rendait pas compte, car sa haute taille la préservait des effluves qui nous faisaient tourner la tête.

— Fidji! Fidji! cria-t-elle.

Un bouc se trouvait là sans permission, broutant l'herbe douce et les fleurs. La colère de Mamafidjar ne l'impressionnait pas vraiment.

— Quel toupet! dit Sigrid.

C'est à peine si l'animal broncha en voyant fondre sur lui la masse fulminante de la reine. Au dernier instant, tandis qu'une main de dix kilos s'abattait sur lui, il prit le large. En trois bonds espiègles, il fut hors de portée et de vue.

Au-delà d'un ruisseau très vert s'alignaient d'autres jardins. Des femmes yus y travaillaient, bêchant ici, taillant là, en chantant.

— Le bouc est revenu, dit Mamafidjar, s'adressant à une jardinière de quinze ans, jolie face de musaraigne. J'ai compté trois limaces et vu des crottes de lièvre.

La jeune fille, dédaignant de répondre, continua à arroser un parterre d'algues à vin, plantes noires qu'on dirait couvertes de suie.

— Toujours à t'occuper du jardin de Boutroul, à ce que je vois ! pesta la reine. Pourtant je te paie mieux que lui. Je reviendrai tout à l'heure. Tâche que mon jardin soit en ordre, demoiselle, ou je te frotterai les oreilles !

La jardinière acquiesça de mauvais gré. Et comme Mamafidjar la toisait toujours, elle fit une révérence, la plus vague, la plus bâclée qui se puisse imaginer. Son effronterie ma rappela Ingë, ma petite sœur.

— Sale caboche, grogna la reine en s'en allant. Têtue comme une bûche, irrespectueuse. Je la ferai fouetter, tiens !

Nous longions une palissade qui marquait les limites du domaine royal. Un étroit chemin de trèfle, refuge d'innombrables grillons, nous permit de prendre à droite et de repiquer vers le palais et la tour Fidjar.

Les divers bâtiments du palais s'agglutinent dans un certain désordre. Les plus massifs ont des toits plats sur lesquels poussent du blé, les plus élancés se terminent en pointe. La plupart sont construits dans une pierre volcanique extraite de carrières appartenant à la reine. Leur couleur, un bleu nuit veiné de gris, est plutôt funèbre. Mais, en comparaison avec la tour, le palais Fidjar paraît gai.

La reine se plia en deux afin de passer sous un porche.

— Savez-vous pourquoi cette impudente petite peste consacre son temps aux algues de Boutroul, pourquoi elle délaisse mon jardin et tous les autres jardins dont elle a la charge?

Nous répondîmes d'une seule voix:

— Non, ô reine.

— Parce qu'elle est folle de lui! Boutroul Maïor est un mystère, mes tourtereaux. Il est gros, suant, maladroit et craintif — c'est le pire guerrier de la création —, et pourtant il plaît. Tout timide et bégayant qu'il soit, les dames frétillent en sa présence. Peux-tu comprendre cela, Sigrid, mon ange?

Ma fiancée secoua la tête.

— Je n'ai pas d'explication, avoua-t-elle. Il ne me fait pas frétiller, quant à moi.

— Et moi non plus! dit Mamafidjar en riant.

La tour Fidjar est protégée par de larges douves. Elle n'a pas de porte en surface; pour y pénétrer, il faut emprunter un souterrain qui part de l'aile sud du palais.

La reine nous précéda dans l'escalier menant à ce passage. Elle dévala les marches avec souplesse, poursuivant la conversation. Sa voix résonnait:

— Il ne s'agit pas d'amour, assura-t-elle. Seulement

de passion animale. Pour moi, Boutroul excite le boukoul des filles.

— Boukoul... Quelle langue est-ce là ? demandaije.

— Du vieux yus. Le boukoul est une anémone de chair et de nerfs située ici, à l'intérieur du ventre.

Mamafidjar s'enfonça le doigt dans la panse, un peu en dessous du nombril.

— Boukoul, Boutroul : les deux mots sonnent pareil, observa Sigrid.

— Tiens, je n'y avais jamais songé. Serait-ce là l'explication ?

— Je ne sais pas ! pouffa Sigrid.

La reine éclata de rire. Elle riait encore lorsque nous fûmes parvenus dans un couloir sombre et humide qui sentait l'urine de chat. D'un coup de pied, Mamafidjar ouvrit une porte en bois branlante, et nous entrâmes dans une salle d'armes où, bizarrement, quelques moutons tondus dormaient parmi de grosses boules de laine. Des flambeaux accrochés au mur opposé éclairaient une double porte de fer, gardée par des elfes. Épées, boucliers et autres haches géantes pendaient aux murs.

L'attitude de la reine changea à la vue des elfes. Elle ne les aimait guère, c'est sûr. Et ils la méprisaient en retour.

Vêtus de cottes de mailles et armés comme pour la guerre, les elfes, rangés comme des quilles étincelantes, gardèrent un silence hautain.

— Bonjour, dit Mamafidjar d'un ton froid. Ouvrez, je vous prie.

L'un des elfes portait un heaume en or marin. Il sortit du rang, fouilla son vêtement. Si ses yeux avaient été des poignards, je serais mort transpercé.

— Féroé, prononçai-je.

— N'aie crainte, dit la reine. Il ne te fera rien.

— Je n'ai pas peur de lui.

Féroé tournait la clé (une toute petite clé : détail à retenir) dans la serrure, soulevant un tonnerre d'aboiements.

— Restez contre moi et tenez-moi par la robe, nous recommanda Mamafidjar. Ne me lâchez pas et tout ira bien. Ah, oui ! Ne les regardez pas dans les yeux.

La reine franchit la porte à reculons. Elle nous serrait contre ses genoux. Dès que nous fûmes de l'autre côté, les elfes refermèrent les battants de fer.

— On se retourne en douceur, dit Mamafidjar. Si vous avez la frousse, ne le montrez pas.

L'instant d'après, nous nous retrouvions face à la meute enragée des célèbres gardiens de la tour Fidjar. Leurs cris se muèrent en un grondement sourd, continu, qui ressemblait au bourdonnement d'une centaine de ruches.

La reine commença à réciter un poème de paix, aux vertus apaisantes. Elle se frayait déjà un passage à travers les poils hérissés, et nous suivions le mouvement, blottis contre son corps.

— Sa peau brûle, pensai-je. Elle a une température de dragon !

Nos têtes n'arrivaient même pas à ses hanches ; nous étions comme deux bambins accrochés aux jupes de leur mère.

Six pattes, une tête d'ours, un corps de loup, des yeux en amande, voilà tout ce que je peux dire des chiens infernaux. Il faisait sombre dans le souterrain et, d'autre part, je n'osais pas trop regarder. J'ajouterai seulement que, par la taille, ils ne dépassent pas les grands chiens de la surface du monde. Les bergers skudlandais seraient même un peu plus grands, j'ai l'impression. Et tant pis pour la légende !

Nous atteignîmes sans encombre le bout du souterrain. Un portail rouillé, à gros clous, se dressait devant nous. La reine sortit une clé de son giron ; elle ouvrit en évitant les gestes brusques. Je sentis le souffle d'un chien contre ma jambe.

— Entrez ! dit la reine, et elle nous poussa en avant.

Mamafidjar referma soigneusement derrière elle tandis que nous contemplions l'immensité d'une grotte. Un bassin rond, central, dispensait une lumière rouge.

La tour Fidjar n'est pas une tour, en réalité, mais une formidable cheminée reliant le fond des enfers à la surface du monde. Au-dessus du bassin s'ouvrait l'entrée du conduit dont la sortie a pour nom Grande Bouche.

— Restez là, commanda Mamafidjar.

Le lieu était torride et, à première vue, désert. La reine se pressa d'aller ouvrir un grand coffre posé sur une table. Elle en retira un tissu clair, un genre de foulard qu'elle se noua autour du visage, juste sous les yeux.

— À vous, maintenant.

Ayant dit, la reine plongea la tête dans le coffre, le fouilla de fond en comble sans trouver ce qu'elle cherchait.

— Je n'ai plus de petits masques, se désola-t-elle.

Elle déplia un tissu de la taille d'un drap de lit, le déchira pour obtenir de fines bandes à notre intention.

— Faites comme moi, ordonna-t-elle alors. Cachez votre bouche et aussi votre nez.

— Pourquoi ces masques? s'enquit Sigrid en obéissant.

— Hermus, ce puits de science, affirme que nous avons dans la gorge et les narines une myriade de mouchettes. Très, très, très minuscules, elles vont invisiblement d'une personne à l'autre afin de pondre leurs œufs infestés de grippe, de rhume ou de pneumonie. Les plus forts d'entre nous résistent grâce à leurs fluides tueurs d'œufs, les plus faibles tombent malades.

— Alors, les masques, c'est pour retenir les mouchettes dans notre bouche.

— Oui-da. Sven a une santé fragile, voyez-vous. C'est pourquoi il vit ici, à l'abri du froid et des foules à mouchettes.

— Mais... où est donc le prince? demandai-je.

— Là-bas, de l'autre côté.

Nous contournâmes le bassin, dont je m'approchai pour en voir le contenu. J'eus à peine le temps de découvrir un bouillonnement de lave onctueuse que Mamafidjar m'attrapa par le col.

— Gare aux éclaboussures, morphir! prévint-elle.

Il y avait, à l'exact opposé de la porte, une cavité creusée dans la roche. C'était la chambre du prince Sven.

— Bonjour, mon joli, dit la reine d'une voix changée : celle que l'on réserve aux petits enfants et aux vieillards séniles.

Sven, adossé au mur, tenait une salamandre par la queue. Il l'agitait comme un pendule, sans se soucier de notre arrivée.

Le prince était vêtu d'un étrange costume à cagoule, fait d'une matière argentée. On ne lui voyait que les yeux. Il portait des gants et des bottes hautes.

— Tu n'embrasses pas Maman ? gronda la reine.

Le prince se tourna vers le mur.

— Tu boudes encore ? Et pour quelle raison, s'il te plaît ? Tu veux me rendre triste ? Méchant, que tu es ! Vilain Sven !

Mamafidjar fondit sur le prince ; elle lui donna une tape sur la tête.

— Oh !... Oh ! fit Sven.

Il se protégea de ses bras, et quand il comprit que la reine ne le frapperait plus, il courut à elle pour enfouir la tête dans son giron.

— À la bonne heure ! Voilà qui est mieux... Il est un peu difficile en ce moment, s'excusa Mamafidjar. Il voudrait que je reste avec lui jour et nuit, mais j'ai un royaume sur les bras, moi. Et cela, il refuse de la comprendre.

— Oh !... Oh, oh !

— Bjorn et Sigrid sont venus pour te dire quelque chose. Ils sont arrivés avec des idées mauvaises. Ils allaient te faire beaucoup de mal, mais ils ont changé d'avis. Car ce sont de braves jeunes gens et leur cœur est rempli d'amour... Parlez, dit la reine en se tournant vers nous.

Je mis un genou à terre et prononçai ce discours à travers mon masque, avec toute la conviction dont j'étais capable :

— Ô mon prince, moi, Bjorn fils d'Érik, je te demande humblement pardon. Le roi Harald, ton père, m'avait chargé de t'enlever à celle qui prend soin de toi, à Mamafidjar ici présente. En accomplissant ma mission, j'aurais rompu les liens d'amour qui vous unissent tous les deux. C'eût été un crime.

— J'ai accompagné Bjorn en connaissance de cause, dit alors Sigrid. J'ai participé à la mission. Moi aussi, j'implore ton pardon.

Le prince nous jeta un regard de biais. Il avait peur de nous, visiblement.

— Il vous pardonne ! déclara la reine. Quelle belle scène, quel beau moment ! Je me sens heureuse, oui-da. Et maintenant, Sven, nous allons montrer à Bjorn et Sigrid ce dont tu es capable. Entrez, vous deux !

La cavité où nous pénétrâmes, la chambre du prince, était en désordre. Des croûtes de pain et de vieilles pinces de crabes traînaient sur le sol ; il y avait des objets dans tous les coins : mannequin de chiffon, toupies, petit drakkar, animaux en bronze, épées de bois, dés, flûte en os, gobelets, coquillages, amulettes... La plupart de ces choses étaient abîmées ; on eût dit qu'elles avaient été piétinées ou calées contre les murs. Le grand mannequin, personnage à forme humaine, ne ressemblait plus à rien. Yeux et cheveux arrachés, vêtements en lambeaux, il portait des traces de brûlures. Son rembourrage de paille sortait par plusieurs trous.

La reine disparut dans l'ombre de la chambre ; nous l'entendîmes trifouiller en chantonnant. Elle revint les mains pleines de petites figurines peintes. Elle s'assit par terre et nous invita à faire de même.

— Va ranger Nana, plus vite que ça.

Sven alla mettre sa salamandre dans une bassine avant de venir s'accroupir devant Mamafidjar.

— Vous allez voir ! dit celle-ci.

Elle déposa sur le sol de terre un dragon miniature.

— Dragon, dit Sven.

— Bien.

La reine remplaça le dragon par un poisson doré.

— Poisson.

— Bien.

L'exercice dura longtemps : la reine déposait un petit objet, le prince en donnait le nom. Il lui arriva d'hésiter et il butait sur certaines syllabes, s'attirant les remontrances de Mamafidjar. J'avoue que ce spectacle me terrifia.

Je connus les minutes les plus décourageantes en réalisant que Sven, à trente ans, et même trente et un ans, se comportait comme un petit enfant.

— C'est un retardé, pensai-je. Un pauvre d'esprit. Nous avons affronté les pires dangers, privés de soleil depuis… depuis un an et plus ! Et voilà l'homme que nous sommes venus chercher. Bon Dieu, un tel idiot ne pourra jamais régner !

— J'étouffe, dit Sigrid.

Elle me sourit gentiment, car elle lisait en moi comme dans un livre ouvert.

La reine en termina avec les figurines. Elle prit des plaques en ivoire, gravées de signes inconnus qui se révélèrent être des chiffres.

Sven examina la première plaque qu'on lui présentait.

— Trois, dit le prince

— Bien.

— Sept, annonça Sven ensuite.

— Bien.

Lorsque Mamafidjar décida de mettre deux plaques ensemble, Sven commença à se tromper. Pas souvent, notez bien, mais suffisamment pour décevoir. Le visage de la reine devint froid et sa voix glacée.

La voilà qui déposait trois plaques l'une contre l'autre. Sven allait devoir reconnaître un nombre à trois chiffres. Au lieu de se concentrer, il se balança d'avant en arrière, agitant ses bras comme des ailes de poulet.

— J'attends! gronda la reine.

— Oh!... Oh!

— Combien ça fait? Essaie, au moins!

Les yeux du prince roulaient dans leurs orbites.

— Il a peur, pensai-je.

La reine aligna trois nouvelles plaques.

— Celui-là, tu le connais bien. C'est mon âge, l'âge de maman.

— Ma... Mamandjar...

— J'ai quel âge, Sven? QUEL ÂGE?

— Aïe, aïe, souffla Sigrid.

Un grondement attira notre attention. Derrière nous, le bassin entrait en ébullition. Des projections de lave montaient à la verticale.

Le prince Sven fit mine de se lever. Furibonde, la reine le força à rester assis.

— QUATRE, SIX, SEPT! hurla-t-elle. Quatre cent soixante-sept!

— Quatre cent sasssante-sept, articula Sven.

— Soixante, corrigea Mamafidjar qui, déjà, remplaçait les plaques.

— Deux cents, dit le prince.

— Bien.

— Cent sass... soixante. Cent soixante!

— Bien.

La lave s'apaisa en même temps que la reine. Le prince répondait juste à chaque fois; il s'applaudissait lui-même. Ce comportement sembla ne pas plaire à Mamafidjar.

— Et ces trois-là? interrogea-t-elle.

— Oh.

Le prince s'agita; il éprouva le besoin de toucher les plaques. La reine, alors, lui frappa les doigts.

— Cinq... cinq cinquante-neuf.

— Tu me fais honte! Ton cerveau est vide comme une cruche vide!

— Neuf cinquante cent neuf six! haleta Sven.

Le bassin recommença à gronder; il se mit à fumer quand Sven répéta sa mauvaise réponse.

— Oui-da! dit-il encore, dans le but de persuader la reine qu'il avait raison.

— NON! tonna celle-ci.

Des scories fusèrent du bassin; l'une d'elle tomba à deux pas de Sigrid.

— Garons-nous! criai-je.

Par bonheur, les jets de matière cessèrent presque aussitôt. Une colonne de matière incandescente se dressa, large comme un chêne.

La lave montait dans la cheminée, et je me demandai si elle irait assez haut pour atteindre l'extérieur. J'imaginai le crachat rouge sortant de la Grande Bouche, visible à des kilomètres à la ronde.

Affolé, Sven commit l'erreur d'énumérer une nouvelle suite de chiffres sans queue ni tête. La reine lui saisit la jambe; elle se mit à le battre. Le prince reçut les coups sans crier ni résister. Il ne cherchait même pas à esquiver, pas vraiment. Le spectacle de sa soumission, de son affreuse passivité me révolta. L'espace d'un instant, j'éprouvai pour lui du dégoût.

Mais la tactique du prince était peut-être la meilleure, après tout? La reine se calma très vite. À l'instant où nous allions tenter d'intervenir, elle lâcha sa victime.

— Mamandjar, pleurnicha Sven.

Il s'éloigna en titubant, le corps couvert de bleus, j'imagine.

— On dirait qu'il n'a rien de cassé, dit Sigrid. Surprenant.

Mamafidjar tourna vers nous un visage hagard.

— Qu'ai-je fait? J'ai perdu patience, cela m'arrive. Je bouillonne et puis j'explose. C'est dans ma nature. Vous devez me juger sévèrement. Suis-je une mauvaise mère?

Sigrid détourna la tête; je baissai les yeux.

— Suis-je une mauvaise mère? répéta la reine d'une voix implorante.

— Non, répondis-je. La colère t'a submergée, ô reine. Ce sont des choses qui arrivent.

— Il pleure. Mon enfant est triste!

Le prince, assis par terre, face au mur, serrait contre lui son mannequin de chiffon. Il poussait une plainte sans fin:

— Uuuuuuuuuuuu...

Mamafidjar s'approcha de lui, lui effleura le dos. Elle se mit à imiter le sifflement du merle à la perfection. Sven tendit l'oreille, mais il ne cessa pas de crier et repoussa les caresses.

— Il devrait se calmer. Il adore les chants d'oiseaux, vous savez. Qu'ai-je fait?... Qu'ai-je fait? Connaissez-vous des cris d'animaux? Il en est fou. Aidez-moi, je vous en prie!

— Je fais bien la chouette, dis-je.

— Vas-y, Bjorn. Tout de suite!

Je m'exécutai du mieux possible. Sven interrompit sa plainte moins d'une seconde. Mes «hou-ouou» ne l'impressionnaient pas.

— Autre chose! supplia la reine.

— Je peux crier comme un lynx, proposa Sigrid.

— Oui-da! Merveilleux!

Soulevant légèrement le bas de son masque, Sigrid poussa un rugissement énorme, plus vrai que nature. Elle me regarda, un peu gênée, je crois. Le prince avait tourné la tête et ravalé sa plainte.

— Encore! dit la reine.

Sigrid obéit; son rugissement, plus fort que le précédent, fit trembler les murs. J'étais stupéfait, et la reine autant que moi.

Quant à Sven, terrorisé, il courut vers sa mère adoptive.

— Oh! Oh là là!

— Bravo, Sigrid! Tu es une lionne!

Ayant dit, la reine souleva Sven et le coucha dans ses bras géants. Elle se mit à le bercer.

— Attendez-moi à la porte, vous deux. C'est à mon tour de demander pardon à l'enfant.

Nous fîmes comme elle voulait. Au lieu de longer les murs pour rester loin du bassin, je coupai court. La lave, aussi tranquille que l'eau d'un étang, était en train de virer au brun. Des veines noires striaient sa surface.

Notre présence près de la porte déclencha la rage des chiens.

— Allons nous asseoir sur la table, proposa Sigrid.

Je la suivis sans un mot, manquant écraser une salamandre en chemin.

— Ça va?

— Pas vraiment, chuchotai-je. Je me sens fatigué et déçu. Comment pourrait-il en être autrement? Le prince est un demeuré. Admettons que nous réussissions à le libérer. Admettons... Tu verrais une pauvre créature comme lui monter sur le trône ? Le beau roi qu'il ferait ! Le monde entier se moquerait de nous, Sigrid.

— Il a toujours vécu ici. Il n'a rien connu d'autre que ces murs sombres et cette touffeur du diable. En dehors de la reine, personne ou presque ne vient le voir.

— Et alors ?

— Alors n'importe qui, à sa place, deviendrait fou.

— Je préférerais encore qu'il soit fou. Il est idiot !

— Il peut changer, apprendre à devenir... un homme.

— Tu t'illusionnes.

Mamafidjar continuait de bercer le prince. Tous deux semblaient baigner dans une béatitude qui me rendait furieux.

— Snorri remonta des enfers les bras chargés d'or. Sa gloire sera éternelle. Nous, c'est un bébé adulte que nous devrions ramener à la surface. Ridicule ! Je briserais bien quelques barres de verre, tiens !

— Briser quoi ?

— La reine a des bâtons en verre dans un grand bac. Quand elle a besoin de se défouler, elle les casse en mille morceaux. J'aimerais en faire autant.

— Quel ange ! soupira Mamafidjar en nous retrouvant. Pas l'once d'un mauvais sentiment dans ce cœur-là ! Je l'aime, mon Sven, à en perdre la tête !

Elle mit son masque et les nôtres dans un sac lesté de cailloux et, de loin, elle lança le tout dans le bassin de lave.

— Adieu les mouchettes! dit-elle, joyeuse.

Peu de temps après, nous étions revenus dans la salle d'armes. Les elfes accueillirent la reine d'un salut martial. Elle les ignora complètement.

Des dignitaires yus attendaient au milieu de la salle, dans une débauche de lumière. Leur mine était grave.

Une torche à la main, Boutroul se détacha du groupe.

— Comment se porte le prince, ô ma reine?

— À merveille. Qu'y a-t-il, Boutroul Maïor?

— Au nord, la lueur s'est réveillée. Elle brille comme un soleil.

Les dignitaires s'écartèrent devant la reine, qui prit un escalier caché par un rideau. Boutroul courut derrière elle, et tous les autres à sa suite. Nous suivîmes le mouvement.

Traverser le palais et monter en haut du bâtiment carré situé à l'angle nord-ouest ne demanda pas plus de cinq minutes. Boutroul et ses amis arrivèrent essoufflés; Mamafidjar, non. Tout le monde se pressa contre les fines balustrades en bronze de l'immense terrasse où nous étions parvenus.

La lueur avait grandi, en effet. Un demi-cercle aux contours nets se dessinait sur la mer. Posé sur l'horizon, d'un blanc parfait, il évoquait plutôt la lune que le soleil.

Les dignitaires discutaient avec animation, donnant leur avis sur l'origine du phénomène. La reine ne se prononçait pas.

Des chats se frottaient à nos jambes, je me souviens. Sigrid prit une petite femelle dans les bras pour la câliner.

— Tu penses que… souffla-t-elle.

— Chut.

Des arbres en pot décoraient le centre de la terrasse. Leurs fruits venaient d'être cueillis ; ils remplissaient des paniers rassemblés près de l'escalier. L'envie de croquer une pomme me fit saliver. J'allai en chercher une bien mûre, dont la saveur un peu acide me ravit. En revenant vers les autres, je surpris le regard de Boutroul. J'eus le sentiment qu'il me surveillait.

Le lendemain, j'avais rendez-vous avec Hermus pour une partie de chasse à la poule de mer. La reine me permit d'y aller sans escorte ; elle me fit donner une arbalète, un sac à gibier, une paire de bottes et un chapeau de chasseur en feutre noir. Sigrid, pendant ce temps, devait rester au palais pour faire un nouveau portrait de Mamafidjar.

Hermus vint me chercher dans un chariot à deux places tiré par des chèvres. Son chien se tenait bien sage sur la banquette. C'était une bête frémissante, fine comme une lame de couteau.

— Salut morphir ! lança le docteur. Comment va ton nouveau cœur ? Lève ta tunique, que j'écoute un peu sa musique… Parfait ! Irréprochable ! J'aimerais posséder un tel organe, tu sais. Au lieu du petit capricieux qui habite ma vieille poitrine… Et maintenant, allons ! Yaw, yaw, les filles !

À ces mots, les chèvres se mirent à trotter et bientôt à galoper.

— Que penses-tu de la lueur, toi ? demanda Hermus en laissant flotter les rênes.

Les chèvres connaissaient manifestement la route.

— Je ne sais pas, dis-je.

— Les gens en font toute une histoire. Moi, je ne m'inquiète pas. Du moment qu'elle n'effraie pas les poules de mer, la lueur, pour moi, elle peut rester. Je la trouve plutôt... séduisante. Tu penses qu'elle va encore grandir ?

— Aucune idée.

— Est-ce qu'elle ressemble à l'astre solaire, dis ?

— Elle ressemblerait plutôt à la Lune.

Il y avait peu de piétons dans les rues ; les cavaliers et les chariots étaient encore plus rares. Les chèvres en profitèrent pour foncer à leur guise. Elles prenaient les tournants sans ralentir et je crus plusieurs fois que nous allions verser.

— Hooo ! finit par crier Hermus.

Nous vîmes bientôt l'enceinte de la ville. Il y avait du monde sur les remparts, occupé à observer la lueur.

Sortir de la ville n'était pas simple. Un flot de vivants et de morts s'acheminait vers l'extérieur, formant un énorme bouchon à la porte.

— Il y en a pour une heure, estima Hermus.

Dans un mouvement d'impatience, il tira sur les rênes. Il parvint à faire demi-tour au milieu de la foule, non sans causer un surcroît d'embarras. Nous filâmes vers l'est.

— Yaw !

Nous longions la muraille dans une odeur d'algues mortes et de poisson pourri. Les monticules de déchets (squelettes divers, carcasses de crabes et autres coquilles) se comptaient par dizaines. Il y avait des nuées de mouches.

Hermus nous amena jusqu'au seuil d'une porte basse, étroite et fermée par un cadenas.

– J'ai la clé, annonça-t-il. Seulement il va falloir continuer à pied. Le chariot ne passe pas.

Il détacha les chèvres qui, à ma grande surprise, se précipitèrent vers un tas de varech desséché.

De l'autre côté du mur, l'air était beaucoup plus respirable. Le chien courut vers la mer, y trempa les pattes et revint à fond de train. Mon premier réflexe fut de regarder l'horizon. La demi-lune avait pris une teinte rouge pâle ; ses contours s'étaient brouillés.

– Elle est plus grande, fit remarquer Hermus. Bah, ne nous laissons pas impressionner.

Ayant marché un quart d'heure dans la direction de l'ouest, nous retrouvâmes la porte encombrée de tout à l'heure. Elle vomissait des Yus par centaines, et encore plus d'âmes. Où peut-on voir autant de monde à la fois, sinon aux enfers ?

– Place ! cria Hermus. Place au médecin de la reine !

Les gens nous laissèrent un passage étroit. Nous avançâmes de profil, en rentrant le ventre. Je tenais en l'air nos deux arbalètes.

– Place ! Faites place !

Mon chapeau bougea, me bouchant à moitié la vue. Et ce qui devait arriver arriva : je passai à travers un mort.

Saisi par la sensation de froid, je poussai un cri :

– Bon Dieu !

La pauvre âme – celle d'un troll, en l'occurrence – se confondit en excuses. Je déclarai bien haut que j'étais le fautif.

— Je devrais m'excuser et pas toi, dis-je.

Le troll me remercia et les autres âmes semblèrent apprécier ma réaction, au contraire des Yus.

— Chercherais-tu à plaire aux morts? me demanda Hermus un peu plus tard.

— Pourquoi dis-tu cela?

— Pour rien.

Il réfléchit, puis ajouta:

— Si les âmes se mettaient à nous traverser le corps impunément, la vie deviendrait impossible, tu comprends? Rien que d'y penser, j'en ai la chair de poule. Brrrr!

— C'était ma faute.

— Les vivants ne sont jamais en faute dans un cas de ce genre. La loi est très claire là-dessus.

— Eh bien, la loi est mauvaise!

La plage grouillait de crabes transparents, très actifs. Le chien s'amusa à les chasser. Malgré sa vivacité, il ne put en attraper un seul. Les crabes disparaissaient à la seconde, comme avalés par le sable.

Les gens étaient de moins en moins nombreux à mesure que nous progressions. Rassemblés en petits groupes épars, ils scrutaient l'horizon en silence.

Une âme d'enfant faisait semblant d'être assise sur un rocher.

— Bonjour, morphir! lança l'enfant avec un fort accent arlandais.

Je répondis distraitement, car toute mon attention se trouvait attirée par Eudrasil, qui se dressait à cent pas devant nous.

Les vagues se brisaient sur ses racines de nacre,

colossales. Je me sentis un grain de sable, une mou-
chette, à côté d'Eudrasil.

Je tombai à genoux.

— Plus large que vingt chênes, et plus haut que
cent, récita Hermus. Des arbres, Eudrasil est le roi
puissant... Approche-toi, Bjorn. Touche-le. Ça porte
bonheur.

Je ne me fis pas prier. Le tronc sacré reçut mes
humbles caresses, oui. J'admirai l'écorce précieuse ; par
la texture, elle rappelait la carapace des tortues de mer.

— Warf! warf!

— Mon chien nous rappelle à l'ordre, Bjorn. Sus
aux poulettes !

À deux kilomètres de là s'étend le territoire des
poules de mer. Ajoncs et fougères maritimes forment
une forêt inextricable, refuge des oiseaux et des chats
sauvages. Nous étions sur le point d'y pénétrer quand
Hermus avisa des langoustes sur le sable.

— Par ma corne ! s'exclama-t-il. Ces cocottes-là
habitent les grandes profondeurs. On les pêche avec
des casiers qui descendent à trois cents mètres. Que
font-elles ici ?

— Je n'en ai jamais vu de si géantes. Elles sont...

— Délectables ! dit Hermus.

Sur son visage épanoui, les rides s'effacèrent un
court instant.

Le mikrofarfe dansait sur place, heureux comme un
gamin. Il ramassa les langoustes — quatre adultes et une
jeune — et les fourra dans son sac de chasseur.

— Elles se vendent à prix d'or, morphir. La lan-
gouste des profondeurs vaut plus cher, au kilo, que les

œufs d'esturgeon. Le savais-tu ? Non, bien sûr ! Ignorant, que tu es ! Ce matin, la chance est avec nous.

Une vague plus forte que les autres surprit Hermus. Il se retrouva mouillé jusqu'à la ceinture, poussa
un affreux juron, éclata de rire.

— L'eau est tiède ! lança-t-il entre deux hoquets.
Un dé... Hok ! hok ! Un délice !

Quand la mer se retira, elle laissa derrière elle un
poulpe et quantité de poissons très laids. Tous ces animaux, le corps rougi, les yeux vitreux, semblaient sortir d'un chaudron bouillant. Inutile de dire qu'ils
étaient morts.

— Les langoustes vivent, en tout cas, dit Hermus.

Celle qu'il tenait en main remua un peu, comme
pour lui plaire. Il la rangea avec les autres.

Hermus ramassa sa lourde arbalète et gagna les
fourrés.

— À nous le gibier ! lança-t-il.

Son entrain sonnait faux, tout à coup.

23
L'œuvre de Walkyr

Les chats sauvages n'attaquent pas l'homme en temps normal. Mais il y a des cas où un animal pris de folie peut devenir un danger. Hermus prétendit avoir été pris en chasse, un jour, par deux femelles aux yeux étranges. Elles le suivirent en miaulant des chansons de guerre.

— Elles voulaient faire un festin de ma personne, pour sûr. Je n'ai dû mon salut qu'à l'apparition d'une bande de mauvais garçons, des voleurs de bourses. Ils étaient venus ici, dans les fourrés, pour partager leur butin de la matinée. Je leur parlai des femelles et ils ne me crurent pas. Seul un géant balafré me prit au sérieux.

— Il se peut que je l'aie connu en prison.

— Quelle joue, la balafre ?

— Euh… gauche, je crois. Une cicatrice en zigzag.

— Par ma corne, c'est lui !

— Je t'ai interrompu. Continue ton histoire.

— Eh bien, notre ami disparut, armé d'un poignard. Quand il revint, l'une des chattes ronronnait sur son épaule. « J'ai tué l'autre, annonça-t-il. Elle avait la rage dans la tête et influençait celle-ci, qui n'est pas méchante pour un sou. » La bande se mit alors à discuter pour savoir qui, parmi eux, avait la rage au cer-

veau et entraînait les autres aux mauvaises actions.
Je leur offris du vin et jurai sur l'honneur de ne pas
les dénoncer. Je t'avoue que j'ai passé d'excellents
moments avec ces fripouilles.

Hermus avait parlé à voix basse, le doigt sur le
déclencheur de son arbalète. J'ouvrais la marche, écartant
fougères et ajoncs avec le moins de bruit possible.

Le sable finit par être entièrement recouvert de
galets. Hermus demanda à monter sur mes épaules
pour se repérer.

Je m'attendais à ce que le docteur pèse le poids
d'un enfant de huit ans, or il était bien moins lourd
que ça. Je lui en fis la remarque.

— Notre squelette est léger, voilà pourquoi nous
sommes des poids plume. C'est heureux pour toi qui
me portes, mais malheureux pour nous, car nos os
sont fragiles et friables. Un mikrofarfe se fait une cinquantaine
de fractures en moyenne.

— Sur toute sa vie ?

— Oui, bien sûr. Encore heureux! Bon. Nous
avons un peu dévié. Fais-moi descendre, Bjorn, et cap
au nord-ouest.

Nous atteignîmes une colline de galets. Hermus y
monta avec prudence, de peur des éboulements. Je suivis
son exemple. Le chien nous rattrapa et nous
dépassa, plus rapide qu'une flèche. Ses pattes touchaient
à peine le sol.

Les fourrés s'étalaient maintenant à nos pieds. Au
nord, on voyait un bout de plage et les vagues. J'éprouvai
un choc en découvrant l'horizon peint en rouge.
Plus de limite entre la mer et le reste, plus aucune trace

des lumières au plafond de l'étage... Un brouillard de feu, un immense rideau grenat, voilà tout ce que l'œil pouvait contempler.

Je regardai Hermus.

— Quoi? s'énerva-t-il. Tu veux rentrer, c'est ça? Tu as besoin de t'inquiéter en groupe, de pleurnicher avec les autres? Prions ensemble, mes frères, car ceci est peut-être la fin du monde...

— Je veux chasser, déclarai-je.

— À la bonne heure! Tu n'es pas un morphir pour rien, hok! hok! Tu me plais!

Tout sourire, Hermus déposa par terre un rouleau de cuir. Ses flèches se trouvaient à l'intérieur, soigneusement rangées dans des encoches. Il en sortit une dizaine et je notai qu'il y avait différentes sortes de pointes et d'ailerons.

— Je te conseille les longues, dit Hermus en me passant trois flèches.

Je voulus lui montrer que je savais armer une arbalète, mais je m'y pris mal.

— Ne force pas le mécanisme. Une arme maltraitée tirera de travers, exprès. Les armes ont leur caractère, leurs humeurs. Prends-moi pour un sot si tu veux, ça m'est égal.

— Ce n'est pas moi qui te contredirai, le rassurai-je. J'ai une épée qui pousse des cris et bouge toute seule.

— Par ma corne!

Le chien se tenait en arrêt, la tête et la queue tendues. Le haut de son corps dessinait dans l'espace une ligne horizontale, irréprochable. Hermus ramassa un galet.

Il m'adressa un clin d'œil avant d'aspirer l'air avec volupté. Tournant le dos à la mer, il lança le galet à trente pas. Deux oiseaux jaillirent des fourrés.

Je tirai.

— Manqué! me désolai-je.

Pendant ce temps, Hermus attendait. Les poules de mer filaient vers l'enceinte de la ville; elles s'en approchèrent très près, semblèrent rebondir dessus...

Les oiseaux arrivaient droit sur nous. Leurs cris retentirent pour la première fois: «Cococotoook!» Hermus décocha sa flèche. Une poule de mer, percée de part en part, chuta comme une pierre.

— En danger, ces idiotes finissent toujours par revenir vers le large, dit-il. Et moi je les attends au passage, hok! hok!

Le chien rapporta la poule de mer, sorte de bécasse au bec court. Des crabes minuscules se cachaient sous ses plumes; Hermus les fit partir en saupoudrant la dépouille avec une farine spéciale.

Il lança ensuite d'autres galets et tira d'autres oiseaux pendant que je manquais tous mes coups.

— Je distribue des poules de mer à tous mes voisins, dit Hermus. Un chasseur d'élite, voilà ce que je suis, en toute modestie!

Il m'est souvent arrivé, durant ma vie, de rencontrer des hommes ou des femmes extrêmement doués dans un domaine, et qui semblaient plus fiers de leurs exploits dans un autre. Hermus, docteur de génie, trouvait plus de gloire à tirer juste qu'à sauver ses patients.

Le chasseur d'élite rata une cible, en fin de compte.

— Dommage, dis-je.

— Chut. Écoute donc ce bruit?

— Le vent...

— Non.

Hermus souleva son oreille pour mieux entendre. Il dévala la pente et disparut entre les joncs. Il se dirigeait vers la mer; je pouvais suivre sa progression grâce aux mouvements des fourrés. Le chien l'avait précédé; il se mit à crier sans interruption:

— Warf! warf! warf! warf!...

Je supposai qu'il avait atteint la plage.

Hermus m'appela un peu plus tard, de sa voix aiguë de mikrofarfe. Je ne compris rien à cause des aboiements.

— J'ARRIVE! criai-je.

Je fus bientôt au bord de l'eau.

— Ici, Bjorn! À l'aide!

Hermus se tenait près d'un jeune cachalot.

— Il vit, mais il sèche à vue d'œil. Fais comme moi: vide ton sac et va le remplir d'eau. Inonde la tête, je me charge du reste.

J'obéis sans poser de question. Nous effectuâmes je ne sais combien d'aller et retour, de la mer au cachalot, du cachalot à la mer. À un moment donné, l'animal ouvrit les yeux. J'y vis une récompense, Hermus, une raison d'espérer.

— Remettons-le à l'eau, maintenant! décida-t-il.

C'était l'étape suivante, bien sûr. Seulement le cachalot, si jeune qu'il fût, pesait plus qu'un cheval de labour. Un jeune homme et un mikrofarfe, avec toute la bonne volonté du monde, n'avaient pas la force nécessaire. Hermus n'était pas fou; il se rendait compte du problème. Il me dévisagea et, d'une voix tremblante, dit:

— Tu peux devenir un géant à la force décuplée, je le sais de source sûre. Morphir, c'est le moment d'utiliser tes pouvoirs!

— Qui t'a dit que je...

— Quelle importance? L'enfant baleine a besoin de retourner dans son élément, sinon il va mourir. Tels que nous sommes, nous ne pouvons l'aider. Bjorn le Géant, lui, il peut. Deviens Bjorn le Géant!

— Ça ne marche pas comme ça. Il faut que je sois furieux et...

— Furieux, tu as besoin d'être furieux?

J'allais ajouter que le danger imminent favorisait également ma métamorphose, mais Hermus ne me laissa pas en dire plus. Il me flanqua une violente gifle, et puis une autre, et encore une autre...

— Voilà pour toi, Viking! Morphir à deux sous!...

Hermus se creusa la tête pour trouver des insultes blessantes, sans succès. Il frappait avec rage, mais sa petite main de mikrofarfe, légère, ne faisait que caresser ma joue (j'exagère à peine). Son projet de me mettre en colère était si transparent qu'il ne pouvait réussir.

— Tu vas t'abîmer le poignet, dis-je.

— Salaud! Salaud!

Je m'attendris de voir Hermus prendre tellement à cœur le sort du malheureux cachalot. Je bloquai ses poings avec facilité.

— Du calme, mon ami. Il faut accepter la mort des autres et aussi la nôtre, d'ailleurs. L'âme de cette baleine ira dans un ankok où elle retrouvera des parentes...

— Non, non, non! La mort est mon ennemie. Je ne la tolère pas en ma présence.

Une larme coula sur le visage chiffonné de Hermus. L'heure qui suivit, il la passa près du cachalot sans lâcher sa nageoire. J'ignore si son attitude réconforta l'animal. Je peux toutefois affirmer que ce dernier décéda l'œil grand ouvert et la pupille dirigée vers l'arrière, rivée sur Hermus.

Mon ami se retourna une dernière fois avant de quitter la plage. Des chats sauvages arrivaient par l'ouest, attirés par la viande de baleine. Hermus courut à leur rencontre, les mains pleines de galets. Il bombarda les fauves en hurlant:

— Salauds!

— Reviens! intimai-je.

La pluie de galets impressionnait peu les chats, qui encerclèrent Hermus. Un grand mâle s'avança en soufflant, prêt à bondir.

J'armai mon arbalète. Un genou à terre, je visai précipitamment.

«Tchac!», fit l'arc d'acier en se détendant.

La chance était de mon côté. Le chat, touché, poussa un cri déchirant; il détala avec les autres.

— Merci, dit Hermus. Ils reviendront.

— Et nous, nous allons rentrer en ville.

— Ils vont rappliquer dès que nous aurons le dos tourné. Ils vont déchiqueter mon patient, Bjorn!

— Tu as fait ton devoir, et même plus. Tu es épuisé. Partons.

– Je me déteste.

– Regarde ton patient au lieu de divaguer.

Un nuage pâle, informe, sortait par l'évent du cachalot. Très vite, il acquit l'apparence d'une baleine en même temps qu'une blancheur opaque, aveuglante.

– Houhououou! hurla le chien.

Une âme de huit mètres flottait dans l'air, se détachant sur l'horizon brûlant. Elle prit la route du nord. Nous la vîmes raser les flots et puis, tout soudain, plonger dans la mer.

– Adieu, dit Hermus.

Nous secouâmes nos sacs trempés. Les langoustes avaient gravi la plage en pente douce pour entrer dans les fourrés. Je compris que Hermus ne ferait rien pour les retrouver. C'est à peine s'il fit l'effort de ramasser une poule de mer. Le gibier ne l'intéressait plus, chasser encore moins.

Nous rentrâmes en silence, chacun dans ses pensées. Hermus ressassait son échec, et moi je me sentais de plus en plus mal à l'aise.

En sortant des fourrés, nous fîmes un triste constat. La mer avait déposé une multitude de cadavres. Poulpes, roussettes, espadons, morues et autres harengs s'entassaient, baignant dans une écume sanglante. Je ne doutais pas qu'il existât un lien entre l'embrasement de l'étage, au loin, et la mort des animaux marins.

– Walkyr est à l'origine de cette hécatombe, pensai-je. Et c'est moi, Bjorn, qui ai ordonné à Ketill et Svartog de la jeter à l'eau. Je suis responsable.

Cette idée me terrifia au-delà de toute expression.

Un petit phoque se dandina jusqu'à nous. Seul et affolé, il pleurait en faisant cligner ses yeux de chat, à fleur de tête. Je pris le temps de le réconforter.

Avisant une tortue sur le dos, Hermus voulut la remettre à l'endroit. Le travail était au-dessus de ses forces.

— Besoin d'aide, prononça-t-il.

Dans sa voix, je décelai autant de rage que de lassitude.

Le phoque, nous voyant partir, nous emboîta le pas. Mais il retourna vite en arrière. Quitter cette partie de la plage l'effrayait visiblement. Il fit entendre de curieux aboiements qui scandalisèrent notre chien. Lui aussi donna de la voix.

Nous pressâmes l'allure ; le phoque retourna dans l'eau tiède et le chien se calma. Le silence qui s'ensuivit, oppressant, ne valait guère mieux que les cris.

Hermus pointa le doigt en direction d'Eudrasil. Des silhouettes humaines se découpaient sur l'écorce claire du géant.

— Que se passe-t-il ? demandai-je.

— Le drakkar sans voile apporte de nouveaux morts, m'éclaira Hermus. Les gens viennent les accueillir. Je ne sais pas pourquoi ils sont si nombreux.

— Que veux-tu dire ?

— L'arrivée des âmes est chose courante qui n'attire pas la curiosité. Je ne comprends pas très bien.

Je cherchai des yeux le drakkar sans voile. Il était loin encore et je mis un certain temps à le repérer. Scintillant de blancheur, il se déplaçait juste au-dessus des flots. Avec sa poupe élevée, ornée d'une tête, on l'aurait facilement pris pour une mouette.

Lorsque, cinq minutes plus tard, nous nous mêlâmes à la foule, le drakkar et ses passagers entraient déjà dans Eudrasil.

J'aperçus Boutroul entouré de dignitaires. Je lui fis signe ; il me tourna le dos d'une manière brusque, comme s'il désirait m'éviter. Je marchai droit dans sa direction, en jouant des épaules pour me frayer un passage.

— Ne dis rien à Boutroul pour le cachalot, souffla Hermus derrière moi. Il aime tant les baleines !

— Non, rassure-toi.

J'allai me placer devant Boutroul Maïor.

— Bonjour, Bjorn, dit-il.

— Tu ne me voyais donc pas.

— Si, si. Mais je parlais avec ces messieurs.

— Que faites-vous tous ici ? s'enquit Hermus.

— Nous allons attendre la sortie des nouvelles âmes. Elles pourront nous renseigner sur la lumière rouge. Nous l'espérons, en tout cas.

Venu du nord, le drakkar sans voile avait traversé les régions enflammées, approché le mystère.

— Je comprends, dit Hermus. Il ne nous reste qu'à patienter.

Quelqu'un lui tendit une gourde ; il avala plusieurs gorgées réparatrices.

— Beaucoup de monde sur le drakkar ? demanda-t-il en s'essuyant la bouche.

— Non point, dit Boutroul. Une vingtaine d'âmes tout au plus. Ça ne devrait pas être trop long.

24
LE QUESTION DE BOUTROUL

Le tronc d'Eudrasil était percé de deux ouvertures rondes qui faisaient penser à des trous de pic-vert. La première, la plus petite, était à trois mètres du sol environ. La deuxième se trouvait nettement plus haut. C'est celle que tout le monde regardait, car les âmes sortiraient par là.

— À quoi sert l'ouverture du dessous?

Boutroul me répondit sur un ton doctoral:

— Nous autres, habitants des enfers, n'avons pas la chance d'entrer dans Eudrasil en grande pompe, sur un navire étincelant. Nos âmes n'ont qu'un petit voyage à faire. Elles viennent ici en voisines et empruntent cette ouverture pour se rendre devant leurs Juges.

Il y avait une porte normale, en métal poli, sur le côté d'Eudrasil. Elle était si près de la mer que, de temps à autre, une vague l'atteignait. J'allais me renseigner à son sujet quand une voix m'appela:

— Bjorn! Hé, Bjorn!

Quelques âmes se tenaient à l'écart, rassemblées près de l'enceinte. L'une d'entre elles me faisait de grands signes; je reconnus Orn la Corneille.

— Excusez-moi, dis-je.

— Bjorn est l'ami des morts, dit Hermus tandis que je m'éloignais.

Orn, accompagné de son chien, me salua gaiement. Il me présenta en ces termes aux autres âmes :

— Voici Bjorn le Morphir, un garçon aimable, courageux. Il vaut mieux ne pas lui chercher noise, croyez-moi ! Il casserait la figure à un ours. Nous nous sommes connus en prison.

— Ta seconde résidence, dit une petite âme rabougrie.

La remarque déclencha les rires.

— Je sors encore de prison, avoua Orn avec un petit sourire.

Je compris que ses séjours à la tour carrée ne le dérangeaient pas plus que cela, qu'il en tirait même de la fierté.

— Il a profané un jujuré ! dit un mort.

— Profané ? m'étonnai-je.

— Je suis passé à travers lui, quoi, dit Orn. C'est l'expression légale, hu ! hu !

Il mima la scène, l'air offusqué du jujuré, provoquant l'hilarité générale. Les Yus nous observaient de loin avec réprobation.

— Tu ne connais pas la nouvelle ? me dit Orn ensuite. Le Balafré a converti pas mal de détenus au culte de Bjorn le Géant. Oui, mon cher. Ils ont fait une demande officielle (seize signatures) pour que tu sois reconnu comme un dieu vivant.

— Tu te moques de moi !

— Pas du tout. Le balafré espère que, à sa sortie, la reine lui accordera la permission d'ériger un temple. Il compte bien se faire nommer prêtre à plein temps, rémunéré par la ville.

— Je ne peux pas le croire.

— En attendant, il a aménagé un lieu de prières dans une cellule vide. Et il a sculpté une statue à ton image, en mie de pain. Une horreur! Un poète prisonnier a composé des prières qui, en revanche, sont très jolies. Voilà. Ils te prient, ils t'adorent, ils te vénèrent plus que leur Neptyus, hu, hu!

L'âme rabougrie se jeta à mes pieds; elle prononça une prière loufoque au nouveau dieu que j'étais. Je ris de bon cœur.

— Silence, là-bas! cria Boutroul. De la tenue, en présence d'Eudrasil!

Des éclairs bleus parcoururent les âmes mécontentes.

— Les Yus n'apprécient guère notre gaieté, dit Orn la Corneille. Nous sommes des morts, alors nous devrions tirer une longue figure toute la journée. Mais les âmes ne sont pas toutes en peine, par Godinn! Nous aimons rire, par Thor! La plaisanterie est un des rares bonheurs qui nous restent.

Je pris congé pour aller retrouver Hermus. Il avait sorti une poule de mer de son sac et l'examinait sous toutes les coutures, avec l'œil du savant.

— Ça va?

— Je n'aime pas être ici, avoua Hermus. Voir tous ces visages inquiets me donne le cafard.

Une heure s'écoula, pesante. Les gens ne parlaient plus. Leurs regards allaient d'Eudrasil à l'horizon, de l'horizon à Eudrasil.

— Elles vont sortir, m'annonça le docteur.

Les nouvelles âmes apparurent en effet, une à une ; elles restèrent en l'air, s'agglutinant les unes aux autres pour former un nuage étincelant.

Un enfant yus, en habit de cérémonie, portant des chaussures-échasses, agita un hochet.

— Descendez ! ordonna-t-il. Ne restez pas là-haut comme de vulgaires vapeurs.

— Dignité ! Dignité ! crièrent les âmes près de l'enceinte.

Les nouvelles venues firent mouvement vers le bas. Je comptai seize Vikings, trois trolls et un hirogwar. Il y avait plus d'hommes que de femmes.

— Sommes-nous arrivés ? interrogea l'hirogwar. Sommes-nous aux enfers ?

— Silence ! glapit l'enfant. Silence et écoutez.

Il leva les bras et récita des paroles rituelles :

La vie enfante la mort
On ne peut rien y faire
La mort prolonge la vie
Ici même, aux enfers

Et la foule de reprendre :

Ici même, aux enfers !

L'enfant se mit à danser. Secouant son hochet, il tourna autour des nouvelles âmes, une fois, deux fois… dix fois et même plus. Sa face lunaire était au bord de l'extase.

Boutroul Maïor et les dignitaires ne cachaient pas leur impatience.

— C'est bon, Yuyus, dit Boutroul. On peut souhaiter la...

— BIENVENUE! hurla l'assistance.

Le dénommé Yuyus vacilla sur ses échasses; il cligna des yeux comme une personne réveillée en sursaut.

— Bienvenue, oui, marmonna-t-il. Je... Bon. Je m'en vais frapper à la Porte des Élus.

— Fais cela, oui, dit Boutroul.

— Le temps presse, s'énerva quelqu'un.

— Il y a des formes à respecter, s'indigna Yuyus.

Il traversa la foule et descendit vers la mer en longeant le flanc d'Eudrasil. Ses échasses l'aidèrent à enjamber un poulpe mort.

Parvenu devant la porte en métal poli, il y frappa un coup bref: «Toc!».

— Sors donc, grande âme, âme d'airain. Nous saurons t'honorer!

La porte demeura close.

— Il y a quelqu'un?

Pas de réponse.

Je regardai Hermus d'un air intrigué.

— C'est par là que sortent les âmes privilégiées, les héros et les saints, dit-il à voix basse. Tu vois cette coque de noix?

Un canot doré se balançait sur les flots, retenu par une corde. Je découvrais seulement sa présence.

— Quel joli bateau, chuchotai-je.

— Il conduit les élus à l'île Walhal. Au paradis!

— Sont-ils nombreux à monter dedans, Hermus, dis-moi?

— La jolie petite barque n'a pas servi depuis trois ans, si tu veux le savoir.

— Ici Yuyus, maître de la cérémonie d'accueil. Est-ce qu'il y a quelqu'un?

«Toc! toc!»

Près de nous, Boutroul mit ses mains en porte-voix.

— Il n'y a personne! cria-t-il. Viens lire le code et qu'on en finisse!

Yuyus revint en maugréant. Il n'était pas franchement à l'aise dans ses chaussures-échasses.

— Dépêche! dit Boutroul.

— On me brusque, protesta l'enfant. On m'oblige à bâcler mon travail sacré. Je le dirai à la reine!

Un assistant lui passa une tablette d'argile qu'il lut à voix haute, avec une lenteur pompeuse. Les nouvelles âmes apprirent qu'elles étaient, à dater de ce jour, sous l'autorité de la reine des enfers. À Mamafidjar ainsi qu'à tous ses représentants, elles devraient le respect. Suivaient une série de règles à respecter absolument, sous peine de prison: interdiction de «profaner» les vivants comme de les dévisager avec insistance, devoir de se présenter, les 10 et 20 de chaque mois, sur la place du «village» pour l'appel, etc.

Pendant la lecture, le tonnerre gronda. Une espèce d'orage se déclara au nord. Les spectateurs que nous étions eurent l'impression d'y assister la tête en bas, car les éclairs sortirent de la mer qui se couvrit de nuages pourpres.

Yuyus s'était interrompu ; il termina vite quand l'orage se calma. Il se tourna vers Boutroul Maïor et les dignitaires.

— Je vous les laisse, dit-il en désignant les nouvelles âmes.

Boutroul s'approcha de ces dernières en s'épongeant le front, car l'air se réchauffait de plus en plus. Il s'apprêtait à parler lorsque les âmes l'assaillirent de questions :

— Mon épouse est morte il y a deux ans. Quand pourrais-je la retrouver ?

— Où se trouvent mes parents ? Je veux les voir !

— J'ai perdu un fils l'hiver dernier. Il s'appelait Olof...

— Du calme, dit Boutroul. Vous séjournerez en famille, avec vos proches et vos ancêtres. Il n'y a pas d'inquiétude à avoir.

Il ne mentait pas. Lors de nos promenades dans la ville, Sigrid et moi montions parfois aux étages des maisons à l'invitation des âmes. Nous découvrions de vastes chambres où se serraient des générations de parents. Un père mort à trente ans côtoyait son fils décédé à quatre-vingts. Une mère cinquantenaire se chamaillait avec sa fille du même âge. Une âme de six ans, arrivée aux enfers en l'an 902, s'entretenait avec un mort très, très vieux, débarqué du drakkar sans voile voici deux ans. Le vieillard se trouvait être l'arrière-arrière-arrière-arrière-arrière-arrière-arrière-petit-neveu de l'enfant.

— Est-il vrai qu'il faut obligatoirement séjourner avec son époux ? s'enquit une nouvelle âme. Mon mari me frappait. Je ne tiens pas à revoir ce rustre, non !

– Nous trouverons une solution, affirma Boutroul. Mais, maintenant, je dois vous poser une question très importante. Lorsque le drakkar sans voile voguait de l'autre côté de la mer, qu'avez-vous observé?

Ce que les nouvelles âmes avaient à révéler se résumait à peu de chose: l'eau semblait bouillir par endroits et la mer était comme éclairée du dedans.

– Quoi d'autre? insista Boutroul.

– Nous avons traversé deux énormes murs de vagues, dit la femme battue. Et... j'ai vu beaucoup de baleines.

Boutroul se tapota la bedaine, un geste qui, chez lui, trahissait la déception. Il invita les nouvelles âmes à suivre Yuyus et se désintéressa de leur sort.

Une rumeur inquiète parcourut la foule des Yus.

– Nous voilà bien avancés! dit Hermus.

– Qu'allons-nous faire maintenant? soupira un dignitaire.

– Attendre et se préparer, répondit Boutroul. La reine est persuadée qu'un danger nous menace. Depuis hier, ses cors aux pieds la font souffrir. Un signe qui ne trompe pas!

– Se préparer, c'est bien beau. Mais à quoi?

– La difficulté est là, je le reconnais.

Ayant dit, Boutroul se tourna vers moi.

– Mais peut-être que Bjorn, lui, sait quelque chose?

Son attitude à mon égard était étrange depuis la veille. Je me tenais donc sur mes gardes. Le mauvais comédien que je suis parvint à prendre un ton naturel:

— Pourquoi serais-je plus informé qu'un autre? Je ne sais rien du tout, Boutroul. Et si tu penses le contraire, sache que tu te fais des idées.

L'attention de Boutroul et des dignitaires fut heureusement détournée par des cris:

— Les cousins! Les cousins!

Les cousins royaux venaient de survoler l'enceinte de la ville; ils plongèrent pour passer à un mètre au-dessus de nos têtes et provoquer un petit mouvement de panique.

Ils volaient très près l'un de l'autre, presque à se toucher. Je les regardai s'éloigner, impressionné par tant de maîtrise. Leurs ailes battaient si vite qu'elles créaient autour d'eux un halo clair.

«Frrrrrrrrrrrrrrrrrrrrrrrrrrrrrrrrrrrrrrrrrrrrrr!»

Déjà, ils n'étaient plus que des points sur l'horizon en flammes. La foule se dispersa, frappée de mutisme. La vue des cousins royaux a le don de mettre les gens mal à l'aise.

25
LE RETOUR DE SVARTOG

L'excursion des cousins n'apporta rien de plus. Ils répétèrent à la reine ce que les nouvelles âmes avaient déjà dit: «La mer bouillonne; il y a de la lumière au fond.»

Dans notre chambre aussi, l'eau bouillonnait, emplissant l'air de vapeur. Le bassin faisait un bruit énorme. J'y avais plongé le doigt pour le retirer aussitôt, écarlate.

Nous déjeunâmes sans la reine, ce matin-là. Le palais résonnait de pas précipités et de cris. Théophane nous avait signifié de rester chez nous pour l'instant, et nous attendions que quelqu'un vienne nous informer de la situation.

— J'ai demandé à Hermus ce qu'il pense du prince.

— Et alors? dit Sigrid, la bouche pleine de pain au miel.

— «Son intelligence est enfermée à double tour. Il n'a pas la clé, moi non plus, ni la reine.» Voilà ce qu'il a dit exactement.

— Je me demande si Sven est très malheureux.

— J'ai posé la question à Hermus, figure-toi. Il n'a pas répondu.

La porte s'ouvrit toute grande; Svartog apparut, suivi d'une jeune femme yus.

— Bonjour! lança-t-il.

Il était vêtu de sa cape cerf-volant, dont la nouvelle étoffe ressemblait exactement à l'ancienne. Son teint fleuri me frappa, ainsi que son air heureux. Il sentait fort le cheval.

— Je vous présente Maya, dit-il. Nous sommes fiancés.

— Svartog! s'exclama Sigrid.

La jeune femme nous salua d'un geste. Elle n'était pas vraiment belle, mais son visage ne laissait pas indifférent. On devinait beaucoup de caractère derrière ses yeux en amande, mauves comme ceux de ma petite sœur Ingë. Elle portait à la ceinture des outils de tailleur de pierre.

Sigrid embrassa Svartog; je fis de même en le félicitant.

— Maya m'aime malgré ma patte de singe! plaisanta-t-il.

La fiancée, un peu raide, se détendit. Svartog l'attira à lui et la couvrit de baiser. Ensuite, son expression devint sérieuse. Il nous entraîna de l'autre côté de la chambre, dans le grondement du bassin.

— Je ne suis pas rentré de mon plein gré, dit-il en prenant soin de bien articuler. Les elfes sont venus me chercher. Et il y a trente gardes devant votre chambre, mes amis. Savez-vous ce qui se passe?

Maya nous avait rejoints.

— Tu peux parler devant elle, Bjorn.

J'hésitai pourtant.

— Il n'y a rien à craindre de Maya. Elle est ma fiancée!

— Tu sais que tout est rouge de l'autre côté de la mer. Eh, bien...

— Walkyr... Tu penses que c'est elle?

— J'en ai la conviction. Et Boutroul Maïor nous soupçonne.

— La reine aussi, dans ce cas. Les choses risquent de mal tourner pour nous.

Le demi-hirogwar posa les mains sur mes épaules et plongea ses yeux au fond des miens.

— Quoi qu'il arrive, Bjorn, je veux que tu saches une chose, prononça-t-il. Je suis là. Dans les heures décisives qui s'annoncent, je t'obéirai sans discussion. L'autre jour, j'ai dû te donner l'impression que... Oublions ce que j'ai pu dire. Maya et moi, nous sommes à vos côtés.

Très ému, je serrai Svartog contre moi.

— Je te suivrai jusqu'au bout, dit-il à mon oreille. Jusqu'à la mort s'il le faut!

Nous terminâmes ensemble les pains au miel, le petit-lait et les baies rouges. Svartog nous raconta son séjour dans le lointain quartier des âmes hirogwares. C'est là qu'il avait connu Maya, qui travaillait à la construction de nouvelles maisons.

— À l'ouest, il y a des marécages. Alors ils ont décidé de poser les maisons sur des pieux. Avec Maya, nous avons vécu dans une de ces demeures lacustres. Je pêchais depuis la terrasse, ha! ha!

Svartog avait changé. Il faisait des gestes expressifs et parlait haut. Sa voix prenait des intonations étrangement ketilliennes. Notre avenir incertain ne diminuait en rien son appétit.

Après le repas, nous l'aidâmes à classer ses parchemins, dont il fit un épais rouleau. Tandis qu'il entourait ce trésor de rubans, il s'extasia devant Daphnir. Mon dragon vint à lui de sa nouvelle démarche, tranquille, souple, puissante.

— Bon Dieu de bois, comme dirait Ketill! Qui douterait, en le voyant aujourd'hui, qu'il sera un grand champion? Regardez-moi ces griffes, ma parole! Cette peau tendue comme une peau de tambour! Quelle fête pour les yeux, bon sang!

Daphnir reçut les caresses de Svartog avec calme, sans bouger la queue. Il avait l'air d'une bête royale habituée aux hommages.

— Ses ailes ont doublé d'envergure, je gage... Que tu es beau, Daphnir! s'exclama Svartog. Un prince parmi les dragons. Un roi cracheur de feu!

— Je suis Daphnir le Noir, dit Daphnir.

Svartog tressaillit; il fit un pas en arrière.

— Ma peau est encore grise, poursuivit mon dragon. Elle deviendra noire un jour bientôt.

Maya se mit à genoux; elle leva les bras au plafond et prononça une prière en langue yus. Svartog aussi tomba à genoux. Il prit la patte de Daphnir et y posa les lèvres.

— J'ai toujours su que tu nous réserverais une surprise. J'ai cru en toi dès le premier jour où je t'ai vu.

— Je le sais bien, dit mon dragon. Je te remercie pour cela. Tu es mon ami, Svartog-Longs-Bras.

— Quelqu'un est-il au courant? demanda le demi-hirogwar en se relevant.

— Nous quatre seulement, répondis-je.

— Plus Invincible, dit Sigrid.

Les regards se portèrent vers l'ancien dragon du prince Dar. Il se tenait dans un coin sombre, à côté d'un meuble à tiroirs. Couché sur le flanc, il mâchouillait un morceau de pain.

— Que lui est-il arrivé, à celui-là? dit Svartog stupéfait. Il ressemble à un pourceau.

Les bruits diminuèrent à l'extérieur de la chambre. Nous supposâmes que le palais se vidait. À midi, Théophane entra pour déposer un sac de pain et de l'eau. Il ne prononça pas une parole.

Svartog fumait pipe sur pipe. Maya, assise par terre (elle négligeait les chaises et les tabourets), avait sorti un peigne en os. Elle coiffait Wulf avec application. Mon chat, aussi mou qu'une algue, ne boudait pas son plaisir.

— Rrrrh, rrrh, rrrh…

Svartog demanda si nous avions des nouvelles de Ketill. Sigrid répondit que non, et je restai silencieux. L'évocation de Ketill le Rouge faisait remonter en moi des bouffées de rancœur. L'exécution de ma fiancée, cette sinistre comédie, les souffrances endurées à l'occasion, je revivais tout cela. Mon cœur battait plus fort, un voile rouge passait devant mes yeux…

Ketill savait pour la réplique, sans quoi il se serait livré. J'avais beau me répéter cette évidence, je ne pouvais m'empêcher de lui en vouloir à mort.

La conversation risquait de languir. Svartog décida de raconter à Maya certains épisodes de notre voyage. Il parla des petchégols, des infernautes, du faon Ozurr et de Zulur, la malheureuse petite femme de la forêt sans tête. Il décrivit, avec un talent digne de Ketill, certains des paysages que nous avions traversés: les immensités glacées du premier étage; le deuxième étage et ses tours de pierre, ses marais, ses forêts de joncs; la vallée de cendres du troisième étage, territoire des ours gentils...

— Me feras-tu une faveur, Bjorn? dit alors Maya.

— Je t'écoute.

— Me conteras-tu comment tu sauvas la vie de Svartog? Comment tu obligeas son âme fuyante à reprendre du service.

L'épisode avait eu lieu au début de l'année. Svartog venait d'échapper au monstre ogoujon, qui l'avait fait courir pendant des jours et des nuits à l'intérieur de son ventre. À bout de résistance, notre ami mourut pendant son sommeil. Je vis l'âme sortir et prendre le large. Elle possédait une vague consistance (par quel miracle?) et je pus la rattraper in extremis. Après une lutte acharnée, je la forçai à retourner d'où elle venait. Svartog ressuscita sous nos yeux.

Je me souviendrai toujours de la première phrase qu'il prononça dans sa seconde vie: «Je pense que j'ai envie d'allumer une pipe.»

J'achevais à peine mon récit que Maya accourut pour m'embrasser.

— Tu as sauvé l'élu de mon cœur, morphir. Je te serai éternellement reconnaissante.

— Ma dette envers Bjorn est infinie, dit Svartog. Avant de le rencontrer, j'étais un triste individu, prêt à toutes les infamies pour un peu de gloire. Il m'a offert son amitié en même temps qu'un but sacré à atteindre. Grâce à Bjorn fils d'Érik, j'ai retrouvé mon honneur.

Nous attendîmes minuit avant de voir quelqu'un. C'était Friil; elle n'apportait pas à manger mais nous ordonna de la suivre. Quarante elfes armés jusqu'aux dents formèrent un véritable mur autour de nous. Nous enfilâmes une série de couloirs vides avant de sortir du palais par le nord.

Les feux de l'étage, au plafond, scintillaient comme des rubis. Il faisait vraiment lourd. Dans l'air flottait une odeur de rouille.

Les rues désertes étaient pleines de chats couchés et haletants. Seuls les petits continuaient à jouer; j'en vis un s'en prendre à une sauterelle en toute impunité. Sigrid attira mon attention sur un oiseau mort, une mouette. Elle gisait sur le ventre, les ailes grandes ouvertes, pas loin d'un chariot à grains.

Les elfes pressaient régulièrement l'allure. Sigrid et Svartog, excellents coureurs, s'en sortaient assez bien. Maya et moi, en revanche, avions du mal à tenir le rythme. Théophane s'en aperçut mais il choisit de ne pas ralentir. Je suffoquais quand nous parvînmes au pied des remparts.

Nous gravîmes un escalier étroit et très encombré.

— Place! cria Théophane.

Les vivants se pressèrent contre la muraille; quant aux âmes, Théophane leur commanda de s'écarter vers le vide et même de quitter l'escalier. Elles flottèrent dans les airs, horrifiées qu'on les force à faire une chose pareille.

Nous devions avoir grimpé une centaine de marches; je jetai un coup d'œil à la ville. Des formes blanches constellaient les rues proches et les toits.

— Des oiseaux, pensai-je. Des centaines d'oiseaux morts.

Une touffeur poisseuse nous enroba lorsque nous atteignîmes le haut du rempart. Les elfes repoussèrent une foule hostile.

— Traîtres! hurla quelqu'un.

De nombreuses voix reprirent cette accusation qui nous était destinée. Un projectile me frappa l'épaule, sans doute un caillou. Théophane se jeta sur le coupable et le rossa d'importance. Effrayés, les Yus se calmèrent.

— Maya la catin! dit une femme yus, rompant le silence.

Friil la menaça de son épée. Plus personne n'osa ouvrir la bouche.

Des Yus en armure, portant arbalète, arcs ou harpons, formaient une ligne tellement serrée qu'elle nous cachait les créneaux. Au-dessus d'eux, l'horizon était d'un rouge intense de fin du monde.

— Harald, ô Harald, fit Svartog dans mon dos.

Sa voix mâle, presque joyeuse, me donna du courage.

Entourée de Boutroul et de nombreux dignitaires, tous en habits guerriers, Mamafidjar se trouvait devant un créneau, penchée en avant. Un heaume cabossé masquait son visage, lui donnant un aspect terrible. Son corps disparaissait sous une cotte de mailles tombant jusqu'à terre, vêtement qui aurait pu couvrir une orque adulte. Une épée de deux mètres pendait à sa ceinture.

– Je t'amène le morphir, ô reine, annonça Théophane.

Il s'inclina avec déférence. Contrairement à la plupart des elfes, il ne méprisait pas les Yus, ni les humains en général. J'aurais vraiment aimé connaître la raison de cela. Je me jurai d'interroger Théophane, ignorant que l'opportunité d'une conversation avec lui ne se présenterait plus.

– Te voilà, Bjorn! gronda la reine. Te voilà, Sigrid! Regardez donc en bas et dites-nous ce que vous en pensez.

Raide comme un «i», elle se recula pour nous laisser passer. Nous nous penchâmes sans attendre, car la curiosité l'emportait sur la crainte.

Les enfants de Walkyr

Une armée clairsemée occupait la plage sur des kilomètres. Elle avançait lentement vers l'enceinte, sans se soucier de piétiner les cadavres de poissons et d'oiseaux qui jonchaient le sol. Pendant ce temps, d'autres guerriers sortaient de l'eau, couverts d'écume.

Ah, l'étrange armée que c'était là, grinçante et puant la rouille! Sous les casques et les armures, point de peau, mais encore du métal. Nez, bouches et oreilles étaient en fer, de même que les mains. Les yeux, de simples trous, ouvraient sur un tunnel de lumière.

La masse puissante d'un guerrier émergea de la mer, presque en face de nous. Monté sur un cheval en bronze, il portait une bannière d'argent et une lance. Avec ses longs cheveux en mailles de fer, il ressemblait un peu à Ketill.

Le cavalier se débarrassa d'un crabe accroché à son armure. Sa monture effectua un galop souple, digne d'un cheval de chair et de sang; elle s'immobilisa à vingt pas de la muraille. Le cavalier leva la tête et mon regard plongea dans le sien comme dans un abîme. Il brandit sa bannière, poussa un hurlement creux, inhumain. Les autres guerriers l'imitèrent en choquant leurs armes.

— Ils ont des catapultes! dit Svartog. Et regardez ces

types sur la gauche, les casques à cornes : ils roulent des boulets.

Boutroul transpirait sous une armure qui devait comprimer son ventre et le faire souffrir.

— Avez-vous quelque chose à déclarer ? interrogea-t-il.

— C'est une armée ! dit Svartog, enthousiaste.

— Nous ne sommes pas aveugles, gronda Mamafidjar. D'où vient-elle ? Pourquoi est-elle là ?

— Peu importe, répliqua le demi-hirogwar. Il faut se battre, maintenant, tout de suite ! Avant qu'il ne soit trop tard ! Une épée, qu'on me donne une épée !

Il arracha un glaive court, une arme défensive, de la main d'un dignitaire. Aussitôt, il enjamba le mur.

— Taïaut ! beugla-t-il. Sus à l'ennemi, et pas de quartier, ha ! ha ! ha !

Je retins Svartog par la cape, sans quoi il aurait sauté dans le vide.

Théophane et Sigrid m'aidèrent à le maîtriser et à l'emporter loin des créneaux. Il vociférait et se débattait comme un beau diable.

Maya prit la relève ; elle serra Svartog dans l'étau de ses bras, le pressa contre sa poitrine. Petit à petit, il s'apaisa.

— Qu'est-ce qui lui a pris ? demanda Maya. Est-il fou ?

— Non, la rassurai-je. Un porrablot a habité dans ses méninges.

— Une sale bête répugnante, un serpent de morve, précisa Sigrid.

Voilà que Svartog s'endormait.

— Bjorn! tonna Mamafidjar. Reviens ici!

Je n'avais pas fini de renseigner Maya:

— Ceux qui abritent un porrablot pendant un long moment deviennent... trop courageux. Le danger les excite, tu comprends? Ne t'en fais pas, Maya. Il va bien. Svartog n'est pas fou et laisse-moi te dire une chose: tu ne pourrais pas trouver un meilleur fiancé.

— BJORN!

Escorté par Théophane et Friil, j'allai retrouver Mamafidjar.

La reine me toisait avec colère. Elle se détourna. Ensemble, nous contemplâmes le spectacle sur la plage. Six guerriers sortaient justement des flots, transportant une échelle géante. Un deuxième cavalier — heaume damasquiné, bouclier d'or, casse-tête — apparut peu après, suivi d'un groupe tirant une catapulte montée sur roues.

Tous ces guerriers, les enfants de Walkyr, étaient autant de marionnettes sans fils animées par la volonté divine et faites pour détruire. Un long frisson me parcourut l'échine.

L'odeur de rouille augmentait toujours, contrairement à la chaleur, qui diminuait, me sembla-t-il. Boutroul s'avança, la main serrée sur le pommeau de son épée.

— Ne faudrait-il pas ouvrir les portes et sortir en force, ô reine? demanda-t-il. Attaquons maintenant, avant qu'ils ne soient des milliers.

— Je suis d'accord, approuva un dignitaire. Ne leur laissons pas le temps d'armer leurs catapultes.

Le conseil était bon, ma foi. La reine préféra l'ignorer pour l'instant. Elle ne prit même pas la peine de se justifier.

— Très courageux, ton ami hirogwar, me dit-elle. Beau numéro d'héroïsme. Mais je ne suis pas dupe, morphir. Je sais que, toi et les tiens, vous êtes responsables de ce qui arrive. Cette armée sortie des eaux est votre alliée, j'en suis sûre !

— Nous sommes innocents, affirmai-je. Tu fais erreur, ô reine.

— Menteur ! MENTEUR !

— Tu accuses sans preuve.

— Mon intuition me suffit !

Pris d'une inspiration soudaine, je grimpai sur le mur. J'avançai au bord du vide et ouvris les bras.

— Guerriers de fer, écoutez-moi ! criai-je. Je suis Bjorn le Morphir, sujet du roi Harald Ier. Je vous ordonne de retourner d'où vous venez. Partez, entendez-vous !

Les enfants de Walkyr ne prêtèrent aucune attention à mes paroles, ainsi que je m'y attendais.

— Tu vois, ô reine, triomphai-je. Ils ne me connaissent pas, ils ne m'obéissent pas !

— Comédie que tout cela ! rugit Mamafidjar.

— Et si c'était vrai ? supposa Boutroul. Si Bjorn et Sigrid n'avaient vraiment rien avoir avec cette armée ?

Sous son heaume, la reine se mit à réfléchir. Je pense que, l'espace d'un instant, elle douta de notre culpabilité. Mais ses doutes furent balayés par une clameur montant de la plage :

— Fizzland ! Fizzland ! Fizzland !

Atterré, je regardai les enfants de Walkyr. De leurs bouches grandes ouvertes, plantées de clous, sortaient des vapeurs rousses. Ils frappaient leurs torses bombés, qui rendaient un son creux. Quant à leurs voix, elles semblaient venir du fond d'un puits :

— FIZZLAND ! FIZZLAND !

— J'accuse sans preuve, disais-tu ? Mon pauvre Bjorn, te voilà trahi ! gronda la reine.

— Je...

— Quoi ? Tu oserais encore te prétendre innocent, alors même qu'ils scandent le nom de ton pays ?

La reine ôta son heaume ; ses cheveux se dressèrent, plus fous que jamais. La sueur inondait son visage joufflu, sillonné de veines incandescentes.

Elle s'approcha, étendit le bras pour me pousser dans le vide.

— NON ! supplia Sigrid.

Aurait-elle été au bout de son geste, Mamafidjar ? Je l'ignorerai toujours, car la lance du cavalier de fer arriva sur elle comme un météore, la forçant à reculer.

Boutroul cria :

— Attention !

La lance passa en sifflant dans l'embrasure du créneau. Elle survola le rempart, atteignant une très grande hauteur avant de redescendre. Nous suivîmes sa courbe pendant plusieurs secondes. Elle tomba à l'intérieur de la ville, loin au-delà des premières maisons.

— Raté, prononça la reine.

— Je...

— Tais-toi. Ne prononce plus une seule parole, tu m'entends! Je vous aimais, toi et Sigrid. Oui-da. Comme mes enfants! Et vous étiez des ennemis. Des fourbes. Votre amitié, j'y ai cru. Elle n'était qu'un jeu ignoble! Ma vie n'est qu'une suite de déceptions. Chaque fois que j'offre mon affection ou mon amour, je le regrette. Tromperies et trahisons, tel est mon lot! Les dieux veulent me punir de quelque chose, c'est sûr. Mais de quoi? De quoi?

Des milliers d'hommes en fer émergeaient ensemble, en rangs serrés, dans un bouillonnement de vagues rougies par la lumière.

— Par Neptyus! s'exclama Boutroul.

— Mon Dieu! dit Sigrid.

La foule des Yus ne cacha pas son émoi. La reine, pour sa part, resta de marbre.

— Heureusement que j'ai Sven, dit-elle à voix basse. Le mensonge, il ne sait même pas ce que c'est. Sa pureté est entière… Que serais-je sans toi, mon enfant, mon chéri?

Elle remit son heaume.

— Théophane! appela-t-elle.

— Je suis là, ô reine.

— Le morphir et ses amis…

— Oui?

— Au cachot! Et, écoute-moi bien! Nous vaincrons cette armée. Nous l'écraserons! Mais s'il devait en être autrement, si ces casseroles sur pattes entraient victorieux dans la ville, alors…

— Alors?

— Tue les prisonniers. Égorge Bjorn, Sigrid, le

demi-hirogwar et aussi la femme yus. Tu m'as bien comprise?

— J'obéirai, ô reine.

Boutroul et les dignitaires entourèrent la reine qui, d'un geste, les renvoya.

— Je n'ai pas fini! gronda-t-elle.

Elle fit signe à Théophane d'approcher. Je fus le seul à me trouver assez près pour entendre leur conversation murmurée.

— Il faut toujours envisager le pire, commença Mamafidjar. Si je venais à disparaître, Sven se retrouverait orphelin. Si je meurs au combat, je veux que tu l'emmènes loin d'ici, au sud, dans la région des volcans et des lacs. Il lui faut un climat tempéré. Je désire que toi et Friil vous l'éleviez comme votre fils. Acceptes-tu cette responsabilité?

— Je l'accepte.

Théophane avait répondu sans hésiter, mais je crus lire une certaine surprise sur son visage. Mamafidjar retira sa chaînette et la lui passa autour du cou. Il était maintenant en possession de la précieuse clé pour entrer dans la tour Fidjar.

La reine posa la main sur l'épaule de Théophane, qui plia sous le poids.

— Je ne sais pas pourquoi je te demande ça à toi, un elfe. J'ai confiance, car...

— Ma reine, l'interrompit Boutroul Maïor. Les hommes de fer essaient d'enfoncer nos portes avec des béliers. Écoute...

«Boum! Boum!»

— Il faut agir! supplia Boutroul.

— Partez à présent, dit la reine à Théophane.

Je voulus dire au revoir à Boutroul, lui souhaiter bonne chance, mais il se détourna de moi. Il avait été notre défenseur, notre meilleur ami à cet étage des enfers. Et aujourd'hui il nous détestait.

S'attirer le mépris d'un homme bon est une expérience douloureuse, difficilement supportable. Je l'ignorais avant cet instant.

— Si je pouvais remonter le temps, pensai-je, j'empêcherais Ketill et Svartog de jeter Walkyr dans la mer des Narvals. Oui, c'est bien ce que je ferais !

Devant moi, Svartog descendait l'escalier comme un somnambule. Maya le tenait par la main.

— Je fumerais bien une petite pipe, dit le demi-hirogwar.

En bas des marches, les elfes reformèrent un mur autour de nous. J'eus le temps, avant le départ, de voir les centaines de guerriers yus qui attendaient en bon ordre devant l'une des portes de la ville. Silence martial, fermeté des visages : je ne doutai pas que les Yus se battraient dignement. Mon cœur s'emballa, car j'aurais voulu être parmi eux.

— J'aimerais me battre, moi aussi, dit Sigrid.

— Je pensais la même chose.

Théophane nous lança un regard de biais, indéchiffrable.

Sur le chemin, nous croisâmes de nombreuses colonnes en armes. Les Yus affluaient pour défendre la ville. Certains tenaient des chiens en laisse, des molosses cuirassés qui grondaient. Aux abords du palais Fidjar, dans une rue en pente, nous vîmes débouler une bande essoufflée et bruyante, composée d'hommes, de femmes et d'enfants en habits de travail. Ils brandissaient des fourches, des maillets, des pelles à cuir...

— Comme j'aime ce peuple yus! s'exclama Svartog, bien réveillé. Ils ont du cran, pardi!

— Certes, reconnut Théophane.

Tel est le dernier mot que je l'entendis prononcer. Lui et les siens nous emmenèrent au palais. Ils nous firent descendre plusieurs niveaux sous le sol, jusqu'à une porte basse tout au bout d'une galerie aux murs charbonneux.

Deux jeunes elfes très beaux, vêtus de soie claire, gardaient l'entrée du cachot. Leur présence en ces lieux obscurs et sales me parut incongrue.

L'instant d'après, nous étions dans une salle basse, humide, éclairée par des bougies mourantes. Une forme noire sauta sur moi; c'était Daphnir. Invincible et lui avaient la gueule enfermée dans une muselière à cadenas; ils pouvaient à peine desserrer les dents. Leurs pupilles très dilatées attirèrent mon attention.

— On les a drogués avant de les museler, dis-je.

Svartog s'adossa pour allumer sa pipe.

— Comment voyez-vous — «puf, puf!» — notre avenir, mes amis?

— Hu, hu!...

— Il y a quelqu'un ici! s'exclama Sigrid.

— Par là, dit Maya, indiquant le fond de la salle.

— Hu, hu, hu!

Ce rire, je le connaissais! Je saisis une bougie et avançai prudemment dans le noir. Bientôt, ma flamme éclaira un visage blême, aux yeux noirs, sans pupilles.

— Sigur!

— C'est mon nom, voui, voui. Sigur fils de Kuggi. J'aime l'hydromel, les cailles, le tabac noir et les belles dames, hu! Et toi, Bjorn, qui es-tu?

— Euh… Bjorn, tu viens de le dire. Ton petit-fils!

— Youpi. Quelle joie de te voir, Gunnar!

— Je suis Bjorn.

— Bien sûr.

Sigur avait retrouvé un corps solide, ainsi que Boutroul me l'avait dit. Les bras en croix, il était enchaîné au mur. Je touchai ses bracelets d'acier dans l'espoir assez vain de le délivrer. Il n'y avait rien à faire dans l'immédiat. Comme j'effleurais la peau de Sigur, un vent froid entra en moi; je fus glacé jusqu'à la moelle des os.

— Odeur de tabac, dit Sigur. Senteur de pipe. Laisse-moi tirer, l'ami.

Svartog arriva dans un grand mouvement de cape, le sourire aux lèvres.

— Tu m'en diras des nouvelles, dit-il en coinçant sa pipe, bel objet sculpté par Ketill, entre les dents de mon grand-père.

«Puf, puf, puf, puf.»

— Merchi, oh merchi! dit Sigur.

— Du tabac yus, précisa le demi-hirogwar. Le cuir domine, mais c'est l'arrière-goût de fruit mûr qui fait tout.

— Les dieux te bénichent, mon gars!

— Tout le plaisir est pour moi.

— Alors c'est vrai, ton goût est revenu? demandai-je. Et tu sens les odeurs?

Mon grand-père acquiesça, au comble du bonheur.

— Bonjour Sigur, dit alors Sigrid.

— Chalut ma cholie.

— Il y a des petits serpents noirs dans tous les coins. Sont-ils dangereux?

— Ils chont chentils avec moi. Ils me chantent des chanchons de cherpents. Et ils lèchent la terre entre mes chorteils, hu! hu!

«Puf, puf.»

— Ils sont extrêmement venimeux et en même temps très doux, nous apprit Maya. Ils ne mordent que si on leur marche dessus ou si on les embête.

Elle avait déniché des bougies neuves et les plaçait un peu partout dans la salle. Notre cachot se mit à ressembler à une chapelle.

J'allai m'asseoir près de Daphnir en prenant garde de ne pas écraser un serpent. Les autres vinrent se mettre en cercle autour de moi.

— Parlons d'avenir, dis-je. Si Mamafidjar perd la guerre, Théophane nous tuera. Il le fera! Si la reine triomphe, nous sommes bons pour...

— Le Tanarbrok, prononça Svartog.

— Probable. Nous ne pouvons attendre les bras croisés. Il faut tenter quelque chose. Il faut sortir d'ici par n'importe quel moyen!

Théophane avait renvoyé devant nous la plupart de ses elfes. Ils n'étaient plus que quatre ou cinq à l'extérieur. Je rappelai ce fait à mes compagnons, puis:

— J'attends vos idées. Faites marcher vos méninges, il en va de notre vie!

Maya baissa les yeux. Sigrid se mordit les lèvres.

— Attendez une minute! s'exclama Svartog-Longs-Bras.

Le plan de Svartog était simple. L'un de nous ferait semblant d'être mordu par un serpent noir, les autres appelleraient à l'aide.

— Quand ils ouvrent, nous les frappons avec ceci, dit le demi-hirogwar.

Il tenait un morceau de roche et fit le geste d'assommer.

Maya avait déjà vu quelqu'un se faire mordre, seulement elle ne se croyait pas capable de jouer la comédie. Elle exposa donc à Sigrid les divers symptômes — yeux chavirés, bave aux coins des lèvres, convulsions —, et ma fiancée les simula séance tenante.

— C'est tout à fait ça, admira Maya. Tu es douée, par Neptyus !

La performance de Sigrid m'avait impressionné au point de me rendre nerveux.

— Est-ce qu'elle n'en fait pas un peu trop ? demandai-je.

— Non, non, affirma Maya. Les effets du venin sont horribles.

— Si tout le monde est prêt, on tente le coup, dit Svartog.

— Hu, hu, fit Sigur.

Cette fois, son rire sonna différemment. Il me parut chargé d'angoisse. Mon grand-père ignorait ce qui allait se passer, mais il sentait l'imminence du danger.

Sigrid se coucha près de la porte, afin d'attirer le regard de ceux qui entreraient. Svartog et moi, en embuscade, levâmes nos blocs de pierre. Nous commençâmes à crier :

— À l'aide ! Au secours !

— Un serpent a mordu la demoiselle Sigrid ! Vite, venez !

— Elle se meurt !

Maya se mit à cogner sur la porte en bronze.

— Ouvrez, de grâce ! supplia-t-elle.

— Les elfes ont toujours des remèdes avec eux, dit Svartog à voix basse. Pastilles et autres pilules cousues dans les replis de leurs vêtements.

— AU SECOURS ! hurlai-je.

— Au checours ! dit Sigur en écho.

Nos gardiens ne bougeaient pas. On n'entendait pas le moindre son de l'autre côté de la porte.

— Qu'est-ce que cela veut dire ? souffla Svartog. Seraient-ils partis ?

— Théophane ! appelai-je. Je t'en prie, ouvre ! Sigrid va très mal. Elle tremble et... et son corps refroidit !

Ma fiancée s'agita de plus belle, bavant et remuant comme une possédée.

— Aidez-nous, bon Dieu de bois ! s'énerva Svartog.

Finalement, Maya laissa retomber ses poings meurtris. Daphnir, qui se tenait à côté de moi, prêt à bondir, alla rejoindre Invincible. Nous cessâmes nos appels. Le silence tomba, désespérant.

C'est alors qu'une voix jeune, inconnue, nous arriva du dehors :

— Ça ne prend pas !

Le tabac de Sigur avait brûlé ; il en réclama du nouveau. Svartog alla bourrer la pipe ; en passant, il embrassa le front de Maya.

— Merchi Chvartog, dit Sigur un peu plus tard. Tu t'appelles bien Chvartog, hein ?

— Oui.

— Chvartog-Long-Gars, n'est-che pas ?

— Longs-Bras. Svartog-Longs-Bras !

— Moi ch'est Chigur fich de Kuggi. Ch'aime l'hydromel et les cholies dames.

Du coin de la bouche, mon grand-père souffla un épais nuage de fumée. Sigrid se laissa choir à sa droite, fatiguée. Le demi-hirogwar s'assit, lui aussi, et Maya vint se blottir contre son épaule. Pendant que mes compagnons se reposaient, en proie au découragement, je marchais de long en large. J'avais l'esprit en ébullition. Le sang brûlait dans mes veines et je réalisai avec surprise que j'étais optimiste.

J'avais confiance en notre destin. Il se passerait quelque chose bientôt, très bientôt !

Je contemplai le plafond sombre, où luisaient des toiles d'araignées. Je n'aurais pas été surpris de le voir s'ouvrir pour laisser passer une main divine. Je me vis, avec les autres, monter sur cette main resplendissante. Elle nous emportait, oui, jusqu'à la surface du monde ! Elle nous déposait en douceur devant une maison entourée d'eau. Je reconnaissais Havërr.

La porte s'ouvrait. Mes parents, ma sœur, le demi-troll Dizir et Hari le pêcheur sortaient pour nous accueillir.

— La fête des retrouvailles, murmurai-je. Mais où est donc Gunnar?

— Que dis-tu, Bjorn? s'enquit Sigrid.

— Rien. Je rêvais.

— Ton dragon est debout, Bjorn, observa Maya. On dirait qu'il veut te dire quelque chose.

Dressé sur les pattes de derrière, Daphnir s'appuyait sur le mur.

— Mmmh! Mmmmh! fit-il quand je l'eus rejoint.

— Quoi? Qu'est-ce que que tu as, mon beau?

Mon dragon gratta le mur; ses griffes, aussi tranchantes et dures que des lames, entrèrent facilement dans la pierre, y laissant cinq sillons.

Maya vint tâter le mur. Elle frappa à plusieurs endroits, l'oreilles aux aguets.

« Toc, toc!... Toc, toc... Tak!»

— Tiens, dit-elle.

Munie d'une bougie, elle scruta la paroi pendant un instant.

— Il y avait une porte ici, déclara-t-elle. Elle a été fermée avec de la fausse pierre. Regardez, on voit très bien la trace de l'ancienne ouverture.

Maya dessina la forme d'une voûte avec le doigt.

— De la fausse pierre? dit Sigrid.

— Argile pilée, sel, sable noir et eau. Séché, ce mélange durcit. On l'appelle aussi betom.

Théophane avait confisqué les outils de Maya. Elle avait pourtant gardé un marteau nain en plomb, caché dans la poche de sa veste. Elle attaqua le betom en frappant de petits coups quasi silencieux. La pierre se détacha par plaques qui, en touchant le sol, se désintégrèrent.

— Mauvaise qualité, jugea-t-elle. Problème de séchage, peut-être. Il me semble aussi qu'il y a trop de sable dans ce betom. Les artisans bâclent leur travail, de nos jours. Il y a beaucoup de fantaisistes.

Svartog arriva sans sa cape, l'œil brillant. Il se mit torse nu et emballa une grosse pierre dans sa tunique. Les coups qu'il donna dans le mur rendirent un son assourdi, comme des battements de cœur.

— Il ne s'agit plus de faire du bruit, maintenant, dit-il.

Bientôt, nous fûmes quatre à creuser le betom, matière friable, tout de même assez résistante. Maya utilisait son marteau, Daphnir, ses griffes, Svartog et moi, une pierre entourée d'étoffe.

— Ce n'est pas la bonne méthode, dit Maya. Mieux vaut creuser une petite galerie : un mètre de haut, un mètre de large, mettons.

— On va se bousculer, fis-je remarquer.

— Justement. Travaillons chacun à son tour, par périodes de cinq minutes. On donne tout ce qu'on a dans le ventre, et puis un autre prend la suite.

— Tu as compris, Daphnir ? demandai-je.

Il hocha la tête.

— Je commence ! décréta Svartog.

Après une heure, nous avions bien avancé. Maya, à quatre pattes, entrait dans le mur jusqu'aux hanches. Svartog lui toucha le pied pour la faire sortir. C'était son tour pour la cinquième fois.

— Tu as l'air fatigué. Veux-tu que je te remplace? proposa Sigrid tout bas.

— Non merci, dit le demi-hirogwar.

Pendant que nous nous activions, Sigrid écoutait à la porte. Les elfes échangeaient quelques mots de temps à autre. D'après ma fiancée, ils se trouvaient à bonne distance de notre cachot.

— Je me demande où en est la bataille, dit Svartog lorsqu'il reparut, couvert de poussière.

Daphnir pénétra dans la galerie.

— Ces guerriers de fer n'avaient pas l'air d'enfants de chœur, poursuivit le demi-hirogwar. Et quel armement ils avaient, bon sang!

Il se nettoya soigneusement le visage, geste inutile, vu qu'il allait bientôt se ressalir.

— Les Yus sont de grands combattants, déclara Maya. Et Mamafidjar est un chef de valeur. Elle a le sens de la guerre.

— À propos de bataille, dit Sigrid, j'entends des pas, des piétinements... Je crois qu'on se bat derrière la porte!

Au même instant, le betom s'effondra au fond de notre galerie. Daphnir rappliqua en vitesse, entouré d'un nuage gris.

— Mmmh! Mmmmh!

— Des voix! Des cris! s'exclama Sigrid à l'autre bout de la salle.

Nous ne savions plus où regarder, de quel côté porter notre attention. Maya rampa dans la galerie avec une bougie ; elle annonça que le mur était percé.

— Une chambre de garde ! cria-t-elle peu après. Avec des lits, une armoire...

— Fuyons ! souffla Svartog.

— Pas encore, dis-je. Rejoins Maya et essaie de trouver des outils pour briser les chaînes de mon grand-père.

— J'oubliais Sigur, Bon Dieu. Honte sur moi !

— Bjorn ! Bjorn ! appela Sigrid tandis que Svartog suivait mon ordre.

Je sautai par-dessus une pelote de serpents et courus auprès de ma fiancée.

— Écoute... On dirait un cri d'ours furieux ou de griffon.

Je collai l'oreille sur le bronze de la porte. Il y avait plusieurs sortes de bruits : des pas, des épées qui se choquent, des voix, le tout dominé, étouffé par un rugissement démentiel.

— Ketill le Rouge ! m'exclamai-je.

— C'est lui, pas de doute !

— Svartog ! appelai-je. Ketill est là ! Il va nous délivrer !

Le demi-hirogwar revint avec sa fiancée.

Nous vécûmes alors de très longues minutes. Maya et Svartog se tenaient la main ; Sigrid et moi étions serrés l'un contre l'autre.

Haletants, nous attendions l'issue du combat.

— Les dieux sont avec nous depuis toujours, dis-je avec conviction. Godinn et Thor, le grand Dieu chrétien, Jésus et Marie, ils nous aiment tous et nous soutiennent.

— Autant que vous le sachiez, je suis devenu un adepte de Neptyus.

Ayant dit, Svartog adressa un regard d'amour à sa fiancée.

Un bruit de serrure qui se prolonge. La voix de Ketill grogne de l'autre côté. Ça y est : la porte s'ouvre d'un coup. Le pauvre Daphnir la reçoit en plein museau : « Bamf ! »

Un Ketill hirsute surgit dans une lumière rouge. Il a l'air d'un fou, d'un démon volcanique…

— Où est Daphnir ? demande-t-il. J'ai un de ces maux de tête, mes chéris ! Je souffre depuis trois jours. Un supplice digne du Tanarbrok ! Il faut que je touche Daphnir ! Où est-il ? Surtout, surtout ne me dites pas qu'il est ailleurs !

Mon dragon se montre alors. Sa queue remue en signe de joie. À moitié assommé, il se transporte jusqu'à Ketill et se couche carrément sur ses pieds.

— Te voilà, mon sauveur ! Mon remède vivant !

28
Une bande de fous

Derrière Ketill entrèrent Snorri le Morphir, Égill Pêcheur-d'Orques, Grettir le Fort et une dizaine d'autres Walhaliens. La salle s'emplit d'une fraîcheur caractéristique.

— Des vivants-morts, prononça Maya, troublée.

— Ce sont nos amis, la rassura Sigrid.

— Salut la compagnie! fit Égill.

Il nous distribua, à Sigrid, Svartog et moi, un sac en feutre brodé à nos initiales et portant un numéro à neuf chiffres.

— Ça vient du tribunal. Et nous avons aussi vos armes.

— Chic! s'exclama Sigrid.

Dans mon sac se trouvaient les quelques affaires qui me restaient quand j'avais été capturé : mon poignard, un fin bracelet en or offert par Ama, un petit diamant reçu de son neveu Atsu, le bout de queue que Daphnir avait perdu au deuxième étage, lors de son étrange mort...

Snorri me tendit Tyrfing.

— J'ai été ému de la retrouver, si tu savais! Ketill m'a raconté comment tu l'as eue. Par la générosité de l'armurier Benok et, surtout, par la volonté des dieux... Je suis heureux qu'elle t'appartienne, Bjorn. C'est une épée de morphir. Seuls les gens comme nous peuvent en tirer quelque chose.

— Une épée prétentieuse, voilà ce qu'elle est! grommela Ketill... Si ça vous intéresse, mon crâne va déjà mieux. Youpi! Hé, les gars, il faudrait ôter cette muselière à Daphnir!

— J'ai ici un trousseau de clefs, annonça un Walhalien. Je l'ai pris sur un des elfes.

— Donne.

— Jolies clefs, ma foi: on dirait des bijoux. Y en a des grandes et des petites.

— Passe-les moi, au lieu de pérorer!

— Tiens, attrape!... Raté, Ketill! Ha! ha!

Je dégainai Tyrfing, histoire d'admirer sa lame noire.

— Bonjour, toi, dis-je.

— Elle est restée froide dans mes mains, me confia Snorri. J'ai parfois tendance à oublier que je suis mort. Tyrfing s'est chargée de me le rappeler.

Le manche de mon épée passa du froid au tiède, du tiède au chaud. Tyrfing la Légendaire poussa un cri joyeux, proche du miaulement:

— Hâââwk!

— Elle te reconnaît, dit Snorri.

Les voix métalliques des Walhaliens résonnaient dans le cachot. Tout le monde parlait en même temps et il régnait une grande agitation. Sigrid déchirait l'air avec ses griffes de héron, sous l'œil amusé de Grettir; Invincible, débarrassé de sa muselière, courait d'une personne à l'autre pour mendier à manger ; Svartog et Maya soutenaient mon grand-père qu'ils venaient de libérer de ses chaînes…

— Comment se passe la bataille ? demandai-je. Le savez-vous ?

— Nous l'avons observée de loin, dit Snorri. Lorsque notre bateau approchait des côtes.

— L'enceinte est détruite en plusieurs points, déclara Grettir le Fort. Les quartiers extérieurs brûlent. Les Yus ont du mal, mais ils résistaient encore il y a une heure de cela.

— Une merveilleuse empoignade, dit Égill en lissant son crâne chauve. Ah, comme je voudrais être dans la mêlée ! L'odeur du sang et de la sueur, la fureur du combat : c'est ma religion à moi !

— Il a fallu le retenir, tout à l'heure, me confia Snorri. Sans quoi il aurait sauté à l'eau pour aller se battre. Entre nous, Égill est un peu fou.

— Qu'est-ce que tu dis ? Qu'est-ce que tu dis ? Je t'ai entendu, Snorri, parler dans mon dos !

— Je disais à Bjorn que tu es maboule.

— Ah, très bien. Je ne t'en voudrai pas pour ça. C'est la pure vérité et j'en suis fier.

Deux Walhaliens barbus jouaient à se jeter des morceaux de cire et même des bougies entières.

— Il suffit, là-bas ! gronda Snorri. On croirait des enfants, ma parole !

— Ha ! ha ! ha !… Ho ! ho !

Ketill avait lâché Daphnir ; il vint à moi les bras ouverts.

— Alors, fils, tu ne m'embrasses pas ?

Je reçus son accolade avec raideur.

— Je m'en doutais! s'exclama Ketill. Le morphir m'en veut d'avoir laissé pendre la fausse Sigrid. Regardez, les amis, quels yeux il me fait! Il me casserait bien les dents, je gage!

— Il tire la tête, c'est vrai, dit quelqu'un. Gare à la vengeance du morphir, Ketill, ha! ha!

— Tu peux me frapper, Bjorn, dit Ketill en me présentant sa poitrine. Vas-y, si ça peut te faire du bien. Tape! Tape donc!

— Ce n'est pas drôle, Ketill! intervint Sigrid, furieuse. Bjorn m'a cru morte et il a voulu se tuer. Sans le docteur Hermus...

J'ignore si Ketill était au courant pour mon suicide manqué; en tout cas, il cessa immédiatement de me taquiner.

Des larmes perlèrent dans ses yeux.

— Pardon, proféra-t-il.

— N'en parlons plus, dis-je en l'embrassant.

— Parlons-en, au contraire, murmura-t-il. Je... J'imagine ce que tu as enduré. Comme tu as dû souffrir! Pardon, mon Bjorn. Je t'aime!

— La belle scène que voilà! dit le colosse Grettir. Je suis ému!

— Attendrissant, pour sûr! se moqua Égill.

— Ha! ha! ha! ha! Ho! ho! ho!

Ketill le Rouge embrassa Sigrid, qui lui tira l'oreille à la manière d'une maman en colère.

— Ne recommence plus à faire souffrir mon fiancé. Sinon, gare!

— Pardon, fit Ketill.

L'instant d'après, il se jeta dans les bras du demi-hirogwar.

— Svartog, mon frère!

— Ketill, mon ami!

Ils se dévisagèrent en riant, puis Svartog se tourna vers Maya.

— Maya fille de Pryus, dit-il. Ma future épouse.

— Bon Dieu, Svartog, tu n'as pas perdu de temps! Se fiancer aux enfers, il fallait y penser. Elle n'est pas mal du tout, en plus. Belle prestance, front haut, hanches larges...

— Maya n'est pas une pouliche.

Cette remarque de Sigrid déclencha les rires.

— Il est temps de partir, décida Snorri.

Mais sa voix se perdit dans le vacarme général. Les Walhaliens riaient, jacassaient comme des pies. Plusieurs d'entre eux poursuivaient Invincible, qui n'en menait pas large.

La tête me tournait, je l'avoue.

— Une vraie bande de fous, pensai-je.

Daphnir poussa un grondement qui passa inaperçu. La flamme qu'il cracha, surprit tout le monde, en revanche. Puissante, rapide comme l'éclair, elle passa très près des tourmenteurs d'Invincible.

— Laissez-le en paix!

Mon dragon faisait le gros dos. Ketill s'approcha de lui, sidéré.

— Mais... tu parles. Je ne rêve pas, tu as... dit... des mots!

Daphnir se radoucit.

— Je suis Daphnir le Noir, annonça-t-il.

Aussitôt, Ketill tomba à genoux, imité par Snorri et tous les Walhaliens. Ils firent entendre une cacophonie de prières diverses.

Snorri le Morphir fut le premier à se relever; il intima le silence et parla en ces termes :

— Un morphir et un dragon noir, ensemble, réunis par le destin, par la volonté divine… extraordinaire ! Ces deux-là accompliront d'immenses choses, ils changeront le cours de l'Histoire… Je ne parviens pas à y croire. Prions encore, mes amis ! Louons les dieux qui ont permis l'union sacrée d'un morphir et d'un dragon noir !

— Puissance et force ! beugla Grettir, saisi de transe.

Hormis Maya, nous étions tous des Fizzlandais. Égill Pêcheur-d'Orques entonna l'hymne de notre pays : « Ô Fizzland, terre des héros… » Nous chantâmes à l'unisson, une main sur le cœur ; même Daphnir s'y mit.

— Quand donc a-t-il pu apprendre les paroles ? m'étonnai-je en moi-même.

Profitant du silence qui suivit, Snorri prit sa voix de chef pour ordonner le départ. Les Walhaliens quittèrent le cachot en se bousculant, tels des gamins.

— Quelle heure est-il ? demanda Sigrid.

— Quatre heures du matin, répondit Svartog.

— C'est vrai que tu connais l'heure par instinct, toi, dit Grettir, resté en arrière. Formidable !

Dans le couloir, nous trouvâmes Friil et les deux jeunes elfes ligotés. Ma sauveuse avait le front couvert d'un sang gris argent.

Un corps reposait un peu plus loin, face contre terre. Les Walhaliens passèrent près de lui sans un regard. Je restai sur place, puis, rassemblant mon courage, j'avançai vers Théophane.

— Est-il mort ?

— Je le pense, dit Snorri.

Svartog s'accroupit pour tâter le pouls de l'elfe.

— Mort et bien mort, confirma-t-il.

— Un fameux combattant. Il nous a donné du fil à retordre, reconnu Ketill. Les elfes sont des as, l'épée à la main.

— Ils ne sont pas immortels, alors donc ? s'étonna Daphnir en reniflant Théophane.

Ketill sourit ; il n'en revenait toujours pas d'entendre parler mon dragon.

— Les elfes n'attrapent aucune maladie et leur corps ne vieillit plus après trente ans, exposa Snorri. Mais un bon coup de lame peut les tuer.

— Personne ne sait où vont leurs âmes, ajouta Ketill.

Le bras de Théophane était bizarrement tordu ; je le soulevai pour lui rendre une position normale, faisant fuir un serpent noir qui s'était lové dessous.

— Tu connaissais cet elfe, Bjorn ? interrogea Snorri.

— Oui.

Je retournai Théophane sans trop d'effort, car il ne pesait pas plus lourd qu'une fille. Son beau visage apparut dans la lumière chaude d'une torche murale.

— Comme il est paisible, dit Ketill. Je voudrais bien avoir cette tête-là le jour de ma mort.

— Ne me dis pas que tu avais de l'amitié pour une telle créature, Bjorn, s'indigna Grettir. Les elfes, c'est fourberie, traîtrise et compagnie !

Les yeux de Théophane étaient ouverts ; je les fermai, puis :

— Désolé de te l'apprendre, Grettir, mais j'avais pour cet elfe de l'amitié et du respect.

— Ridicule ! Les elfes sont la lie du monde, disait mon père. Il avait mille fois raison !

Ayant dit, Grettir le Fort cracha sur Théophane. Sa salive glacée (j'imagine qu'elle l'était) tomba sur la jambe du cadavre.

Pris de fureur, je me jetai sur Grettir et lui assénai un coup violent. Il chancela, puis éclata de rire.

Il partit rejoindre ses compagnons en chantant.

— Complètement fou, soupira Sigrid.

— Il faut l'excuser, dit Ketill. Son frère a été tué par un elfe.

— Sa sœur, rectifia Snorri.

Je me rendis auprès de Friil, dont j'épongeai le front avec un linge mouillé. Elle évita de me regarder.

— Théophane et toi... commençai-je. Est-ce que vous... Est-ce que vous étiez fiancés ?

— Il était le meilleur d'entre nous. Un modèle pour notre peuple, un saint elfe. Je l'aimais et il m'aimait en retour.

— Je suis désolé de ce qui est arrivé.

— Ne nous attardons pas, dit Snorri.

— Viens, Bjorn ! me pressa Sigrid.

J'ouvris mon sac en feutre pour en retirer le bracelet d'or petchégol. Je le passai au poignet de Friil.

— Adieu, dis-je.

Elle ne me remercia pas pour le cadeau, ne prononça pas une parole. Je la quittai le cœur gros. J'avais marché une vingtaine de pas quand la voix de Friil retentit dans mon dos :

— J'espère que tu reverras un jour le soleil, morphir.

Snorri et sa bande se repéraient dans le palais grâce à un plan. Nous prîmes des chemins obscurs, les hauts corridors succédant aux galeries basses, pour aboutir à un escalier étroit. Nous montâmes en file et en tâchant de ne pas écraser les chats qui se frottaient à nos mollets.

Sigur allait sans aide, tout heureux de se dégourdir les jambes. Le mouvement lui faisait du bien ; il semblait retrouver un peu ses esprits.

— Je suis un vivant-mort, répétait-il. Mes pieds touchent le sol comme autrefois !

— Où allons-nous, au fait ? demanda Sigrid.

— À la tour Fidjar, cette question ! dit Ketill. Libérer Sven, pardi !

— Misère ! m'exclamai-je. Nous avons oublié la clé au cou de Théophane. Je retourne la chercher.

— Ce ne sera pas nécessaire, m'arrêta Svartog.

La chaînette de Mamafidjar pendait au bout de ses doigts. Il l'avait prise sous nos yeux, et nous n'avions rien vu.

29
L'AFFRONTEMENT

Je manifestai le désir de retourner à notre chambre pour prendre Wulf. Il n'était pas question, pour moi, de l'abandonner. Nous nous trouvions dans une galerie à colonnades, l'une des principales du palais. Pour se rendre à la tour Fidjar, c'était à gauche, pour rejoindre notre chambre, à droite.

— Nous n'avons pas de temps à perdre, dit Snorri. On s'en occupera plus tard.

— Maintenant! insistai-je. Plus tard, on ne sait pas ce qui peut arriver.

— Oublie ce chat, me conseilla Ketill. Il t'encombrera durant le voyage de retour.

La mention de notre retour me fit l'effet d'une douche froide. J'avais eu tendance à refouler l'idée que nous allions devoir marcher dans nos pas, étage après étage, affrontant les dangers connus et inconnus — cela pendant de longs mois encore. Ketill venait de me rappeler à la dure réalité de notre situation.

— Je ne pars pas sans mon chat, dis-je. Il occupe une grande place dans mon cœur. Vous ne pouvez pas comprendre.

Snorri le Morphir, Ketill et pas mal d'autres prirent un air embarrassé.

— Bon, soupira Snorri. Allons chercher le chat de Bjorn.

— J'y vais moi tout seul, dit alors Daphnir. Partez à la tour, je vous retrouve là-bas.

Il ne demanda pas ma permission, ni celle de personne, et s'envola sans élan.

— Daphnir! appelai-je. Reviens!

— À bientôt à la tour Fidjar!

Les ailes de Daphnir battaient comme celles d'un aigle, avec lenteur et puissance: «Floup!... Floup!... »

— Comment nous retrouvera-t-il? m'inquiétai-je. Ce palais est un labyrinthe!

— Ne t'en fais pas, va, dit Sigrid.

— Tu serais capable de trouver l'entrée de la tour, toi? La salle d'armes, tu pourrais nous y conduire?

— Peut-être pas. Mais Daphnir a un excellent nez. Il nous pistera facilement.

— Mais oui! assura Ketill.

Le groupe se remit en route. Je restai un instant en arrière avant d'avancer à mon tour.

Le palais était désert. Nous rencontrions des sauterelles et des chats, parfois une petite chèvre ou un mouton égaré. Snorri, le nez dans son plan, marchait bon train. Je me souviens que, dans un couloir rempli de vapeur (nous étions près des bains royaux), nous croisâmes Titilafinagune, la tortue de Mamafidjar. Je la voyais pour la deuxième fois. L'animal centenaire était recouvert de feuilles d'or, si fines et patiemment martelées qu'elles épousaient tous les reliefs de son énorme carapace.

Titilafinagune avait les ongles peints et des bijoux incrustés dans le crâne. Elle passa sans nous faire l'aumône d'un regard, un ruban d'algue pendant de sa mâchoire.

Plus loin, dans un autre couloir, nous entendîmes des chuchotements, suivis de pas précipités. Les Wal-haliens s'élancèrent tous ensemble et, l'instant d'après, ils ramenèrent deux Yus par la peau du cou. C'étaient des greffiers, des jumeaux bien conservés pour leur grand âge. Grettir les força à s'agenouiller devant Snorri. Ils protestèrent haut et fort contre cette «brutalité inique» et récitèrent l'article du code légal stipulant que les Walhaliens, autrement appelés vivants-morts, sont interdits de séjour en ville.

— Vous n'avez rien à faire ici, par Neptyus! grinça l'un des jumeaux.

— Qu'est-ce que vous manigancez? cria l'autre.

— On les tue? demanda Grettir très sérieusement.

— Non, dit Snorri. Attachez-les à un pilier, ça suffira. Et mettez-leur un bâillon.

Je fis quelques pas en arrière pendant qu'on ligotait les greffiers. J'espérais voir revenir Daphnir et Wulf.

— C'est trop tôt, dit Sigrid en me prenant le bras.

— S'il devait leur arriver malheur, j'en demeurerais inconsolable.

— Je sais.

Snorri nous mena devant un escalier qui descendait vers un rideau. Il intima le silence d'un geste impé-

rieux. Grettir et Égill passèrent devant, la mine réso-
lue. Je remarquai que tous les Walhaliens avaient abandonné leur insouciance, et j'en fus heureux.

Nous nous groupâmes devant le rideau. Grettir fit
bouger l'étoffe tout doucement afin de jeter un regard
de l'autre côté.

— Ils sont dix, murmura-t-il. Et ils nous ont entendus. Ils se tiennent prêts!

— Dix elfes? interrogea Snorri.

— Oui, dit Grettir en ouvrant le rideau d'un geste
brusque. Le combat sera dur!

Féroé et ses elfes se tenaient à l'endroit même où
nous les avions vus trois jours plus tôt, et dans la
même position. Chacun d'eux avait gardé sa place
dans le rang; ils portaient épées fines et cottes de
mailles, armement auquel s'ajoutait — seule variante
par rapport à la fois précédente — un bouclier en
forme de cœur. Je notai que les moutons avaient été
emmenés ailleurs.

D'ordinaire, deux groupes qui vont s'affronter
prennent le temps de se jauger quelques secondes,
parfois quelques minutes. Il n'en alla pas ainsi en ce 23
décembre 1067, non. Deux des nôtres, Svartog et
Égill, en l'occurrence, se jetèrent en avant, poussant
des cris furieux:

— TAYAUT! À MORT, LES ELFES! RAAAAGH!

— Oh, non! s'écria Maya.

Elle courut arracher du mur une épée courbe, une
arme de troll, à mon avis. Ensuite elle se précipita au
cœur de la mêlée qui, déjà, se formait. Une fille courageuse, cette Maya!

Nous étions supérieurs en nombre – seize contre dix –, mais, lorsqu'il s'agit des elfes, ce genre d'avantage ne compte pour rien. Leur science guerrière est tellement avancée que personne, face à eux, ne fait réellement le poids. Les Walhaliens, tous hommes d'expérience et grands combattants à l'époque de leur vie, se déchaînaient tout en bramant comme des cerfs en rut. Ils avaient le talent, la fougue et, pour certains, la finesse des meilleures lames; pourtant, ils se faisaient piquer tant et plus. S'ils avaient eu du sang, leurs habits eussent été rougis en moins de temps qu'il n'en faut pour le dire. Leurs veines étaient vides, heureusement, et les trous dans leurs corps ne semblaient pas les affecter.

Mon adversaire, plus grand que la moyenne des elfes, avait un peu la dégaine de Svartog. Par certains côtés, son escrime me rappelait aussi mon ami, que j'avais affronté une fois pour de vrai et de nombreuses fois pour l'entraînement. Une lame qui s'enroule, qui se dérobe, paraît tergiverser avant de fuser vers vous, cherchant le point vital... Oui, mais au-delà de la ressemblance, il y avait la vitesse et la précision de l'elfe, supérieures à tout ce que Svartog avait jamais pu me montrer.

J'étais en pleine possession de mes moyens. Tyrfing brûlait dans ma main, et la chaleur du combat excitait mes muscles. Je me sentais vraiment fort et agile. Cependant, j'étais acculé à la défense et, comment dire, déboussolé.

– Je ne comprends pas son escrime, réalisai-je en moi-même. Nos épées ne parlent pas la même langue!

Féroé, opposé à deux Walhaliens, nous observait de loin, à travers la fente de son heaume.

— Gare au morphir! lança-t-il au grand elfe. Il pourrait te surprendre...

— Que dis-tu, Féroé?

— Le morphir! C'est une bête fauve!

— Je n'en ferai qu'une bouchée, se vanta mon adversaire.

Il ne m'avait pas encore touché. Aidé par Tyrfing, j'avais repoussé chacune de ses attaques, parfois in extremis. Je redoublai de prudence, bien décidé à trouver une solution.

Les lames fines des elfes rendaient un son particulier, musical. Étaient-elles creuses? J'en eus soudain la conviction, en me demandant si l'on ne pouvait pas en tirer avantage. Des coups furieux parviendraient-ils à briser les pointes elfiques? Mais comment parvenir à choquer durement ces épées fuyantes, ces serpents de métal?

— Il faut trouver autre chose, dis-je entre mes dents. Et vite!

Du coin de l'œil, je vis que Sigrid, Svartog et Maya combattaient tous les trois le même elfe, qui se défendait dos au mur. Ma fiancée virevoltait, s'abaissait, bondissait à droite ou à gauche, esquivant les coups avec grâce: une vraie danseuse. Ses griffes de héron frappaient rarement, mais juste. Le vêtement de l'elfe portait quelques lacérations parallèles, la signature des griffes. Je pense que Sigrid était la seule d'entre nous à avoir touché un ennemi à ce moment du combat.

Sigur se démenait un peu plus loin, avec une lance

trouvée dans la salle. Il avait beaucoup de mal à manier cette arme trop grande pour lui.

Je fis ces observations en une fraction de seconde, très occupé que j'étais à réfréner l'ardeur guerrière du grand elfe. «Ardeur» n'est pas le bon terme, d'ailleurs, car la technique des elfes s'apparente à une science méticuleuse. L'image qui me vient à l'esprit est celle du jeu d'échecs. Le joueur avance son cheval, un coup faisant partie d'une stratégie complexe dont l'adversaire n'a aucune idée. Eh bien, les guerriers elfes assoient leur emprise de cette façon, méthodiquement. Telle pointe basse, telle feinte peut préparer une attaque qui viendra une ou deux minutes plus tard. On est pris dans un étau qui, lentement, se resserre.

Lorsque je réalisai cela, je cessai de faire confiance à mon instinct pour me battre avec ma raison. C'est difficile à expliquer: disons que mon cerveau prit le pas sur mes tripes. La chaleur du combat se transforma en tiédeur du combat, et Tyrfing baissa sa température en conséquence (d'assez mauvais gré, j'ai l'impression). Je commençai à comprendre un peu l'escrime elfique, à déchiffrer son savant vocabulaire. Par malheur, ce succès me mit en grand danger. Quand on pense trop, on agit moins vite, c'est inéluctable. Les réflexes viennent avec un temps de retard et l'on risque la catastrophe.

Depuis un moment, le grand elfe enchaînait les attaques au visage afin d'attirer ma lame en hauteur; j'attendais donc une pointe basse, tout en pensant que c'était trop simple. À l'instant où je me faisais cette réflexion, l'ennemi visa mon nombril avant de, soudain, changer de cible. Son épée monta en l'air en faisant une sorte de «s». L'elfe tordit son poignet, rabattant sa lame pour m'envoyer un coup plongeant du tonnerre de Dieu. Il me manqua d'un cheveu ; je faillis bien me retrouver avec un trou au front, à l'instar de ce pauvre foudroyé que j'avais vu à l'époque de mon enfance, allongé sur un chemin boueux.

C'est Tyrfing qui me sauva la mise ; elle effectua l'un de ces sauts de carpe dont elle a le secret et para le coup mortel.

— Hawk !

— Ton épée crie, s'étonna le grand elfe. Et elle bouge toute seule, il me semble ! Cela ne m'impressionne pas.

De nombreux Walhaliens s'étaient fait battre sur ces entrefaites. La moitié d'entre eux se retrouvaient au sol, inertes. Je m'interrogeai sur leur état. Ils ne pouvaient mourir une deuxième fois et, à ma connaissance, les blessures les laissaient insensibles.

— Que leur arrive-il ? pensai-je avec effroi.

J'appris plus tard de quoi il retournait. Le corps lacéré, troué de toutes parts, les Walhaliens continuent de gambader. Même un bras coupé ne les arrête pas. Mais si une lame traverse leur cœur mort, là, ils s'effondrent. Leurs membres deviennent mous comme des lianes et leur mâchoire se fige : ils ne peuvent plus dire un mot. Cet état ne dure qu'un moment, à peine quelques minutes.

Les elfes puisèrent dans leurs bottes une poudre blanche dont ils saupoudrèrent les corps couchés.

— Cette farine, à quoi ça rime? dis-je à voix haute.

— Mouillée, elle durcit comme du betom! cria Snorri, tandis que les elfes ouvraient des fioles de verre avec les dents.

Ils aspergèrent les gisants de gouttes transparentes: de l'eau?

Je vis avec horreur que Sigrid était touchée. Ses griffes de hérons lui avaient échappé; elle rampait vers elles. Svartog reculait au même istant; il tomba en arrière, sur le corps de ma fiancée. Un elfe en profita pour lui asséner un coup de bouclier sur le crâne, un mouvement de cuisinier rabattant le couvercle d'une casserole. Sigrid essaya de se relever; elle fut assommée de la même façon.

Une neige fine recouvrit aussitôt les corps superposés de ma fiancée et de Svartog. Quant à Maya, j'ignore où elle se trouvait et si elle se battait toujours.

— Maya! appelai-je.

— Ils l'ont eue, gronda Snorri, entouré par trois elfes. Ton grand-père aussi est hors combat.

Parmi les nôtres, seuls Snorri le Morphir, Égill, Ketill et moi étions encore debout. Le colosse Grettir, véritable légende de la guerre, venait de succomber.

— Fizzland, terre des héros! hurlai-je.

— FIZZLAND! firent les autres en écho.

J'avais décidé de m'abandonner corps et âme à mon instinct de morphir, à la chaleur du combat. Tyrfing et moi retrouvâmes une entente parfaite, une complicité que j'oserais appeler divine. Le grand elfe n'en continuait pas moins de mener la danse, aidé maintenant par un compagnon aussi redoutable que lui.

J'eus l'impression que mes possibilités se restreignaient de plus en plus. Mes assauts mouraient dans l'œuf; je ne construisais rien, impossible!

— L'échec et mat est pour bientôt, pensai-je avec dépit. Deux contre un, c'est trop!

Le grand elfe portait dans le dos une longue queue de cheveux. Elle tressautait sans cesse. Je finis par me sentir énervé comme un chat devant une ficelle mouvante. Je profitai d'une espèce d'ouverture pour attaquer. Ce mouvement téméraire m'entraîna très en avant. J'attrapai les cheveux du grand elfe et m'embrochai sur son épée.

La lame fine m'entra dans le gras, juste sous les côtes, et ressortit par l'autre côté; je n'éprouvai aucune douleur. C'est au point que j'osai contracter mes muscles ventraux afin de retenir l'épée en moi, prisonnière de ma chair.

Tirant alors sur les cheveux d'or, je forçai le grand elfe à se courber. Il se retrouva à quatre pattes, à ma merci. Tyrfing se chargea du reste.

— Bjorn en a saigné un, les gars, articula Ketill. Harald, ô Harald!

Il boitait; sa main gauche, blessée, semblait sortir d'un seau de peinture rouge.

Il poussa un cri de douleur quand ses adversaires lui donnèrent le coup de grâce.

— KETILL!... Vous le payerez! grondai-je. Je vous tuerai, oui, jusqu'au dernier!

Ma menace fut étouffée par un juron. Je reconnus la voix métallique d'Égill Pêcheur-d'Orques.

— Désolé, dit Égill. Vraiment désolé.

Il titubait, un glaive profondément enfoncé dans la poitrine. Ensuite, il tomba tout raide, comme une planche, et les elfes le couvrirent de poudre.

— Il ne reste que les morphirs, se félicita Féroé.

— Derrière moi, Bjorn! lança Snorri.

Nous nous plaçâmes dos à dos, chacun protégeant les arrières de l'autre. C'était la bonne tactique, la seule valable, en la circonstance.

— Bonne chance, morphir, dit Snorri, tandis que le cercle des elfes se refermait sur nous.

— Bonne chance, morphir!

30
LE FEU BLEU

Le salut ne pouvait avoir qu'un seul nom : Fureur. Il fallait qu'elle se déclenche en moi, d'une façon ou d'une autre.

Les elfes semblaient se recueillir avant l'assaut final. Chose étrange, ils nous dévisageaient pour de bon, et leurs regards bleus, intenses, m'irritaient comme des piqûres de mouches. Je me mis à les insulter. Bientôt, les mots grossiers sortirent de ma bouche en un flot continu. Mes adversaires en furent décontenancés et Snorri le Morphir, dans mon dos, ne cacha pas son étonnement :

— Bjorn, je t'en prie ! Quelle vulgarité. C'est... c'est ignoble, indigne d'un Fizzlandais !

Je ne l'écoutai pas. L'œil fixé sur Féroé, je poursuivis mon affreuse litanie.

— Assez ! s'indigna Snorri.

— J'excite ma Fureur, dis-je à voix basse, entre deux insultes. Je cherche à la provoquer.

— Que dis-tu ? Je ne comprends pas.

Nos chuchotements inquiétèrent les elfes. Féroé siffla, donnant le signal de l'attaque. Je lançai ma jambe en avant afin de repousser le plus proche assaillant, puis un autre, tout en parant les lames qui arrivaient, plus rapides que des flèches. Je bouillonnais de la tête aux pieds; Tyrfing n'avait plus à anticiper les coups, tellement notre entente était bonne. Je me surpris à pousser son cri d'épée:

— Hawk! Hawk! hawk!

À gauche, à droite, en haut, en bas; à la tête, au cœur, au ventre, au genou... les coups venaient de tous les côtés à la fois, visant en même temps chaque partie de mon corps. Il ne s'agissait plus de stratégie savante, oh non! Les elfes se déchaînaient.

De mon côté, je parvins à résister. Par l'esquive ou la parade, je tins bon.

— Touché? demandai-je à Snorri.

Je l'entendais se démener, rugir comme un lion.

— Non! Suis encore intact, par Godinn!... Toi?

Je n'eus pas le loisir de répondre. Les elfes venaient de passer à la vitesse supérieure. Hallucinant! Leurs épées n'étaient plus visibles que par les traînées étincelantes qu'elles laissaient derrière elles. C'étaient des épées filantes, oui, et ma tâche pour échapper à leurs piqûres n'avait plus rien d'humain.

Riposter, il ne fallait même pas y songer! Le seul objectif était de survivre un instant de plus. J'ignore si, par la suite, Tyrfing et moi avons jamais été aussi bons. Une transe guerrière nous animait, qui prolongeait le miracle, seconde après seconde.

J'étais si bouillant à l'intérieur que de la vapeur sortait de ma bouche. Tyrfing, parcourue d'éclairs, grésillait.

— Ah, si seulement je pouvais entrer en fureur!

pensai-je. Bjorn le Géant écraserait ces elfes comme un rien!

À cet instant précis, nos ennemis rompirent et se reculèrent de deux pas. Que se passait-il?

— Désolé, entendis-je dans mon dos.

— Snorri!

Il tomba en arrière, sur moi; je recueillis dans mes bras son corps transpercé.

— Désolé, répéta-t-il alors que je le déposais sur la pierre.

Le contact de ses membres glacés fit refluer ma chaleur interne.

Féroé s'avança, menaçant. Il saisit Snorri par les pieds et l'emmena plus loin, près du mur, où il le couvrit de poudre.

— Il faut te rendre, morphir, dit un elfe qui ressemblait à Théophane.

— Tuons-le! gronda Féroé en revenant.

— Je suis sûr que la reine le préférerait vivant.

— Au diable la reine! Ce Viking est un ennemi de notre peuple. Il nous hait. N'avez-vous pas entendu ses injures?

Je contemplai la salle, jonchée de corps blancs évoquant des chrysalides. Ainsi, la poudre n'avait pas seulement durci; elle s'était étendue pour envelopper mes compagnons de la tête aux pieds. Je ne savais plus qui était qui.

La frayeur ma gagna. Sigrid, Ketill, Svartog et Maya pouvaient-ils respirer dans leur prison de «betom»?

— Rends-toi! insista le sosie de Théophane.

Tyrfing répondit à ma place:

— Hawk!

Libérer les compagnons, briser les horribles coquilles blanches, telle fut dès lors mon obsession.

Mon cœur se mit à battre plus fort: «Boum, boudoum...» Soudain, mes vêtements craquèrent aux coutures. Il me sembla que je voyais un peu flou.

— Attention! cria Féroé. Il se transforme!

— Il grandit, dit une voix. Je pense que... EN AVANT!

Mes ennemis se ruent sur moi.

Hélas, ils me percent de toutes parts!

Je ne peux réagir. Pourquoi?

J'ai eu une légère absence; ça n'a duré qu'un instant très court. Les elfes en ont profité.

Je vais mourir, c'est sûr.

Je lâche Tyrfing; sa chute me terrifie. Mon épée tombe avec lenteur, comme dans un rêve; elle heurte le sol, rebondit, s'immobilise.

Je me retrouve par terre, moi aussi. Je suis pris de spasmes. On m'arrose de poudre; j'en reçois dans les yeux, dans la bouche. Je suis en rage et tellement désolé!

Silence. Silence partout. Le monde est silence.

*
* *

Une clarté très douce m'enveloppait, filtrant à travers la matière dure. Je pouvais respirer sans peine et aussi bouger, car ma coquille était grande. J'étais comme un poussin de moineau dans un œuf d'aigle.

J'avais mal en divers points de ma poitrine et de mon dos. Ces douleurs firent remonter un souvenir lointain. J'ai six ans, mon frère Gunnar, sept. Nous avons dérangé une ruche. Les guêpes nous poursuivent. Gunnar détale comme un lièvre et échappe à leur rage. Quant à moi, je reçois une dizaine de piqûres. J'arrive à la maison en braillant. J'ai la sensation que des lutins invisibles me brûlent avec des tisons ; cela dure toute la journée.

Je me tâtai le corps. Les plaies causées par les pointes elfiques s'étaient déjà fermées et recouvertes de croûtes.

— Les lames n'ont pas vraiment pénétré, pensai-je. Sans quoi je serais mort.

Un miracle que j'attribuai à ma métamorphose. Même interrompue, celle-ci avait dû me protéger, le cuir d'un géant étant beaucoup plus résistant qu'une peau normale.

Je pris une forte inspiration.

— Il y a quelqu'un? appelai-je.

— Coucou!

— Qui parle?

— C'est moi, Daphnir.

— Dieu soit loué!

L'instant d'après, une lueur ronde, de la taille d'une pièce de cent morks, apparut au fond de ma coquille. Je repliai les jambes.

J'entendais un bruit continu, un souffle puissant: «Fchchchchch!». La chaleur grimpa de manière sensible. J'étais près d'étouffer quand une petite lucarne s'ouvrit soudain, laissant passer un rayon bleu.

Le rayon s'interrompit. Un crochet noir — une griffe de Daphnir — s'employa à élargir la lucarne, un travail qui ne demanda pas plus d'une minute. Lorsque le trou fut assez grand, je rampai vers le bas et glissai hors de la coquille.

Une boule sombre me sauta dessus.

— Wulf!

Mon chat m'accueillit avec des ronronnements fameux, des coups de langues râpeux et aussi quelques bonnes morsures, une façon de me dire: «Je t'aime, gentil Bjorn, je suis heureux de te revoir; je t'en veux, méchant Bjorn, tu m'as laissé tout seul!»

Je poussai une exclamation de surprise en découvrant les elfes allongés sur le carreau. Leurs corps montraient le même désordre sinistre que les cadavres d'un champ de batailles.

Je me penchai sur l'elfe le plus proche. Son bouclier reposait à côté de lui, percé d'un trou tout rond. Sa cotte de mailles avait un orifice du même diamètre.

L'elfe était mort; vérification faite, tous nos ennemis avaient rendu l'âme. Je me tournai vers Daphnir.

— C'est toi qui as fait ça, dis-je.

Ce n'était pas une question, plutôt un constat. Mon Dragon m'adressa un regard neutre. Il ne fit aucun commentaire. Cette œuvre meurtrière qui était la sienne, il préférait ne pas en parler. Je respectai son silence.

Il fallait maintenant libérer nos compagnons. Les coquilles étaient alignées près du mur; parmi elles, la mienne paraissait monstrueuse. C'est qu'elle avait épousé les formes de Bjorn le Géant et non celles d'un humain ordinaire.

La seconde coquille, par la taille, devait enfermer Grettir le Fort. Les plus petites contenaient sans nul doute Sigrid, Maya et Snorri le Morphir. Et je ne doutai pas que cette longue et fine chrysalide, là, à gauche, cachait mon ami Svartog.

Je décrochai du mur un poignard-scie, objet à la fois curieux et providentiel, et commençai à ouvrir les coquilles.

La matière blanche était plaquée sur la peau de mes compagnons ; il s'agissait donc de se montrer prudent.

— Non, dis-je à Daphnir, qui voulait utiliser son feu. Tu risques de les brûler.

Ouvrir une première brèche me coûta beaucoup d'huile de bras ; mais aussitôt que la surface eût cédé en un point, elle se ramollit. J'introduisis deux doigts dans l'ouverture, tirai, et le visage de Sigrid apparut dans un grand bruit d'écorce arrachée.

— Chalut, prononça-t-elle en crachant des miettes blanches. Dépêche-toi, j'ai des crampes partout !

Une fois libre, elle m'aida en se servant, pour scier, d'un fer de hache. Et comme chaque personne libérée s'y mettait à son tour, nous eûmes rapidement terminé.

En apprenant que Daphnir était responsable du carnage des elfes, les Walhaliens se prosternèrent devant lui. Mon dragon les laissa faire, mais je vis bien que ce nouvel hommage l'agaçait.

Les vivants-morts se portaient comme des charmes ; les vivants s'en tiraient avec des blessures bénignes, à l'exception de Ketill. La pointe d'un elfe avait pénétré loin dans son dos, à deux centimètres de la colonne vertébrale. Notre ami, conscient, lucide, était d'une pâleur effrayante. Svartog lui confectionna un bandage de fortune après avoir appliqué sur la blessure une pommade au limon.

On aida Ketill à se mettre debout ; il pouvait marcher.

— Qui a zigouillé tous ces beaux salopards ? articula-t-il. Bjorn ?

Plusieurs voix le renseignèrent en même temps, joyeuses :

— Daphnir ! C'est Daphnir !

— Par ma barbe, le joli spectacle ! Ce dragon vaut de l'or. Une armée à lui tout seul, Bon Dieu de bois, ha, ha, ahrrr ! Kuf !... Kuf ! kuf !

— Ne ris pas ! s'alarma Sigrid. C'est le meilleur moyen de répandre le sang à l'intérieur de ton corps.

— Exactement ! confirma Svartog.

— Quelle heure est-il ? s'enquit alors Grettir.

— Six heures du matin plus la moitié d'une heure, répondit le demi-hirogwar.

— Extraordinaire !

— Hé ! Comment me trouvez-vous, les gars ?

Un Walhalien avait passé le heaume de Féroé et déambulait en faisant le pitre.

— Ho ! ho ! ho ! Ha ! ha ! ha !

— Ha, ha... Kuf !

— Ketill, je t'en prie ! se fâcha ma fiancée.

Il lui sourit. Au prix d'un effort douloureux, il se baissa pour ramasser les griffes de héron.

— Tiens, ma belle, dit-il.

— Je n'en veux plus, déclara Sigrid.

— Comment ? Mais... pourquoi ?

— J'en ai assez d'elles, c'est tout.

— Tu leur en veux, n'est-ce pas ? Tu trouves qu'elles ont démérité. Mais les elfes étaient trop forts pour nous tous, mon cœur. Même pour Snorri, même pour Bjorn... Même pour moi ! ajouta-t-il en riant.

— Je vais me remettre à l'épée et à l'arc, s'entêta Sigrid. Jette donc ces griffes. D'ailleurs, tu les détestes depuis toujours.

— Si tu le permets, je les conserverai comme des reliques.

— À ta guise.

— Et maintenant, quelle heure, maître hirogwar ?

— Laisse Svartog tranquille, Grettir !

Ayant dit, Snorri alla toucher la double porte en fer, celle de la galerie menant à la tour Fidjar. Il tendit l'oreille.

— Je croyais qu'il y avait des chiens derrière cette porte. Je n'entends pas le moindre bruit.

— Ils sont peut-être muets ? hasarda Égill en lissant son crâne chauve.

— Loin de là, assura Sigrid. Nous sommes venus ici l'autre jour et ils aboyaient comme des fous.

— Sais-tu où est la clé ? me demanda Snorri.

— Elle est sur lui, dis-je en désignant Féroé.

— Non, me détrompa Daphnir. Elle est dans lui. Il l'a avalée avant de mourir.

Tous les regards se tournèrent vers mon dragon, qui répéta l'information :

— Il l'a mangée vraiment. C'était une clé très petite.

— Une consigne classique, soupira Snorri. Le gardien mourant doit faire disparaître les clés.

— Eh bien, il n'y a qu'à lui ouvrir le ventre, à cet elfe. Je m'en charge, annonça Grettir avec une sorte de joie sauvage.

— Pas besoin de faire ça, grogna Daphnir. Mon feu va ouvrir.

Les Walhaliens s'écartèrent pour le laisser passer. Un beau bruit de forge sortait des entrailles de mon dragon, un grondement tout neuf, propre à inspirer le respect : «Grôôô! Grôghdôôô!»

Daphnir prit position à un demi-mètre de la porte. Ses lèvres s'allongèrent et l'on aurait pu croire qu'il s'apprêtait à embrasser le fer. Mais, en fait de baiser, la porte reçut la brûlure d'une flamme bleue.

Un fin rayon sortait de la bouche de Daphnir pour entrer dans la serrure, dont le fer se mit à rougir.

Après un moment, mon dragon interrompit sa flamme.

— Fer très solide, déclara-t-il en reculant un peu.

La flamme qu'il cracha alors, toujours aussi droite, était plus épaisse. Un rond rouge, grand comme une roue de chariot, se forma autour de la serrure, laquelle devint blanche et insupportable à regarder. Soudain, elle fut projetée à l'intérieur.

Le battant droit de la porte s'ouvrit tout seul, en grinçant.

Snorri se précipita pour le refermer.

— Les chiens! rappela-t-il.

Sigrid le poussa sur le côté; elle colla son œil au trou laissé par la serrure.

— C'est tout noir, là-dedans. Mais je suis sûre que les chiens sont partis.

— Ils ont sans doute été recrutés pour la bataille, dit Maya.

Grettir décrocha du mur une hache géante pendant que plusieurs Walhaliens se munissaient de flambeaux. Lorsque tout le monde fut prêt, Snorri ouvrit lentement la porte. Nous entrâmes.

Nos flammes éclairèrent une galerie vide. L'air était imprégné d'une puissante odeur de fauve. Nous aperçûmes une carcasse de bœufs et d'autres ossements. Un bassin courait sur la gauche, tout le long du mur: l'abreuvoir des chiens.

Les Walhaliens se mirent à causer et à plaisanter tout en marchant d'un pas allègre. Ketill suivait de son mieux, soutenu par Svartog et Maya.

Nous repoussions l'obscurité à mesure que nous avancions. Snorri le Morphir fut le premier à remarquer deux points orange briller devant nous, dans le fond obscur de la galerie.

— Stop! ordonna-t-il. Nous ne sommes pas seuls.

31
Le Waumak

Nous autres vivants obéîmes à l'injonction de Snorri, mais pas les Walhaliens, qui continuèrent à marcher. La lumière de leurs torches révéla la présence d'un ennemi autrement dangereux que les chiens-loups.

— Rooknir! m'exclamai-je.

— Le Waumak, prononça Snorri. La dernière fois que je l'ai vu, ses ailes poussaient encore et son feu restait faible. C'était il y a des lustres.

— Il a changé depuis lors, je te le garantis, dit Sigrid.

— Il ne m'impressionne pas, crâna Grettir. Ma hache aura raison de lui, pardi!

Des flammes rouges sortirent des naseaux de Rooknir, qui se mit à gratter le sol avec rage.

— Son feu est terrible, dis-je. S'il crache...

— Bah! Nous saurons bien... commença Égill.

— Cessez de parler si c'est pour dire des bêtises! me fâchai-je. Une question de secondes, c'est une question de secondes!

Rooknir rejeta la tête en arrière, signe qu'il allait lancer son feu.

— Sur les côtés! cria Snorri. Tous contre les murs, vite!

— Je n'ai pas peur, déclara Égill, qui persistait à ignorer le danger.

Lui et Grettir marchèrent sur Rooknir; Daphnir les dépassa en trois bonds et se mit en travers de leur route.

— Restez là, ordonna-t-il. J'ai dit!

Les deux hommes morts se figèrent. Alors mon dragon fit face à Rooknir.

— Je suis Daphnir le Noir, dit-il. Je ne veux pas que tu craches le feu, non!

Le Waumak eut un cri dément; sa queue à six pointes battit l'air en sifflant. Mais il ne cracha pas.

Mon dragon alla vers lui d'un pas tranquille.

— Je suis Daphnir le Noir. Soumets-toi.

— RAAARRRRRGH! beugla Rooknir, qui fonça sur le mur de pierre

Le choc fit trembler la galerie. Sonné, Rooknir recommença néanmoins, une fois, deux fois, une troisième fois... Il aurait voulu se fendre le crâne, se tuer sous nos yeux, qu'il n'aurait pas procédé différemment.

Au milieu de cette explosion de rage dragonienne, deux âmes survinrent, arrivant de la salle d'armes. L'une était celle d'un enfant, l'autre, celle d'une chèvre.

— Père! appela l'enfant, dont l'aura lumineuse éclairait mieux qu'une torche.

— Yon! souffla Ketill.

— La bataille est terminée. La reine...

— Chut. Plus tard, mon chéri.

Rooknir cessa soudain de se faire mal. Il approcha de Daphnir en tanguant comme un drakkar dans la tempête. Le sang coulait sur son front et dans ses yeux.

Il ouvrit une gueule énorme ; sa gorge rougeoyante nous apparut, vision fascinante, menace d'éruption.

Ce fut au tour de Daphnir de rejeter la tête en arrière. Allait-il cracher son feu bleu ?

— Père, écoute-moi ! insista Yon. Il faut partir !

— Chut !

Mon dragon surprit tout le monde en poussant un chant rauque qui monta au plafond, résonna dans la galerie pour entrer dans tous les cœurs. Il semblait venir du fond des âges. Ketill se signa ; les Walhaliens lâchèrent leurs armes, qui tombèrent au sol comme autant de branches mortes.

Daphnir poursuivait sans reprendre haleine. Sa voix se faisait de moins en moins grave ; elle finit par prendre un timbre cristallin, elfique, pour tout dire. Subjugué, Rooknir se coucha. Il bascula sur le dos afin de présenter le ventre au dragon noir, à la manière d'un chien devant son maître.

— Il l'a dressé, s'émerveilla Ketill. Bon Dieu de bonsoir, il l'a soumis, dompté, ha, ha !

— Quelle heure est-il ? s'enquit Grettir.

Svartog ignora la question.

— Bonjour, Yon, dis-je en m'approchant de l'enfant mort. Je suis très heureux de faire ta connaissance... Bonjour Drakki II !

La chèvre me considéra un instant de ses yeux noirs, sans pupilles ; puis, me reconnaissant, elle me fit fête. Tandis qu'elle dansait gaiement autour de moi, Yon me rendit mon bonjour. Il était nerveux.

— Écoutez tous ! dit-il en s'élevant malgré lui d'un mètre au-dessus du sol.

L'angoisse explique sans doute cette entorse à la bienséance. Yon resta en l'air pendant tout le temps qu'il nous exposa les nouvelles du dehors, et personne ne songea à lui en faire la remarque.

— La bataille est finie!

— Qui a gagné? demanda Grettir.

— Mamafidjar. L'armée de fer avait le dessus, elle était entrée dans la ville. Les Yus... ils mouraient par centaines! Et alors... et alors les guerriers de fer se sont écroulés en morceaux, sans raison. Leurs bras tombaient, leurs jambes aussi! Il y avait partout de la poussière de fer et les Yus toussaient, toussaient...

— Cette armée de fer était rouillée dès le début, en conclut Svartog. Songez à cette odeur qui planait sur la ville.

— Par ma barbe, dit Ketill. Qui aurait imaginé pareil dénouement?

Yon reprit la parole:

— Je surveillais la reine, comme tu me l'as demandé, père. Elle réconfortait les blessés quand a retenti un son de trompe. J'ai tout de suite pensé que ça venait du palais. Mamafidjar a enfourché son cheval Jawa et... et elle arrive ici au galop! Une troupe la suit de près.

— Fichtre, lâcha Sigrid.

— J'ai pris la voie des airs pour venir, avoua Yon. J'étais forcé, pour aller plus vite que Jawa...

— Tu as bien fait, fiston, dit mon grand-père Sigur. Il faut savoir transgresser les règles de temps en temps.

— J'ai vu deux vieux Yus sur un toit du palais. Ce sont eux qui appellent la reine. Ils soufflent à tour de rôle dans la trompe.

— Les jumeaux! devina Snorri. Ils ont réussi à se libérer.

— Il faut fuir! supplia Yon.

— Pas sans le prince, gronda Ketill.

— Le portail, Svartog! Ouvre-le!

Le demi-hirogwar avait devancé mon ordre et tournait déjà la clé — celle prise sur Théophane — dans la serrure. «Cric, crac» et c'était fait. Nous fonçâmes dans la tour, Sigrid et moi, précédant pour une fois les Walhaliens.

La prison de Sven, plongée dans une chaleur suffocante, étincelait en son centre. Le bassin lançait des éclaboussures rouges et nous longeâmes les murs pour atteindre la chambre du prince. Il n'était pas là.

— Mon Dieu, pensai-je. La reine l'aurait-elle déplacé?

— Où est Sven? s'enquit Ketill, qui arrivait essoufflé.

— Nulle part, dit Sigrid.

— Catastrophe!

— Il doit être ici, déclarai-je. Sinon, pourquoi Rooknir garderait-il la porte?

— Juste, haleta Ketill.

Il s'appuya contre la paroi, mais se retira vite, tellement la pierre était chaude.

— Cherchez le prince Sven, vous autres, ordonnat-il aux Walhaliens.

— Comment oses-tu nous parler, Ketill! dit Grettir, prenant un air offusqué. Tu te prends pour notre chef, ma parole. Hé, les gars, Ketill le Rouge nous commande!

— Ha! ha! ha!

— Ho! ho! ho!

— J'ai trouvé le prince du Fizzland! annonça Égill Pêcheur-d'Orques. Regardez, il est tout mou!

Il tenait dans les bras le mannequin de chiffon, avec lequel il se mit à danser, déclenchant une salve de rires. Dire qu'Égill, poète brillant, avait été membre du Conseil des sages! À le voir ainsi, on aurait pu en douter.

Nous fouillâmes la chambre de fond en comble, sans succès. Le bassin, pendant ce temps, bouillonnait de plus en plus; les projections atteindraient bientôt les murs et nous risquions d'affreuses brûlures.

— Sven n'est pas là, se désola Sigrid.

Je regardai autour de moi. La longue figure de Snorri m'apprit qu'il n'avait rien trouvé. Les autres continuaient de remuer les objets, de déplacer les meubles, mais ils n'y croyaient plus. Svartog et Maya, à l'écart, tenaient une conversation animée.

— Ils feraient mieux de nous aider! pensai-je.

— Partons! dit Yon. La reine...

— Sven est ici! la coupai-je. Je sens sa présence.

— Oho! fit Grettir à cet instant. Ce coffre, il a bougé!

Il montrait un grand coffre à jouets que nous avions ouvert trois fois au moins. Je lui en fis la remarque; il me répondit en riant: n'avais-je jamais entendu parler des doubles fonds? Il fondit sur le meuble, arracha son couvercle, le vida de son contenu et défonça le fond à coups de poing. L'instant d'après, il tira le prince par un pied et l'exhiba aux yeux de tous, la tête en bas. Grettir ressemblait à un pêcheur satisfait et Sven à un thon sorti des flots.

— Uuuuuu ! se lamenta le pauvre poisson.

— Vive moi ! tonna Grettir.

— Vive Grettir ! hurlèrent les Walhaliens.

— Lâche le prince, maintenant, commanda Snorri.

L'ordre fut entendu. À peine sur pied, Sven s'encourut au fond de sa chambre où il se mit en boule, la tête entre les genoux.

— Quel est donc cet énergumène ? dit Ketill, sidéré. Je ne peux pas croire que c'est là notre prince, le futur roi du royaume ! S'agit-il d'un demeuré ?

— Pourquoi ce costume étrange, cette cagoule ? demanda Sigur.

— Pour le protéger de la lave, à mon avis, répondis-je.

— Je parie que ce costume argenté résiste au feu, dit Svartog, qui arrivait à grandes enjambées.

— Filons d'ici ! cria Snorri. Grettir, occupe-toi du prince.

— Attendez ! fit Svartog. Maya me dit que Rooknir, une fois l'an, apporte l'or au roi Harald... L'or que Mamafidjar verse depuis trente et un ans en échange de Sven, précisa-t-il devant nos airs ahuris.

— L'or du pacte, oui. Et alors ? s'impatienta Ketill.

— Rooknir quitte les enfers de nuit pour le livrer à Harald...

— Il emprunte la tour Fidjar, il passe par cette cheminée que voilà ! nous éclaira Maya.

— Il sort par la Grande Bouche ! ajouta Svartog.

Notre lenteur à comprendre le consternait.

— Rooknir... prononçai-je. Que tous les dieux soient loués !

Yon, parti surveiller, revint en annonçant que Mamafidjar était dans la salle d'armes.

Déjà, le pas lourd de la reine des enfers résonnait dans la galerie; on entendait tinter ses éperons à clochettes.

32
Un matin sur la terre

La scène se déroula très vite ; elle me fut racontée plus tard par Daphnir.

Mamafidjar se retrouva face à Rooknir, l'épée à la main. Elle lui ordonna de dégager mais il ne lui obéissait plus. Le Waumak était sous l'emprise de Daphnir le Noir. La reine comprit la situation en un éclair ; elle tenta de passer sur le côté, en force. Elle y parvint, n'hésitant pas à piquer Rooknir au passage.

Mamafidjar allait devoir affronter les Walhaliens. Ils lui faisaient barrage à l'entrée de la tour, bien décidés à racheter leur défaite contre les elfes. L'affrontement n'eut pas lieu. La reine reçut un coup de massue et mordit la poussière. La queue à six pointes de Rooknir s'était abattue sur elle.

Des ruisseaux de sang bleu s'écoulaient par les trous percés dans la cotte de mailles royale. J'arrivai au moment où les Walhaliens, déçus par ce dénouement trop rapide, ligotaient la reine à l'aide de bandes de tissus (des masques à retenir les mouchettes). Le corps de Mamafidjar gisait sur le ventre ; il me parut encore plus grand que debout.

J'éprouvais de la pitié pour cette force impuissante.

— Pauvre reine, souffla Sigrid, en proie au même sentiment.

Mamafidjar, née en l'an 600, est immortelle à la façon des elfes. J'appris plus tard — je dirai un jour comment — qu'elle manqua mourir des blessures infligées par Rooknir. Hermus la sauva de justesse; sans lui, les dieux auraient dû mettre une nouvelle reine sur le trône des enfers.

Je révélai à Daphnir comment nous comptions rentrer chez nous. Son œil brilla. Il parla à Rooknir, qui entra docilement dans la tour.

Dans le bassin, la lave ressemblait à une mer d'huile. Plus un bruit, plus un seul bouillonnement.

— Les Yus qui suivent la reine... commença Yon. Ils seront là dans...

— Nous saurons les recevoir, gronda Égill.

À partir de là, les Walhaliens se tinrent cois, pénétrés par la solennité de l'heure.

Rooknir se coucha, attendant qu'on lui grimpe dessus. Nous donnâmes l'accolade à nos amis morts et terriblement glacés.

— J'ai été heureux de te connaître, Bjorn, me dit Snorri. Quand tu seras chez toi, tranquille, au coin du feu, fais-moi un plaisir. Écris ton nom sur le manche de Tyrfing, à côté du mien.

— Je le ferai.

— Adieu, morphir.

— Au revoir, morphir. Un jour, la mort nous réunira.

— Nous ne pouvons plus pleurer, nous les morts, dit Sigur juste après. Mais ton départ m'attriste au-delà de tout, Bjorn. Je n'ai pas assez profité de toi, de ta présence. J'avais tant de choses à te dire, sur la vie et les hommes. Tant de choses...

— Au revoir, grand-père.

— Salut, petit. Embrasse ton père pour moi, et ta digne mère. Dis-leur que Sigur pense à eux.

Grettir le Fort alla chercher Sven; il le ramena sous le bras, comme un paquet, et l'installa de force sur le Waumak.

— Tu ne bouges pas, surtout.

— Oh!

Svartog et Maya prirent place derrière Sven. Aidé par Grettir, j'installai alors Invincible, qui se cramponna de toutes ses griffes.

Daphnir volait comme un oiseau; il irait par ses propres moyens.

Sigrid sauta lestement sur le dos plat de Rooknir. Je me tournai vers Ketill.

— À toi l'honneur, ami.

— Non, prononça-t-il. Je reste avec Yon. Je l'avais perdu, tu comprends. Le perdre de nouveau est au-dessus de mes forces.

— Tu le retrouveras à ta mort, fis-je valoir. Il t'attendra.

— Non. Toutes les minutes de ma vie, je veux les passer auprès de mon petit fantôme. Mon fils. Mon fils! Ces mots font battre mon cœur... Nous irons à l'île Walhal. Ensemble du matin au soir. Ensemble, tu comprends!

Je me jetai dans les bras de Ketill le Rouge. Sigrid et Svartog descendirent du Waumak; ils accoururent pour une étreinte à quatre.

Nos visages se touchaient, nos larmes se fondaient.

— Ketill! sanglota Sigrid.

– Sigrid! Bjorn! Svartog!... Ma famille!

– Ketill le Rouge, dit Svartog. Mon frère, mon ami...

Yon approcha, timide.

– Père... Pars avec eux. Ta place est au Fizzland, parmi les vivants. Bjorn a raison, je t'attendrai.

– Non. Non, non, non... Non!

Ketill tira de son vêtement un rouleau de parchemins fripés.

– Ce sont les plans d'un deux-mâts, dit-il en me tendant le rouleau. J'ai tout dessiné, oui, et j'ai noté les mesures. Persuade Harald de construire quelques-uns de ces bateaux extraordinaires. Avec une flotte de deux-mâts, il régnera sur les mers. Dis-le-lui...

– Tu le lui diras toi-même.

– N'insiste plus. Ce n'est pas la peine... Partez, maintenant, je vous en prie. Je ne veux plus voir vos gentils visages. Votre présence me tue! Je vous aime. Vous serez toujours dans mon cœur! Partez sans attendre, par pitié!

– Mêêêêêê! cria Drakki II tandis que nous grimpions sur Rooknir.

Nos poids cumulés constituaient une fameuse charge. Le Waumak se leva en soufflant; il déploya les ailes. Je fouillai mon sac de feutre avec précipitation. J'en retirai le bout de queue de Daphnir, une pointe de dix centimètres, dure comme du silex. Je la jetai aux pieds de Ketill.

– Pour tes maux de tête! lançai-je. Ça marchera peut-être, on ne sait jamais...

– Merci!

— Adieu Ketill! dit Daphnir. Adieu Drakki!

— Mêêêêêêê!

— Adieu les vivants-morts!

Les Walhaliens poussèrent une clameur tandis que mon dragon s'élevait sans élan et s'engouffrait dans l'énorme cheminée, emportant Wulf dans sa gueule.

Rooknir battit des ailes. Je regardai Ketill, seulement lui, car il comptait infiniment plus que Snorri et les autres. Le vent causé par notre décollage faisait bouger sa chevelure de feu. Son front large — le front du poète inspiré — avait la blancheur du lys.

Il ne pleurait plus. Il nous faisait au revoir en agitant les griffes de hérons, un sourire affable aux coins des lèvres. Yon se tenait à côté de lui avec Drakki II. J'imprimai en moi l'image de ce trio, afin de la conserver comme un trésor.

Nous avions quitté le sol et je ne m'en étais même pas aperçu. Nous entrâmes dans la cheminée, dans la pénombre. Mon regard plongea vers le bas: on ne voyait plus que le bassin et ses alentours immédiats.

Le dos de Rooknir était recouvert de plaques osseuses entre lesquelles nous glissions nos doigts. Nous étions fort secoués, et il fallait se cramponner sec. Le pauvre Invincible lâcha prise assez vite et chuta.

Il tombait, tombait toujours, jusqu'à se réduire à la taille d'un caillou blanc. Ses ailes courtes s'ouvrirent au dernier moment, le déviant de sa trajectoire verticale. Il atterrit sur le bord du bassin et — chance insigne! — rebondit à l'extérieur. Le bruit du choc nous parvint, assourdi, avec un temps de retard.

— Il est mort! dit Sigrid, horrifiée.

— Peut-être pas, dis-je.

Daphnir, très en avance, ne vit rien de l'accident. S'il en avait été autrement, il serait redescendu pour connaître l'état de son ami mirobolant.

Des boules rougeoyantes traversaient l'espace en tous sens. Elles étaient nombreuses et je mis quelque temps à les identifier.

— Des araignées volcaniques! criai-je.

— Oui! fit Sigrid.

Elles tendaient leurs fils entre les parois de la cheminée. Et quelle incroyable détente il leur fallait, pour effectuer de tels bonds!

Pendant notre ascension, nous crevions des couches et des couches de toiles superposées. Nous fûmes bientôt recouverts de fils blancs. Je n'y ai songé que plus tard, mais les toiles sans nombre ont dû jouer leur rôle en 1036, lorsque Harald jeta Sven dans la Grande Bouche. Je suppose qu'elles existaient déjà à l'époque. Et j'imagine que la chute du bébé se trouva freinée, adoucie par ces filets naturels. «Une peau de bête était tendue au-dessus du bassin de lave, nous avait raconté Mamafidjar. Sven y tomba doucement, s'y déposant comme un flocon dans la paume d'une main...»

Noir en bas, noir en haut... Notre montée n'en finissait pas. À quel niveau étions-nous parvenus? Quel décor aurions-nous trouvé de l'autre côté de ces parois obscures? Le Tanarbrok? L'étage brûlant? Le troisième étage et sa forêt sans tête, grouillante de petits-cuirs?...

Notre monture volante ne cahotait plus le moins du monde. Rooknir avait trouvé son rythme; ses ailes, blanchies par les toiles d'araignées, battaient l'air puissamment: «Floump!... Floump!... Floump!... ». Ce bruit me reste encore dans l'oreille, des années après.

Je serrais Sigrid contre moi. Le parfum de ses cheveux, l'odeur poivrée de son crâne m'absorbèrent tout à fait. Je cessai de penser. Les images qui se bousculaient dans ma tête s'évanouirent. Je me laissai être un corps, un simple corps dans l'univers.

Une heure s'était écoulée, ou peut-être une minute, quand Sigrid me saisit la main. Elle regardait en l'air, vers une lumière pâle, mais certaine. Les fils d'araignées se faisaient plus rares.

La clarté ambiante révéla la présence de chauvessouris. Svartog pointa le doigt vers une corniche où s'entassaient débris de céramique, pièces de monnaie et autres offrandes jetées dans la Grande Bouche, à l'intention de Mamafidjar.

Je me souviens de mon extrême surprise lorsque, tout soudain, nous jaillîmes du gouffre.

– Déjà! pensai-je.

Le froid nous assaillit; l'air riche de la surface du monde s'engouffra dans nos poumons, manquant les faire éclater. Maya s'évanouit et, sans Svartog, elle aurait glissé de sa place.

En ce matin de décembre, le soleil ne se lèverait pas avant deux bonnes heures. Mais on y voyait bien assez clair pour pouvoir se repérer. Nous avions laissé le Mont Rafninn derrière nous. La Ranga, nous survolions la Ranga, vallée de mon enfance!

La neige recouvrait le pays. Le fleuve, large sillon glacé, était environné d'arbustes noirs et déplumés. Ô surprise, j'aperçus une chaumière nouvellement construite. De la fumée sortait de sa haute cheminée, en volutes quasi transparentes.

Ainsi, ma vallée commençait enfin à revivre, après les tragiques événements de 1065. Nous pourrions nous réinstaller sur nos terres; la vie d'autrefois reprendrait ses droits!

Sigrid tourna vers moi son visage rougi par le vent; nous échangeâmes un baiser.

Daphnir volait à notre hauteur. Je lui indiquai qu'il fallait rebrousser chemin. Il transmit l'ordre à Rooknir, qui effectua un large demi-tour.

À l'est, une écharpe de lumière, d'un jaune timide, engageant, décorait l'horizon. Il me sembla que ce paysage épuré dépassait en beauté tous les décors infernaux. J'ajouterais que, pour moi, il possédait une plus grande légitimité (c'est le mot qui me vient à l'esprit).

— Voilà la nature véritable, pensai-je. Voilà le monde que j'aime et que je connais!

Rooknir prenait un visible plaisir à voler à l'extérieur, en toute liberté. Il accéléra. Sa vitesse devint prodigieuse sans qu'il eût l'air de forcer.

Les fils de toiles se détachaient de ses ailes. Vu du sol, le Waumak ressemblait sans doute à une comète avec sa traînée blanche.

Nous filions droit vers le sud, survolant la chaîne des Monts Coupés; ses pics en ses crevasses m'évoquèrent une denture. Cette mâchoire-là n'avait qu'une seule canine, le Mont Rafninn, les autres montagnes et leurs sommets tronqués figurant de monstrueuses molaires.

Et puis, très vite, ce fut la plaine du Zifjord. Daphnir venait de nous rattraper, au prix d'un louable effort ; je lui fis signe de piquer.

Nous repérâmes la maison de loin, grâce à sa fumée. Nos cœurs se soulevèrent pendant la descente rapide. Rooknir se posa en douceur ; nous nous laissâmes glisser de son dos. Maya fit quelques pas hésitants, s'arrêta pour examiner le sol.

— C'est de la neige, n'est-ce pas ? dit-elle. Je peux toucher ?

— Vas-y. Elle n'est pas méchante, la rassura Sigrid.

— C'est froid. Aucune odeur.

Maya leva la tête.

— Ce sont les étoiles dans le ciel, n'est-ce pas ?

— Oui, répondit Svartog.

— Tu disais qu'elles ressemblent aux feux nocturnes des enfers.

— Eh bien ?

— C'est faux. Elles sont différentes.

— Elles habitent beaucoup plus loin...

— Je les trouve hostiles. Elles me font peur.

— Nous les aimons. Tu t'habitueras aux étoiles.

— Où est Invincible ? interrogea Daphnir.

Je lui annonçai l'accident. Il prit la nouvelle avec calme.

— Il vit, assura-t-il. Je le sens dans mon cœur.

— Ketill s'occupera bien de lui, dit Sigrid.

— Deux des quatre périront, prononça alors Svartog.

— Que dis-tu ? demanda Maya.

— «Deux des quatre périront.» C'est une prédiction nous concernant.

— De qui, cette prédiction?

— Ama, la petchégole. Je n'en reviens pas qu'elle se trompait!

Rooknir se désaltérait en mangeant de la neige. Ensuite, après un soupir satisfait, il s'envola. Ce départ soudain me prit de court, je l'avoue. Je me tournai vers Daphnir.

— Je ne veux pas le retenir, me prévint-il. Il retourne chez lui. Il a le droit.

— Dommage, dit Svartog. Nous laissons partir une arme magnifique. Rooknir aurait pu rendre de grands services au royaume.

— Il appartient à Mamafidjar, rappela Sigrid. Nous ne sommes pas des voleurs.

— N'y pensons plus, dis-je.

Le prince se tenait immobile, les bras écartés, dans une pose d'épouvantail.

— Sven est frigorifié, m'effrayai-je. Rentrons vite, car il va attraper la mort!

Le cœur battant, je marchai vers la maison. Elle s'était agrandie de deux annexes, l'ensemble formant le «u» caractéristique des demeures du Zifjor.

La ferme de Havërr, le lecteur s'en souvient, est sise sur un îlot. Je passai sur le petit pont-levis emprisonné dans la glace.

Le chemin était glissant; je mis les autres en garde. Au moment où je prenais pied sur l'îlot, un hennissement brisa le silence, venant du nouveau bâtiment sur la gauche. Une porte s'ouvrit; une silhouette apparut, emmitouflée dans un manteau de laine.

Nous apercevant, le personnage poussa un cri. Il vint à moi aussitôt après, d'un pas rapide.

Il ôta sa capuche.

— Maman, prononçai-je.

Ma mère mit un doigt sur la bouche. Elle ne voulait pas que je parle. Elle me scruta pendant un instant, cherchant à se convaincre de la réalité de ma présence.

Mais les yeux peuvent tromper, après tout. Les hallucinations sont monnaie courante, même chez les personnes saines d'esprit. Ma mère éprouva le besoin de toucher ma figure ; elle caressa mon front, mes joues...

Elle me paraissait toute petite et menue ; je devais lui sembler gigantesque. À ma grande stupéfaction, elle me donna une gifle, un geste dont nous ne reparlâmes jamais par la suite et qu'elle n'aurait pu expliquer elle-même, je pense.

— Mère ! m'indignai-je.

Elle se jeta alors dans mes bras et se mit à pleurer. J'eus l'impression troublante de tenir contre moi une fillette. Oui, pendant un instant, je fus comme le père de ma mère...

Elle se ressaisit, alla embrasser Sigrid.

— Est-ce que c'est bien lui ? s'enquit-elle ensuite. Daphnir...

— Oui, répondis-je. Il a grandi.

— C'est peu de le dire !

— Miaw ! fit Wulf, installé sur le dos de mon dragon.

— Bonjour le chat, dit maman.

Je lui présentai Svartog et Maya, qu'elle salua dignement. Elle ne se troubla pas devant l'aspect du prince ni quand je lui révélai son identité.

Maman honora Sven d'une profonde révérence et, le prenant par la main, elle l'entraîna vers la maison. Il se laissa faire avec une surprenante docilité.

À l'intérieur régnait une douce chaleur. Un feu dansant brûlait dans l'âtre. L'odeur de gruau réveilla mon appétit.

Un bonhomme chauve nous tournait à moitié le dos, attablé devant un bol de petit-lait. Il travaillait à repriser des vêtements. Dès qu'il me vit, il se dressa, faisant basculer la banquette.

— Bjorn!... Maître, votre garzon est revenu pour la Noël! zézaya le demi-troll Dizir.

Il se précipita pour me donner l'accolade et me couvrir de baisers humides.

— Dizir, mon cher Dizir!

— Maître! Maître! Bjorn est izi en bonne zanté! Venez tout de zuite!

On entend bouger à l'étage. Des objets heurtent le plancher. Des pas précipités... Ingë dévale l'escalier, fraîche comme une rose, coiffée et tout. Elle me saute au cou.

Suivent Hari le pêcheur et Drunn le berger. Le premier n'a pas pris une ride, le second a conservé son air parfaitement ahuri.

— Bjorn, c'est bien toi! balbutie Hari. Comme je suis heureux!

Érik fils de Sigur arrive en dernier. Il descend lentement les marches, appuyé sur une canne. Il vient à moi en clignant des paupières, tel un hibou mal réveillé. Il tient une lampe, approche la flamme de mon visage. Lui aussi a besoin d'être sûr...

— Mon fils! Et toi aussi, Sigrid, tu es là. Sains et saufs tous les deux. Merci à toi, ô Godinn! Merci à tous les dieux du ciel, ha! ha!

Et voilà que mon père envoie valser sa canne. Il dépose la lampe et se redresse, plus grand et solide que la minute précédente. Il nous ouvre les bras.

— Bjorn! Sigrid! Venez ici, mes chers enfants. Ne me dites pas d'où vous venez ni ce que vous avez accompli. Plus tard les explications. Laissez-moi d'abord respirer sur vous le parfum de l'aventure!